本丛书由山东省一流学科中国语言文学建设经费资助

中国现代文学研究丛书

贾振勇·主编

中国新诗的形式与历史

段从学◎著

人民出版社

目　录

第四编 新诗的"内"与"外"

前　言

年龄大致相仿的一些学界同行，早有相互切磋、相互砥砺、共话人文理想之志愿。所以，本丛书的构想与策划，其实已持续数年。

1970 年前后出生的一批中国现代文学研究者，大多受过严格的学术训练，成长于改革开放年代，有启蒙创新之情怀；在知识结构、学术视野、文学理念、价值理想、人文诉求等各方面，也呈现出相似的代际特征。经过长期的积累与历练，不少学者取得了各自的标志性成果，有的甚至作出了对学科发展具有突破性价值的成果。从总体上看，这批学者在即将知天命之年，开始步入富有创造力的学术黄金期。本丛书的策划与编选，正是基于对中国现代文学学科发展态势之判断，对这批学者的学术探索进行主动的呼应与支持。

经过通盘考虑、反复协商并征求多方意见，本丛书编委会决定邀请在中国现代文学研究领域实力深厚、影响较大、1970 年前后出生的高校学者作为本丛书的作者。目前，已有段从学（西南交通大学）、符杰祥（上海交通大学）、贾振勇（山东师范大学）、姜涛（北京大学）、李永东（西南大学）、刘春勇（中国传媒大学）、孟庆澍（首都师范大学）、文贵良（华东师范大学）、袁盛勇（陕西师范大学）、张洁宇（中国人民大学）十位学者加盟。编委会认为，这十位学者，学养深厚、功底扎实、思路新颖、视野开阔、研有专长、优势突出、特色明显，其成果具有探索性、多元性、前沿性和引领性，在某种程度上能代表中国现代文学研究的发展趋势。本丛书的出版，对中国现代文学研究的整体拓展、深入、提升与创新，将大有裨益。

本丛书的主要学术目的或曰学术理想在于：第一，整体展示，集体发声，形成学术代际与集束效应，追索"学术乃天下公器"之人文理想；第二，凝练各自特色，展示自家成果，接受学界检验；第三，拒绝自我满足意识，砥砺前行、奋发有为。是故，经丛书各位作者协商、讨论，一致同意丛书名定为"奔流"，取义为：致敬前贤，赓续传统；奔流不息，创造不止。

需要特别说明的是，理想虽然丰满，现实往往骨感。丛书的构想、策划之所以延宕数年，实乃种种因素之限制，尤其出版经费一时之难以筹措。有幸的是，恰逢山东师范大学文学院中国语言文学学科获批山东省"双一流"立项学科。在山东师范大学文学院院长杨存昌教授、党委书记贾海宁教授、一流学科带头人魏建教授以及院高层次著作编委会的鼎力支持与推动下，山东师范大学文学院决定予以积极支持。

正是由于山东师范大学文学院的慷慨资助，本丛书才有机会得以问世。为此，各位丛书作者对山东师范大学文学院深远的学术眼光、襄助学术发展的魄力，表示深深的敬意与由衷的感谢。同时，感谢人民出版社的大力支持，尤其感谢责任编辑陈晓燕女士的努力与付出。

丛书即将问世之际，感慨颇多。春温秋肃，月光如水。愿学术同好：行行重行行，努力加餐饭；月光穿过一百年，拨开云雾见青天。

第一编
新诗的发生及其历史化

第一章　中国新诗发生中的象征性与现代性

按照安东尼·吉登斯（Anthony Gidden）的说法："现代性的特征并不是为新事物而接受新事物，而是对整个反思性的认定，这当然也包括对反思性自身的反思。"①对现代性的反思本身就构成了现代性的知识生产的制度性环节，在此情形之下，要重新检讨中国新诗发生的现代性问题，显然就不能止步于现代性，而必须往前再跨出一步，从波德莱尔（Charles Pierre Baudelaire）所说的"某种永恒的东西"和"某种过渡的东西"之间的分裂和冲突开始——既然对短暂、过渡的东西的强烈兴趣被波德莱尔称为现代性，我们也就不妨反过来，把对永恒的东西的强烈兴趣叫作象征性，以便把两者之间的分裂和冲突，归结到象征性与现代性的冲突。

一、时间中的"永恒"与"过渡"

如我们所知，现代性奠基于一种特殊的时间意识。一种时间从过去经由现在，向着未来不可重复地匀速流逝的直线式时间意识。这种特殊的线性时间意识，与 18 世纪的进步观念结合在一起，构成了现代性的核心意识。

从基督教末世信仰中孕育出来的线性时间意识，一开始并不含有乐观的进步意义，而是双重的。在人类历史的终结之处，是天国的审

---

① ［英］安东尼·吉登斯：《现代性的后果》，田禾译，译林出版社 2000 年版，第 34 页。

判。对行善者来说，时间的流逝意味着天国的来临；对撒旦来说，则意味着地狱。如果不能说完全取决于道德价值的话，至少可以说：时间的性质，与道德价值密切相关。就是说，这种线性时间意识最初实际上是从属于人／神关系、被永恒的象征结构包围和环绕着的共时性空间元素。孙悟空一个筋斗无论翻出多远，始终无法摆脱如来佛祖的掌心。末世论的线性时间，无论如何流逝，始终被人与神永恒的空间关系包围和环绕着。让现代人挣脱了永恒的空间关系的，是随着科学技术的膨胀和资产阶级的兴起而诞生的自信。人类对自身理性力量的自信，颠倒了过去和未来之间的价值等级关系，催生了"时间的线性流逝＝历史的进步"的现代性观念。

但诗歌的现代性，显然不是"明天会更好"之类的口号，或者一度全民皆知的人类社会发展五段论。它是诗人对自己遭遇的生活事件的直接感受，按现象学的说法，是一种奠基性的情绪。奠基性，意味着只有事先完全地浸入其中，在它的包围和激荡下，才有了现代人的生活世界。阿伦特（Hannah Arendt）描述现代性情绪最初出现的情形说，"自 17 世纪以来几乎所有伟大作家、科学家和哲学家都狂热地坚信他们看到了前所未见的东西，想到了前所未有的问题"[1]。这种对于新奇之物的热情，根源正是现代人的自信：我看到的，我想到的，都是有价值的。

熟悉《创世记》，记得其中反复出现的"神看着是好的"这句话的人们，自然不难领会到：一种与宗教改革和神性隐退紧密相连的新眼光，已经出现在这种特殊的现代性情绪中了。

尽管如此，这种现代性情绪仍然是与象征性并列，甚至是作为象征性的一种补充出现的。1846 年，象征派诗人，同时又是审美现代性思想之源的波德莱尔，首先区分了"永恒的美"和"特殊的美"：

---

[1] ［美］汉娜·阿伦特：《人的境况》，王寅丽译，上海人民出版社 2009 年版，第 200 页。

在寻找哪些东西可以成为现代生活的史诗方面以及举例证明我们的时代在崇高主题的丰富方面并不逊色于古代之前，人们可以肯定，既然各个时代、各个民族都有各自的美，我们也不可避免地有我们的美。这是正常的。

如同任何可能的现象一样，任何美都包含着某种永恒的东西和某种过渡的东西，即绝对的东西和特殊的东西。绝对的、永恒的美并不存在，或者说它是各种美的普遍的、外表上经过抽象的精华。每一种美的特殊成分来自激情，而由于我们有我们特殊的激情，所以我们有我们的美。①

17 年后，波德莱尔又一次重复说，"构成美的一种成分是永恒的、不变的，其多少极难加以确定；另一种成分是相对的、暂时的，可以说它是时代、风尚、道德、情欲，或是其中一种，或是兼容并蓄"。也就是在这里，波德莱尔第一次发明并使用了"现代性"这个术语：

现代性就是过渡、短暂、偶然，就是艺术的一半，另一半是永恒和不变。每个古代画家都有一种现代性，古代留下来的大部分美丽的肖像都穿着当时的衣服。他们是完全协调的，因为服装、发型、举止、目光和微笑（每个时代都有自己的仪态、眼神和微笑）构成了全部生命力的整体。这种过渡的、短暂的、其变化如此频繁的成分，你们没有权利蔑视和忽略。如果取消它，你们势必要跌进一种抽象的、不可确定的美的虚无之中，这种美就像原罪之前的惟一的女人的那种美一样。②

---

① ［法］波德莱尔：《一八四六年的沙龙》，载《波德莱尔美学论文选》，郭宏安译，人民文学出版社 2008 年版，第 272 页。
② ［法］波德莱尔：《现代生活的画家》，载《波德莱尔美学论文选》，郭宏安译，人民文学出版社 2008 年版，第 431、439—440 页。

波德莱尔的用意，乃是为"现代性"争取平等的地位，使之能够和"永恒的美"平分秋色，在美的领域中获得同等重要的地位。在和"现代性"相对照的意义上，所谓"永恒的美"，也就是"象征性"。因此，波德莱尔不是在现在与未来的历时性关系中，而是在现代之物和它所处时代的共时性空间中来谈论"现代性"的。"每个古代画家都有一种现代性，古代留下来的大部分美丽的肖像都穿着当时的衣服"这句话，尤其是"当时的"一词，清楚地表明了这一点。现代性的短暂和过渡，也不是即将消失，沦为"过去"，而是与永恒不变的"象征性"相对而言的短暂和过渡。

从欧洲基督教思想来看，波德莱尔实际上只区分出了神圣与世俗两个话语空间。"象征性"是艺术与神性世界的关联，是表现"永恒不变"的空间性存在的美。波氏说得很明白："永恒美的部分只是在艺术家所隶属的宗教的允许和戒律之下才得以表现出来。"[①]"现代性"，则是艺术与世俗世界的关联，是表现"短暂、偶然"的世俗世界的美。简单地说，"现代性"意味着艺术家应该大胆地发现世俗世界"短暂、偶然"的美，瞬间的美。这种美，具有和"永恒之美"同等重要的价值。沉浸在"象征性"中的波德莱尔想要做的，是打破神性对美的垄断，让"短暂、偶然"的世俗世界也能够进入美的王国，让"现代性"与"象征性"分庭抗礼。他还没有今天胜过昨天，而明天又会比今天更好的现代时间感。

不过，在"象征性"居于美的垄断地位时，大胆要求"现代性"，声称后者同样重要的做法，实际上等于宣告了"现代性"的价值优先地位。就说的内容来看，两者同等重要。但就说的语境和姿态来看，波德莱尔强调的是"现代性"优先于"象征性"。"生活在芸芸众生之中，生活在反复无常、变动不居、短暂和永恒之中，是一种巨大的

---

① ［法］波德莱尔：《现代生活的画家》，载《波德莱尔美学论文选》，郭宏安译，人民文学出版社 2008 年版，第 431 页。

快乐"①，这就是波德莱尔的立场。

所以毫不奇怪的是，到叶芝（William Butler Yeats）这里，"现代性"已经彻底压倒"象征性"，对世俗的新奇之物的热情追逐和进步意识结合在一起，成为现代主义的第一推动力。"科学的发展产生了这样一种文学，它总是倾向于把自身融化到各种各样的外界事物中去"②，以至于"象征性"反而成了需要拯救的文学遗产。叶芝不得不大声呼吁，号召诗人抛弃对外界事物的兴趣，重新回到"与时间无关"的"象征性"写作中来：

> 如果人们承认诗歌之所以感动人是由于它的象征性这种说法，那么，在我们这样的诗歌中将指望些什么变化呢？那就是恢复到前辈们的路上去，抛弃为自然而描写自然，为道德法则而描写道德法则，抛弃一切轶事以及那常常熄灭了丁尼生诗中燃烧的激情的那种对科学见解的沉思默想，抛弃那些驱使我们干这事不干那事的强烈愿望；换句话说，我们应该开始懂得绿宝石所以为我们父辈所陶醉是为了它可以显露它心中的图画，而不是为了映照我们自己激动的面孔，或者窗外摇曳的树枝。随着这种实质性的变化、这种想象力的回复以及认识到只有艺术规律（它是世界的内在规律）才能驾驭想象力，就会出现风格上的变化，我们就会从严肃的诗中扬弃那些好象正在跑着的人表现出来的那种强有力的韵律，因为那是意志在着眼于什么事要做或不要做时的特有表现。我们就会找出那些摇曳不定的、引人沉思的、有生机的韵律，这些韵律体现了想象力，它既无所需求也无所憎恨，因为它已同时间无关，只希望盯住某种现实、某种美；再也不可能有

---

① ［法］波德莱尔：《现代生活的画家》，载《波德莱尔美学论文选》，郭宏安译，人民文学出版社 2008 年版，第 437 页。

② ［英］叶芝：《诗歌的象征主义》，赵澧译，载［英］戴维·洛奇编：《二十世纪文学评论》（上），葛林等译，上海译文出版社 1987 年版，第 51 页。

人否认各种各样形式的重要性，因为你虽然可以阐明一种观点或者描述一件事物，但当你还没有选择好你的词句时，你是无法赋予活动于感官之外的事物以形体的，除非你的措词像一朵花或一个女人的形态那样巧妙、那样难以捉摸、那样充满着神秘的生命力。①

20 世纪 80 年代，"现代派"在中国大行其道之际，也曾有清醒的批评家，嘲笑过大家都被创新的狗撵得喘不过气来的窘态。这种窘态，也就是叶芝这里所说的"好像正在跑着的人表现出来的那种强有力的韵律"。究其根源，乃是我们自己早已丧失了与神性的空间结构相连的"象征性"维度，只能在"现代性"线性时间轴线上，沿着从过去向未来的方向疲于奔命。越来越快的节奏，就是那条追逐着我们的狗。我们丧失了追求神秘和永恒之物的时间，接着丧失了追求的意愿，最终再也意识不到甚至反过来嘲笑和否认神秘和永恒之物的存在。

至此，问题已经从"象征性"与"现代性"的并列关系，转变成了"现代性"内部的过去与未来，也就是世俗线性时间轴线上的现在与未来之间的历时性关系。过去变得不重要了，未来才是一切。这种进步的现代时间感，就发生在这条封闭性的时间轴线上。

而我们，也必须相应地往前一步，追溯这种进步的线性时间意识，究竟是如何侵入并形成了中国新诗的奠基性结构——不是"题材"，也不是"新诗人"的思想意识，而是"新诗"自身的结构要素。

---

① ［英］叶芝：《诗歌的象征主义》，赵澧译，载［英］戴维·洛奇编：《二十世纪文学评论》（上），葛林等译，上海译文出版社 1987 年版，第 59—60 页。

二、"今之人"的"我手写吾口"

中国新诗的发生，实际上也是在同样的现代性情绪，即对现实世界的新奇之物的热情之推动下，打破"旧诗"的藩篱而把自己强行纳入历史的。"包容遽变中崭新的事物和经验"，乃是晚清诗界革命到胡适的支配性历史冲动[1]。不是简单的新艺术表现手段，而是对表现内容的追求，推动了中国新诗的发生。

波德莱尔声称"我们的美"和古代人的美一样，具有同等重要的价值，"每个古代画家都有一种现代性"，拉开了西方审美现代性的帷幕。晚清岭南诗人黄遵宪，也以同样的话语机制，催生了中国的"诗界革命"。黄氏的"我手写吾口"，就是要求以看待古人的眼光，平等地看待我们自己的结果：

> 大块凿混沌，混混旋大寰，隶首不能算，知有几万年。羲轩造书契，今始岁五千。以我视后人，若居三代先。俗儒好尊古，日日故纸研，六经字所无，不敢入诗篇。古人弃糟粕，见之口流涎。沿袭甘剽盗，妄造丛罪愆。黄土同抟人，今古何愚贤？即今忽已古，断自何代前？明窗敞流离，高炉爇香烟。左陈端溪砚，右列薛涛笺。我手写吾口，古岂能拘牵？即今流俗语，我若登简编，五千年后人，惊为古斓斑。[2]

古人、我、后人三者，对应的不是现代性线性时间中的过去、现在和未来，而是处在"混混旋大寰"的宇宙时间中，隶属于同一

---

①　姜涛：《"新诗集"与中国新诗的发生》，北京大学出版社 2005 年版，第 129 页。

②　黄遵宪：《杂感》，载《黄遵宪全集》，中华书局 2005 年版，第 75 页。

个循环的封闭空间。其中，古代、现代和后代的概念，并不涉及价值高下。黄氏要做的，恰好是要求把三者等量齐观，消解古代性的价值优位，而不是今人优先于古人、现代性优先于古代性的简单颠倒。

这种颠倒，事实上只有在现代性话语空间，也就是线性时间观念取得胜利之后才能发生。在"六经字所无，不敢入诗篇"的古代性占据支配地位的情形下，这种颠倒是不可能发生的。只有在传统的循环时间观，也就是当下与永恒的空间关系中，今人才能把"以我视后人"的眼观，运用到古人身上，获得对自身拥有的语言和体裁的自信，将其大胆写入诗篇。

未来优先于现在的现代性话语机制，事实上并不能孕育和催生现代人对自身力量的充分信任。一个时刻担心着被将来超越、被后人取代和压倒的人，根本就不可能是一个充满自信的人。自信，是人与自身的关系，而不是与他者的关系。他可能会觉得自己比古人强大，甚至对古代人的价值优位进行彻底的颠覆和破坏，但只要心存被后人超越和压倒的恐惧，不能在与自身的关系中体验到自信，他就不可能是一个真正的现代人。他对古代性的颠覆和破坏，就只能是虚无主义的，并且，是源于恐惧的虚无主义。

实际上，黄遵宪是在"今之诗"与"今之世"的共时性关系中，提出"今人"与"古人"的平等诉求的。不是要以现代性的进步时间观来压倒或取代古人，而是要立足于个人与当下的共时性维度，不傍依古人而"自立"。《人境庐诗草自序》就是晚清"诗界革命"的"自立宣言"：

> 士生古人之后，古人之诗，号专门名家者，无虑百数十家，欲弃去古人之糟粕，而不为古人所束缚，诚戛戛乎其难。虽然，仆尝以为诗之外有事，诗之中有人，今之世异于古，今之人亦何必与古人同。尝于胸中设一诗境：一曰复古人比兴之体；一曰

以单行之神，运排偶之体；一曰取《离骚》乐府之神理而不袭其
貌；一曰用古文家伸缩离合之法以入诗。其取材也：自群经三史，
逮于周、秦诸子之书，许、郑诸家之注，凡事名物名切于今者，皆
采取而假借之。其述事也：举今日之官书会典方言俗谚，以及古人
未有之物，未辟之境，耳目所历，皆笔而书之。其炼格也：自曹、
鲍、陶、谢、李、杜、韩、苏讫于晚近小家，不名一格，不专一体，
要不失乎为我之诗。诚如是，未必遽跻古人，其亦足以自立矣。[①]

立足于当下，摆脱古人的束缚而"自立"，这就是黄氏"诗界革
命"的目标。超越古人、压倒古人的"厚今薄古"，虽然从这里派生
出来，但毕竟不是黄遵宪本人的意思。理论上，只有立足于个人与当
下的共时性空间关系，站在波德莱尔所说的"古人的现代性"这个维
度上，现代性也才能从古代性的束缚中挣脱出来。在古代性的统摄和
支配下，今人胜过古人，后人又胜过今人的现代性观念，事实上只能
在线性时间的不断后退中，重新跌进自然时间永无休止的绵延。一千
多年前的晚唐诗人杜牧，就曾在《阿房宫赋》中淋漓尽致地表达过这
种感叹："秦人不暇自哀，而后人哀之，后人哀之而不鉴之，亦使后
人而复哀后人也。"这里的关键，在于没有一种时间维度之外的价值
维度，能够使人超越自然时间的侵蚀。"五四"元老刘半农，同样也
是在这个维度上，感叹昔日白话诗的开创者，转瞬间就被"挤成了三
代以上的古人"[②]。

在现代性线性时间维度上，强调过去优先于现在，把现在摄入过
去的决定论是虚无主义。强调未来优先于现在，把现在摄入未来的
决定论，同样也是虚无主义。海德格尔（Martin Heidegger）把尼采

---

① 黄遵宪：《人境庐诗草自序》，载《黄遵宪全集》，中华书局 2005 年版，第 68—
69 页。
② 刘半农：《〈初期白话稿〉序目》，载《刘半农文选》，人民文学出版社 1986 年版，
第 274 页。

（Friedrich Wiheim Nietzsche）从深渊中召唤出来，对虚无主义予以最后的致命一击之后，颠倒了的虚无主义，仍然是虚无主义，已成思想的常识。现代性的虚无是从传统时间价值的颠倒中产生的，请出孔子，把颠倒了的价值秩序再一次颠倒过来，也只能是换个姿势，昂首挺胸走进虚无。

黄遵宪"诗界革命"一再强调的个人"自立"，就是以个人和当下之间的共时性空间关系，截断线性时间连续性的产物。而这，也是胡适不自觉的起点。

三、从象征性到现代性

黄遵宪等人晚清的"诗界革命"虽然失败了，"但对于民七的新诗运动，在观念上，不在方法上，却给予很大的影响"[①]。但正因为前者失败，而后者大获全胜，所以这种影响，也就不可能发生在线性时间的连续性上，只能是两者分享同一种文学观念的结果。在我看来，从黄遵宪到胡适，也就是中国现代新诗从"象征性"到"现代性"的发生和过渡。中国新诗的"现代性"问题，就潜伏在这里。

波德莱尔的"现代性"，要求的是表现"我们自己美"，具体而言就是当时的巴黎丰富多样的"富有诗意和令人惊奇的题材"[②]，而不是按照古典艺术的样式和范例来描写当时的法国社会生活，把现代性塞进古代性，或者说用古代性统摄现代性。黄遵宪的"诗界革命"之所以反对摹仿古人，也是为了把古人没有经历和发现的"现在"写进

---

① 朱自清：《〈中国新文学大系〉诗集导言》，载《朱自清全集》第 4 卷，江苏教育出版社 1996 年版，第 366 页。

② ［法］波德莱尔：《一八四六年的沙龙》，载《波德莱尔美学论文选》，郭宏安译，人民文学出版社 2008 年版，第 275 页。

诗歌，容纳新名物，创造新意境。胡适的新诗革命论，也是从"现在"与文学的关系中生发出来的。

胡适提倡"新文学"的根本目标，是治疗旧文学"无病呻吟""摹仿古人""言之无物"的"文胜之敝"[①]。"欲救此文胜质之弊，当注重言中之意，文中之质，躯壳内之精神。"[②] 这就是胡适最初的理论起点。《文学改良刍议》反复申述的"八事"，核心其实只有一条："须言之有物"。其余诸如"不用典""不摹仿古人""须讲求文法"之类，要么是进一步具体规定何为"言之有物"，要么是具体演示如何做到"言之有物"。

使用白话做工具，乃是为了更好地做到"言之有物"，更好地言"物"。奉行白话工具论的胡适，从来就没有语言独立性的意识，更不可能注意到语言优先于个体的生存本体论地位。郑敏手持德里达（Jacques Derrida）的痛击，走的实际上不是揭示内在缺口的解构主义路线，而是外部碰撞式的诸神之争，狭路相逢的叫阵。排头砍去的痛快淋漓，并没有真正抓住问题的死穴。胡适走的是另一条路。头断了，路依然还在。

质重于文，神重于形，一直是中国文学思想的主导倾向。胡适对"须言之有物"的重视和强调，单独来看可以说了无新意，更谈不上革命。提倡以白话为文学表达工具，创造活文学，也不是胡适个人的发明——至少，不是一种革命性的发明。白话小说、白话演说词等，也早在胡适之前就已经遍地开花。有论者认真检视晚清白话文和新文体倡导运动后指出，胡适在《文学改良刍议》等论文中的主张，"大都是戊戌文学运动中已经提出过的主张，真正'在美洲'的'新发明'并不多"，胡适对现代白话文学的贡献，也远远不如他自己总结

---

① 胡适：《吾国文学三大病》，载姜义华主编：《胡适学术文集·新文学运动》，中华书局 1993 年版，第 5 页。应为"文胜之弊"，原文如此。

② 胡适：《寄陈独秀》，载姜义华主编：《胡适学术文集·新文学运动》，中华书局 1993 年版，第 17 页。

的那样大。①

胡适引以为自豪的"历史的文学观念",事实上也不是我们习以为常的进化论意义上的"历史的文学观念"。胡适突破黄遵宪之处,实际上是他的"白话文学史观",而不是所谓的"历史的文学观念"。

在胡适眼中,文学与时代的关系是共时性的,语言与时代的关系也是共时性的。但白话,却意外地具有超越这种共时性关系的特质,预先成了中国文学发展的终极目标——不用说,任何一种历史目的论预设,都只能是独断论、弥赛亚式的天启语言,而不可能反过来从历史事实中归纳和总结出来,更不能指望逻辑根据。

唯其如此,每次表达"白话文学史观",胡适使用的都是不容置疑的全称判断。在《逼上梁山》中,胡适写道:"我认定了中国诗史上的趋势,由唐诗变到宋诗,无甚玄妙,只是作诗更近于作文!更近于说话。"②《建设的文学革命论》中独断色彩更为明显:"用死了的文言决不能做出有生命有价值的文学来。这一千多年的文学,凡是有真正文学价值的,没有一种不带有白话的性质,没有一种不靠这个'白话性质'的帮助。"③

倒是陈独秀一眼看出了胡适以近代欧洲"言文一致"为参照推出的"白话目的论"的重大历史意义,当即拍板定下了它不容置疑也不容讨论的绝对真理地位:

> 改良文学之声,已起于中国,赞成反对者居其半。鄙意容纳异议,自由讨论,固为学术发达之原则;独至改良中国文学,当

---

① 马良春、张大明主编:《中国现代文学思潮史》(上),北京十月文艺出版社 1995 年版,第 58—59 页。

② 胡适:《逼上梁山》,载姜义华主编:《胡适学术文集·新文学运动》,中华书局 1993 年版,第 198 页。

③ 胡适:《建设的革命文学论》,载姜义华主编:《胡适学术文集·新文学运动》,中华书局 1993 年版,第 42 页。

以白话为文学正宗之说，其是非甚明，必不容反对者有讨论之余地，必以吾辈所主张者为绝对之是，而不容他人之匡正也。其何故哉？盖以吾国文化，倘已至文言一致地步，则以国语为文，达意状物，岂非天经地义，尚有何种疑义必待讨论乎？其必欲摈弃国语文学，而悍然以古文为文学正宗者，犹之清初历法家排斥西法，乾嘉畴人非难地球绕日之说，吾辈实无余闲与之作此无谓之讨论也！①

之所以"必以吾辈所主张者为绝对之是"而不容他人匡正，显然不是居高临下的陈独秀自认为的"实无余闲"的"不必"，而是独断论的"不许"。一旦言文合一的"白话"失去了中国文学语言发展的终极目标这个"天经地义"的真理地位，则进化论思想，也即现代性进步的发展观，也就失去了立足点。

没有预设的终极目的，事件就只能是混乱无序的变动，谈不上发展与进步。只有在不断否定自身中，朝向并趋近预先设定的终极目的变动，才能说是进步，是发展。这个预设的终极目的，却又不能自己为自己提供合法性，而只能反过来依赖"历史的发展"来证明自身的合法性——请注意，这个所谓"历史的发展"，恰恰是它反过来要证明的"历史的终极目的"刚刚发明出来的。

任何一种所谓的进步和发展，任何一种现代性的进步观念，都必须而且只能依靠这个互为前提和结论的循环，依靠充满了断裂和隐喻的历史叙事机制，来隐匿自身的起源，把自己展现为真理的"白色神话"。而不仅仅是我们熟悉的，同时也是在西方饱受批判的"人类社会发展史观"才这样。

唯其如此，胡适的"白话目的论"才会是而且也必须是不容

① 陈独秀：《陈独秀答书》，载姜义华主编：《胡适学术文集·新文学运动》，中华书局1993年版，第31—32页。

匡正、不许自由讨论的"绝对之是"。很显然，这种或者事先隐匿前提而标举结论，或者隐匿结论而高扬前提的"白话的神话"，一旦进入可以自由讨论的学术领域，就只能把自己呈现为一种利奥塔（Jean-Francois Lyotard）所说的有限度的"后现代知识"，拱手交出"绝对之是"的垄断权。

陈独秀和胡适们，走的是另一条路。那就是以意识形态的权力性，强行阻断自由讨论的知识性道路，把"白话目的论"宣布为不容置疑的"绝对之是"。胡寄尘批评《尝试集》的时候，胡适取的是居高临下的不予理睬。并不反对白话的林纾等人，坚称"古文不当废"的时候，遭到也是一片没有多少道理可讲的嘲讽。

重复泛滥多年的"同情之理解"，讲述他们不得不如此选择的"历史的必然性"，已经没有太大的意义——不考虑学术界维持自身运转的简单再生产和就业等问题，可以说毫无意义。要知道，所谓"历史的必然性"，本身就是现代性进步历史观的强制形式，即权力话语。显然，必须在"白话的神话"中，找出"白话目的论"自身不能提供的历史动力，才能反过来找到反思"白话目的论"，审视中国新诗的现代性问题的立足点。

质言之，"白话"对胡适等人，不仅是表达工具，更是一种特殊的历史观，是现代性进步观的栖身之地。这一点，才是胡适，也是"五四"文学革命不同于晚清"诗界革命"之所在。正是凭借作为一种特殊历史观的"白话目的论"，而不是作为一种表达工具的"白话"，现代性进步观，才得以悄然进入"五四"，构成了文学革命动力机制。

反思中国新诗的现代性问题，反思"五四"，因此也不能停留在作为表达工具的"白话"层面，而必须深入到作为一种特殊历史意识的"白话目的论"。必须追问："白话目的论"究竟是为了何种目的而发明出来的？

四、被前置的"打倒旧文学"

从历史形态上看，"五四"的"文学革命"不同于晚清"文学改良"的地方，其实不是提倡"新文学"，而是打倒"旧文学"。提倡"新文学"，乃是"五四"和晚清共同的历史追求。打倒"旧文学"，才是"五四"不同于晚清的区别性特征。质言之，从提倡"新文学"，到打倒"旧文学"的转变，也就是晚清到"五四"的转变。胡适论证这个根本性转变的理由时说：

夫白话之文学，不足以取富贵，不足以邀声誉，不列于文学之"正宗"，而卒不能废绝者，岂无故耶？岂不以此为吾国文学趋势，自然如此，故不可禁遏而日以昌大耶？愚以深信此理，故又以为今日之文学，当以白话文学为正宗。然此但是一个假设之前提，在文学史上，虽已有许多证据，如上所云，而今后之文学之果出于此否，则犹有待于今后文学家之实地证明。若今后之文人不能为吾国造一可传世之白话文学，则吾辈今日之纷纷议论，皆属枉费精力，决无以服古文家之心也。

然则吾辈又何必攻古文家乎？曰，是亦有故。吾辈主张"历史的文学观念"，而古文家则反对此观念也。吾辈以为今人当造今人之文学，而古文家则以为今人作文必法马班韩柳。其不法马班韩柳者，皆非文学之"正宗"也。吾辈之攻古文家，正以其不明文学之趋势而强欲作一千年二千年以上之文。此说不破，则白话之文学无有列为文学正宗之一日，而世之文人将犹鄙薄之以为小道邪径而不肯以全力经营造作之。如是，则吾国将永无以全副精神实地试验白话文学之日。夫不以全副精神造文学而望文学之发生，此犹不耕而求获不食而求饱也，亦终不可得矣。①

从逻辑上说，胡适的辩护显然是难以成立的。因为同样的事实，也可以推出"古文"乃中国文学发展之自然趋势，当以此为"正宗"的结论。理由很简单。到今天，白话成为"国语"，成为现代民族国家的制度化表征，已经八十多年了。但"不足以取富贵，不足以邀声誉，不列于文学之'正宗'"，甚至还要承受现代性进步历史观巨大压力的"古文"和"旧诗"，同样"卒不能废绝"，照样有人读，有人写。按照胡适的逻辑，这岂非"古文"是中国文学的自然趋势和文学"正宗"的铁证？

讲求逻辑和证据的胡适，因此被迫踏入"循环论证"之路，反过来要求以实地的实验来支持"白话文学"的"正宗"地位。就是说，胡适虽然依托于现代性进步历史观，用"白话目的论"为"新文学"争得了中国文学的自然趋势和"正宗"的价值优势，但在现代性的线性时间轴线上，这种"未来"的价值优势，却又不得不反过来依靠"现在"的权力优势。

"新文学"和"旧文学"的价值优劣，也随着此一循环，转化成了"现在"的势力大小。"现代性"优于"古代性"的价值立场，就这样推出了打倒"旧文学"先于提倡"新文学"的现实行动。胡适等人，实际上是后退一步，暂时抛开了创造"新文学"的问题，转而从事打倒"旧文学"的准备性工作。

价值观念上的更进一步，和实际行动上的后退一步，最终把晚清的"文学改良"，变成了"五四"的"文学革命"。

回头来看，黄遵宪的"即今流俗语"，虽然与胡适的"白话"一样，带有浓厚的口语色彩，也更为接近"言文一致"的现代"国语"，

---

① 胡适：《历史的文学观念论》，载姜义华主编：《胡适学术文集·新文学运动》，中华书局1993年版，第33页。

但没有代表历史发展的未来和必然目标的现代性含义。它只是"今语"，而非"未来语"。"即今流俗语"之所以能够进入黄遵宪笔下，不是因为它切合未来的"国语"，具有胡适进化论意义上的"现代性"——这种地位只有在现代性进步历史观中才能发生——而是因为它们切合"古人语"，具有"古代性"。

具体而言，就是从作为"流俗语"的客家方言与中国古代汉语的切合中发生出来的。黄遵宪注意到：

> 嘉应一州，占籍者十之九为客人。此客人者，来自河、洛，由闽入粤，传世三十，历年七百，而守其语言不少变。有《方言》《尔雅》之字，训诂家失其意义，而客人犹识古义者。乃至市井诟谇之声，儿女噢咻之语，考其由来，无不可笔之于书。余闻之陈兰甫先生，谓客人语言，证之周德清《中原音韵》，无不合。余尝以为客人者，中原之旧族，三代之遗民，盖考之于语言文字，益自信其不诬也。
>
> 里人张荣轩观察，少读书，喜为诗，钞存先辈诗甚富。近出其稿，托仙根明经广为搜集，重加编订。余受而读之，中如芷湾、绣子两太史，固卓然名家，其他亦驯雅可诵。嘉、道之间，文物最盛，几于人人能为诗。置之吴、越、齐、鲁之间实无愧色。岂非语言与文字合，易于通文明之效大验乎？①

这里的"语言与文字合"，很显然指的是作为客家方言的"今人语"，切合当前通行的官方"古人语"，两者同样驯雅可诵，"无不可笔之于书"，"置之于吴、越、齐、鲁之间实无愧色"。就是说，黄氏"我手写吾口"，大胆采用"即今流俗语"的目标，不是为了争夺未来的"国语正宗"地位，而是要为作为客家方言的"今人语"争得与

① 黄遵宪：《梅水诗传序》，载《黄遵宪全集》，中华书局 2005 年版，第 287 页。

作为当时官方书面语言的"古人语"同样重要的地位。

和最早提出"现代性"之美的波德莱尔一样，黄氏"诗界革命"的动力，也是"古人"和"今人"之间的平等，而非"今人"胜过"古人"的进步。

如前所述，波德莱尔之所以认定"现代性"具有和古代性同等重要的价值，不是因为它胜过古代性，而是因为它同样蕴含着神秘的永恒和不变之美，具有我们称之为"象征性"的东西。寻找现代性，并不是抓住作为过渡、短暂和偶然而存在的现代性本身，"问题在于从流行的东西中提取出它可能包含着的在历史中富有诗意的东西，从过渡中抽出永恒"，"为了使任何现代性都值得变成古典性，必须把人类生活无意间置于其中的神秘美提炼出来"。① 永恒而神秘的象征性，才是统摄古代性和现代性，使两者同样具有"自身的美"根源。像神秘的炼金术士一样，通过精心的艺术劳作，提炼出蕴含在"现代性"之中的"象征性"，这就是波德莱尔的目标。

黄氏表达方式和术语虽有差异，但视域和思路，却与波德莱尔并无两样。在黄遵宪看来，自古至今，诗歌的内容和体裁虽有变化，但"诗"却没有古今之别。

> 遵宪窃谓诗之兴，自古至今，而其变极尽矣。虽有奇才异能英伟之士，率意远思，无有能出其范围者。虽然，诗固无古今也，苟出天地、日月、星辰、风云、雷雨、草木、禽鱼之日出其态以尝（当）我者，不穷也。悲、忧、喜、欣、戚、思念、无聊、不平之出于人心者，无尽也。治乱、兴亡、聚散、离合、生死、贫贱、富贵之出而尝我者，不同也。苟能即身之所遇，目之所见，耳之所闻，而笔之于书，何必古人？我自有我之诗在矣。夫声成

---

① ［法］波德莱尔：《现代生活的画家》，载《波德莱尔美学论文选》，人民文学出版社 2008 年版，第 439、440 页。

文谓之诗，天地之间，无有声，皆诗也，即市井之谩骂，儿女之嬉戏，妇姑之勃谿，皆有真意以行其间者，皆天地之至文也。不能率其真，而舍我以从人，而曰吾汉、吾魏、吾六朝、吾唐、吾宋，无论其非也，即刻画求似而得其形，肖则肖矣，而我则亡也。我已忘我，而吾心声皆他人之声，又乌有所谓诗者在耶？……

　　吾今日所遇之时，所历之境，所思之人，所发之思，不先不后，而在我焉。前望古人，后望来者，无得与吾争之者。而我顾其情，舍而从人，何其无志也？虽然，吾身之所遇，吾目之所见，吾耳之所闻，吾愿笔之于诗，而或者其力有未能，则不得不藉古人而扶助之，而张大之，则今宪之所为，皆宪之诗也。①

　　黄氏清楚地看到了历代汉语诗歌在体裁、内容等方面的变化，且称"其变极矣"，但却坚称"诗固无古今"。其根本原因，就在于"诗"的根源已经被黄遵宪从客观世界转移到了诗人的精神世界内部，"我"成了"诗"的根据和本源。以此为前提，黄遵宪的诗歌理论，也从传统的本体论和功能论，转向了现代浪漫主义的创作论。如何"写诗"——亦即如何"写我"，才是黄氏自始至终最关心的话题。

　　这种以"我"为出发点，以如何"写我"为核心的诗学观念的奠基性前提，乃是现代人对自身力量的信任以及相应的自豪感。"吾今日所遇之时，所历之境，所思之人，所发之思，不先不后，而在我焉。前望古人，后望来者，无得与吾争之者。"既没有在"古人"面前的自卑和渺小感，又没有在"来者"面前的恐惧和不安。"我手写吾口"的诗学观念，就是从这种对自身力量的充分信任中涌现出来的。如何写出"我"的经验和个性，追求"自成一家"的"自立"，就是晚清"文学改良"的核心诉求。

　　如前所述，胡适"一代有一代之文学"的"革命"，首先把黄遵

①　黄遵宪：《致周朗山函》，载《黄遵宪全集》，中华书局2005年版，第291—292页。

宪的"诗—我"关系置换成了"诗—物"关系。作为未来"国语正宗"的"白话",就是为了让"诗"更好地表达和接纳"物"而走上了"文学革命"前台。随着"未来"这个新维度的引入,"死文字"的"古代","白话"的"现在","国语"的"未来",三者共同构成了完整的现代性线性时间结构。现代性线性时间的绵延之维,也就成了"新文学"唯一可能的话语空间。

而我们知道,就事实而论,文言和白话,今天仍然是并存的共时性元素。"文学革命"带来的新元素,也和人类历史上的任何一种"革命"产生的新事物一样,并不是彻底消灭或取代既有之物,而是作为德里达所说的替补,共同丰富了我们的"物"世界。人义论的社会变革,是中心/边缘的共时性结构关系变革,而非"时间开始了",一切从零再来的创世神话。

"五四"的"文学革命",不是创造了"白话"——如胡适《白话文学史》证明的那样,也不是消灭了"文言",——无论怎样边缘化,文言的书写和运用至今仍有自己的人群和"共同体",而是在现代性时间的绵延之维中,把文言、白话和国语三者打成一个共时性的存在,叙述成了一个以"国语的文学,文学的国语"为最终目标的历时性序列。在这个有方向的时间过程中,"白话"才因为预先被拣选为"未来"的"国语正宗",一举从边缘跃入中心,成了"文学革命"的突破口。

就"文言/白话"的关系来看,胡适实际上是以透支和挪用"国语正宗"的方式,颠倒了"文言"对"白话"的支配,让"白话"取代了"文言"的中心位置。但就"白话/国语"之间的关系而言,"白话"本身,实际上又在对"国语正宗"的透支和挪用中,成了"正宗国语"的抵押品。"现在"的"白话",除了要打倒古代性的"文言"之外,还必须根据现代性的"国语"的要求,来调整和塑造自身。

在利用进步性的时间神话中,"现在/白话"战胜了"过去/文言"。但此一胜利的前提是"现在/白话"预先把自身完全交付出去,抵押给了"未来／国语"。在"未来／国语"还只是一个理想的预期目标的情形之下，能否打倒"过去／文言"，就成了"白话"证明自己是被拣选的"国语正宗"的唯一途径。提倡新文学而又不得不以"打倒旧文学"为前提，就是在这种透支／抵押关系中诞生的。

五、"过去"和"未来"之间的双重焦虑

对诗人来说，从"晚清"到"五四"，从"改良"到"革命"的变化，实际上就是在"提倡新文学"之外，另外增加了"打倒旧文学"的新任务。这对栖身于时间连续性的历史进步论来说，显然是不可思议的：随着时间的推移，随着"改良"的积累，需要被"革命"的坏因素不是越来越少，反而越来越多了。因此，另一种解释或许更有说服力："五四"一代人的双重任务，实际上也就是双重焦虑的症候。

对黄遵宪来说，时间连续性中的"古代""现代"之分，恰好为他们自己摆脱对古人的依附和模仿、开辟自己独立的生存和写作空间提供了根据。"今之世异于古之世，今之人亦何必与古人同"——这种生活在"不同世界"的感觉，显然是"晚清"一代诗人的共同感受之一。王韬也明确地表达了这种"异"的感觉，"余不能事，而诗亦不尽与古合；正惟不与古合，而我之性情乃足以自见"，"诗至今日，殆可不作。然自有所为我之诗者，足以写怀抱，言阅历，平生眉目，显显如在，同此风云月露、草木山川，而有一己之神明入乎其中，则自异矣。原不必别创一格，号称初祖，然后翘然殊于众也"①。

---

① 王韬：《蘅花馆诗录自序》，载郭绍虞主编：《中国历代文论选》第 4 册，上海古籍出版社 1979 年版，第 7—8 页。

就在这种既不附庸于"古人",又不必屈从于"来者"的双重独立视阈中,晚清诗人黄遵宪在"今之世""今之人""今之诗"三者之间,以"今人语"为联结纽带,建立了一个独立自足的话语空间。语言,在黄遵宪这里,成了"今之人""今之世""今之人"独立存在的见证和立足点。

胡适等人,虽然通过"白话目的论",巧妙地把作为"今人语"的"白话",提升到未来"国语正宗"的优势地位,为打倒"文言"找到了合法性和理论武器,但代价却是"现在"被抵押给了"未来",丧失了独立自足的存在空间,从此变成了只能根据"未来"塑造和决定自身形态的现代性时间要素。空间消失了,绵延的现代性时间之维,成了唯一的存在向度。"现在"也因此在"过去"和"未来"之间,变成了一个只能在消失的时间之维中展示自身踪迹的非实体性存在。绵延的时间之维,彻底压倒了象征性的空间之维。有深度的隐喻世界,变成了平面的转喻的连续性。

阿伦特分析"过程"战胜了"实体"的资本主义市场交换逻辑时说:"一切事物令人悲哀的贬值,即他们内在价值的丧失,始于他们向价值或商品的转换,因为从那一刻起,他们就只在与其他事物的关系中存在,从而成了可替代的东西。"① 资产阶级启蒙之所以不遗余力地摧毁事物的多样性和不可通约性,坚定不移地追求和寻找不同质的事物之间的同一性,原因也就在这里:使事物变得可以交换,可以相互替代。霍克海默(M.Max Horkheimer)比较"古代人"的巫术和"文明人"的科学时说:

　　巫师们只是在扮演,他还不能把自己想象成文明人,因为只有对文明人而言,那些极乐世界一般的禁区才可以分成一种统

---

① [美]汉娜·阿伦特:《人的境况》,王寅丽译,上海人民出版社 2009 年版,第126 页。

一的宇宙秩序，一种包含一切巧取豪夺的可能性概念。在巫术中，总存在着一些特定的替代物。敌人的长矛、毛发和名字就象征着他个人，而被宰杀了的动物牺牲所替代的正是神。在祭祀过程中，替代物的出现标志着向逻辑推理迈进了一步。牝鹿献祭给女儿，羔羊献祭给长子，这些东西还具有特殊的性质，但他们已经代表了人类。它们也已经具有了样本的随意性。但是，当下（hic et nunc）的神圣性，即表现为被遴选事物的唯一性，却将其彻底区分开来，并使其变得不可替代。科学预设了这一情形的终结。科学中不再具有特定的替代物：如果没有了献祭的动物，神也就销声匿迹了。替代物变成了普遍的可替换性。一个原子无法以表现的方式发生裂变，而只能是物质的一个样本；一只兔子也没法表现自己，事实上它只不过是实验室的一个样本而已。①

资产阶级的历史学家们则利用进步神话，把迄今为止全部的人类历史，变成了可交换、可转化的存在。把一切事物从其自身中抽象出来，剥离其不可替代的唯一性和永恒性，放到线性历史时间的连续性上来衡量其价值，这就是以现代性进步神话为根基的资产阶级历史哲学的全部秘密。正如不能在与他物的交换中实现增殖的物品没有资格称之为商品，不能被现代经济学所"看见"，不能处于获取"剩余价值"的交换过程中就毫无意义一样，对资产阶级历史学家来说，不能在否定自身中获得"发展"的生活形态，充其量只能是人类社会发展的史前史。在这个根据"市场交换"原则建构起来的"人类社会发展"模型中，东方除了以否定自身的形式，把自己的"低价值历史"换成西方的"高价值历史"之外，似乎别无其他途径。

---

① ［德］马克斯·霍克海默、西奥多·阿道尔诺：《启蒙辩证法》，渠敬东、曹卫东译，上海人民出版社 2003 年版，第 7—8 页。

从作为资本主义社会生活单个细胞的"商品"到"民族国家"之类的宏大范畴，都深深地陷入了线性时间链条上的"市场交换"逻辑。商品的价值不在于作为物的商品自身，而在于制造此一商品的"普遍劳动"——以国人的口头禅来说，"不就是钱嘛"。某种社会生活形态的价值不是根据其自身，而是取决于它在据说是人类社会"普遍规律"的进化链上的位置。

任何不能据此预先否定自身，把自身转化为某种兼有可计算性和可流动性，因而能够自由地与任何"他者"展开等价交换的"普遍本质"之物，都会被贬入黑暗，成为现代性境遇中的"不可见之物"。就是说，那些执着于自身不可替代的唯一性和神圣性，那些不愿或不能预先把自己的"个体性"转换为可计算和可替代的"普遍本质"，那些不愿或不能把自己的"生命"转换为科学"对象"的存在者，都会被线性时间上的"历史进步论"和资本市场的"自由交换"，驱赶到黑暗之中。

对马克思来说，这就是为人类社会铁一般的普遍规律所决定的资本主义对封建生产关系的巨大进步，是现代性对古代性的彻底胜利："一切固定的僵化的关系以及与之相适应的素被尊崇的观念和见解都被消除了，一切新形成的关系等不到固定下来就陈旧了。一切等级的和固定的东西都烟消云散了，一切神圣的东西都被亵渎了。人们终于不得不用冷静的眼光来看他们的生活地位、他们的相互关系。"① 对海德格尔来说，随着越来越多的神圣之物被驱入黑暗，神性也随着资本主义的发展加速度飞快逝去，世界进入黑暗的贫困时代。在这个以人类控制自然的欲望为根基、以技术统治为手段制造出来的贫困时代里，"技术统治之对象事物愈来愈快、愈来愈无所顾忌、愈来愈完满地推行于全球，取代了昔日可见的世事所约定俗成的一切。技术的统治不仅把一切存在者设立为生产过程中可制造的东西，而且通过市场

---

① 《共产党宣言》，人民出版社 2018 年版，第 31 页。

把生产的产品提供出来。人之人性和物之物性，都在自身贯彻的制造范围内分化为一个在市场上可计算出来的市场价值。"①

　　更重要的是，在这个技术制造出来并且始终由技术控制的市场上，"自由交换"的最终结果必定是资本的增殖。个体生命"自由选择"的最终结果必定是人类社会的进步，否则，就不符合市场经济规律，就不符合甚至是违背了历史的必然规律。对因终有一死而具有不可替代的唯一性和神圣性的"个体生命"——请注意，不是某种普遍的"人的本质"，也不是国民经济学的"统计数字"——而言，当线性历史时间成了唯一的生存维度，"进步"剥夺了个体生命不可替代的唯一性和永恒性之后，注定要在"进步"中被后人所超越的我们，预先取悦和献媚于后人，为后人留下更多的财富，就成了他唯一的责任、他必须要尽的"本分"②。这种"本分"，或曰"天职"，其实就是资产阶级的市场交换法则：不能获得比最初财富更多的财富的交换，就是商业利益的"亏损"；不能超越上一代"前人"，为后人留下更多的财富，就是"个人发展"的失败。更重要的是，随着"进步"的加速，"一代人"的"代"，也越来越快地失去了最初的以个体生命周期为基础的自然性特征，蜕化成了纯粹的"空洞现在时"的物理时间坐标。

　　象征性的消失，因此不是一个简单的美学和写作技术问题，而是深层生存空间的致命的巨大变革。黄遵宪等人那种独立自足的自信感，在五四的胡适们这里，反而消失了。相反，一种在"古之人"面前无独立生存空间的压迫感和丧失感，推动着他们把"打倒旧文学"，认定为建设"新文学"即"国语的文学"必须前提，把晚清的"文学改良"，变成了五四的"文学革命"。"对于思想正犹如对于人一样，真实的情况乃是除非他们都站在同一块大地上，否则他们就

---

① ［德］马丁·海德格尔：《诗人何为？》，载《林中路》（修订本），孙周兴译，上海译文出版社 2004 年版，第 306 页。

② ［意］但丁：《论世界帝国》，朱虹译，商务印书馆 2007 年版，第 1 页。

不可能进行战斗。在不同的理解层次之上的思想彼此交锋，是永远不会发生冲突或伤害的，因为他们永远不会发生接触，永远不会冲撞。"① 非此即彼，非打倒"旧文学"不足以建设"新文学"的"革命"，实际上就是"古人"和"今人"生活在一个唯一的共同空间之中且此一空间已预先被"古人"垄断的情形之下发生的。面对"古人"的无可忍受的压迫感，催生了以"白话目的论"为武器的"文学革命"。

因此，从"我手写吾口"，直接在"今之我"与"今之世"的共时性关系中来讨论诗歌的黄遵宪，到在"今之我"与"未来国"的历时性关系中来思考问题的胡适，中国现代新诗的发生和兴起，首先涉及的是生存感觉的变化。晚清那种今人、古人、来者各自生活在不同的差异性空间之中，彼此相互独立，"不必"依附于古人，也"不必"仰仗来者的自信消失了。也可以说，进入"现代"的动力消失了。从源头上看，所谓"现代人"，其实就是摆脱了把人视为堕落的有罪之物的传统思想，把自己的生存根基从神性转移到人类自身的理性，坚信"人的完善取决于自己的理性"的信念②，"满怀对于自己的新的信心，带着对人类力量和新的成就的认识"③ 的人。

把借助于"未来"之力打倒"过去"视为新文学必由之路的"新诗人"，实际上再一次把个人生存根基从自身的理性转移到了"他者"身上。不是自己对自己的信任，而是对"未来"的信任，以及对"过去"的仇恨，共同决定了"今之人"也就是"现在之我"的生存样态与可能。否定"过去"，是因为"过去"支配和控制了"现在之我"的命运。向往"未来"，是因为"现在之我"只有

① [美]卡尔·贝克：《启蒙时代哲学家的天城》，何兆武译，江苏教育出版社2005年版，第104页。

② [美]维塞尔：《启蒙运动的内在问题》，贺志刚译，华夏出版社2007年版，第86页。

③ [英]A.C.麦克吉费特：《现代宗教观念的兴起》，转引自[英]詹姆斯·C.利文斯顿：《现代基督教思想》，何光沪译，四川人民出版社1992年版，第2页。

在"未来"的支配和控制之下，才能获得自由和幸福。一句话，要么受"过去"支配，要么受"未来"支配，而唯独不受"现在"及"现在之我"的支配。必须借助"他者"，"现在之我"才能找到和确定自己的价值。

预设一个对立性的"他者"，进而在否定这个对立性"他者"中来建构自身的合法性，不仅是诗人的生存样态，更是"白话新诗"建立自身合法性的基本途径。胡适对"白话新诗"的设想和要求，核心其实只有一条，即"不是旧诗"。这其实是一个从"打倒旧诗"，从"旧诗"的束缚和压迫中解放出来的先在观念中派生出来的差异合法。如姜涛所说，胡适心目中的"新诗"形象，"主要是由文言／白话、新／旧的冲突来辨识的，这种'形象'确认呼应着理论上'诗体解放'的解说，并以白话文运动为整体性背景"，"对于旧诗诗体的解放，于是成为新诗主要的合法性来源"。① 废名的说法则从另外的角度补充了新诗合法性的差异性建构带来的问题："直到现在，一般做新诗的人都还是陷于一个混乱的意识之中，以为一定要做新诗，而新诗到底不知道应该是一个什么样子，大家纳闷而已。"②

郭沫若的《女神》之所以被闻一多以及后来的文学史家誉为真正的"新诗"，其根据同样是"打倒"和"解放"的差异性逻辑。"若讲新诗，郭沫若君底诗才配称新诗呢，不独艺术上他的作品与旧诗词相去最远，要紧的是他的精神完全是时代的精神——二十世纪底时代的精神。"③ 反抗一切，打破一切，就是这种时代精神最重要的元素之一。"诗体大解放"的口号和实践，其合法性因此不在自身，而在于作为否定性对象、作为压迫者、作为束缚者而存在的有格律的"旧诗"——正如革命的合法性不在于它对生命和社会财产的毁灭，而在

① 姜涛：《"新诗集"与中国新诗的发生》，北京大学出版社 2004 年版，第 144 页。
② 废名：《〈周作人散文钞〉废名序》，载王风编：《废名集》第 3 卷，北京大学出版社 2003 年版，第 1279 页。
③ （闻）一多：《〈女神〉之时代精神》，1924 年 6 月 3 日《创造周报》第 4 号。

于它所毁灭之对象的"邪恶性"。

伦理的悖论性倒转就在这里：不是我们自己的正义，而是"他者"的邪恶，成了我们的合法性来源①。现代性解放神话的合法性，不是，也不可能，来源于解放本身，而只能来源于"邪恶的敌人"和"丑恶的社会"。而问题的关键，不在于"邪恶的敌人"是不是存在、"罪恶的压迫者"是不是应该被彻底打倒，而在于我们的行为究竟是应该由"他者"，还是由我们自己来决定。在自我和主体已经被解构为权力碎片的今天，为了免于遭到"我们自己"的悖论，这个问题的另一种表述是："我们"和"我们的现在"有没有作为一种独立自足的存在而被思考的权利？如果有这种权利，那么随之而来的就是这样一个问题：我们有没有能力立足于"我们的现在"来思考和确定"我们的现在"？

对以欧洲基督教思想为背景来思考"现代"的韦伯（Max Webber）来说，所谓"现代"，就是人类不再相信神，也不再依赖神的力量来为自己提供合法性，而是转而依靠自身的理性和计算能力来把握世界，自己为自己创造合法性的智化与理性化过程。"日益智化与理性化并不表明，对赖以生存的生活条件有了更多的一般性知识。倒是意味着别的，就是说，知道或者相信：只要想知道什么，随时都可以知道，原则上没有从中作梗的神秘不可测的力量；原则上说，可以借助计算把握万物。"②现代性话语最坚定的捍卫者哈贝马斯（Jürgen Habermas），同样把自己为自己创造合法性视为现代意识的根本特征，"现代人不能或不愿再从其他时代样本那里借用其发展趋向的准

---

① 长期流行的一种诗歌社论的写作模式，就是先描述并诅咒一下当时邪恶的社会历史文化语境对诗和诗人的压迫，随之从时代的邪恶中推出某诗人或某种诗歌写作难能可贵的结论。诗人因时代的邪恶而怀才不遇，成了诗歌的殉道者、诗歌英雄。所有的诗歌，似乎也因为写于邪恶的时代，而不是诗歌自身的写作而获得了价值。

② ［德］马克斯·韦伯：《伦理之业——马克斯·韦伯的两篇哲学演讲》，王容芬译，广西师范大学出版社 2008 年版，第 15 页。

则，而必须自力更生，自己替自己制定规范"①。

审美现代性诉求，就是现代人试图摆脱宗教力量，自己为自己创造合法性的努力之一。在对自身力量的信任中，现代人派生出了高昂的自我感。"个人被认为是独一无二的，有着非凡的抱负，而生命变得更加神圣、更加宝贵了。申扬个体生命也成为一项本身富有价值的工作。"② 在波德莱尔看来，所谓"现代性"，就是从短暂和消逝着的"现在"提炼出永恒，自己为自己提供合法性根据。炼金术士从看起来粗糙杂乱的材料中提炼出黄金，而现代性的诗人，则必须从杂乱喧嚣的现代生活中提炼出永恒性，发掘"我们特殊的激情""我们的美"。

短暂而消逝着的"现在"本身就蕴含着永恒性。寻找现代性，就是把这种永恒性抽取出来，寻找"现在"的永恒。这是一种不依赖于伟大的古典传统，也不会消失在未来的永恒现在时关系。"独立的作品仍然受制于它发生的那一瞬间；正是由于作品不断浸入到现实性中，它才能永远意义十足，并冲破常规，满足不停歇的对美瞬间要求。而在此瞬间中，永恒性和现实性暂时联系在了一起。"③

在我们今天熟悉的现代性进步时间观尚未完全淹没一切的 19 世纪，波德莱尔主要强调的是现代性与古典性的对立，侧重于关注如何让"现在"从"过去"的遮蔽中呈现出来。福柯（Michel Foucault）的解读，则强调了波德莱尔拒绝运动和变化的一面，并非简单地追逐时光流逝，追逐时髦的一面：

　　人们往往以对时间的非连续性意识——与传统的断裂、对新

---

① ［德］于尔根·哈贝马斯：《现代性的哲学话语》，曹卫东等译，译林出版社 2004 年版，第 8 页。

② ［美］丹尼尔·贝尔：《资本主义文化矛盾》，赵一凡等译，生活·读书·新知三联书店 1989 年版，第 96 页。

③ ［德］于尔根·哈贝马斯：《现代性的哲学话语》，曹卫东等译，译林出版社 2004 年版，第 11 页。

颖事物的感情和对逝去之物的眩晕——来表示现代性的特征。这正是波德莱尔用"过渡、瞬间即逝、偶然性"来为现代性下定义时所要表达的意思。但是，对他来说，成为现代的，并非指承认和接受这种恒常的运动。恰恰相反，是指针对这种运动持某种态度。这种自愿的、艰难的态度在于重新把握某种永恒的东西，它既不超越现时，也不在现时之后，而是在现时之中。现代性有别于时髦，后者只是追随时光的流逝。现代性是一种态度，它使得人得以把握现时中"英雄"的东西。现代性并不是一种对短暂的现在的敏感，而是一种使现在"英雄化"的意愿。①

换句话说，既不依附于"过去"，也不献媚于"未来"，而是提炼"现在"蕴含的永恒性，使现在"英雄化"。这，就是波德莱尔对现代性的追求——相对于我们今天所熟悉的、以进步时间观为奠基性前提的现代性而言，毋宁说，这是一种致力于提炼和发掘生活碎片中蕴含的永恒的象征性追求。

回到中国新诗发生的历史现场来。以波德莱尔为参照，不难看出，从黄遵宪在"今之人"和"今之世"的共时性关系中的"我手写吾口"，到胡适以"未来国语正宗"为根基的"革命"，其实就是波德莱尔式的象征性被进化史观的现代性所取代和遮蔽的过程。胡适等人简单地颠倒了传统的退化史观，把时间的价值重心从"过去"转移到"未来"，把"白话"从"今人语"转变为"未来国语"，从而引爆了打破和反抗传统束缚的"诗体大解放"。进而应和着整个社会文化精神领域的"个性解放"运动，把白话新诗推上了中国文学的前沿。"我们的现在"也随着白话新诗的胜利，而变成了"未来"的前奏和准备阶段。时间的连续性，成了我们唯一的生存领域和思考空

---

① ［法］福柯：《何为启蒙》，载杜小真编：《福柯集》，上海远东出版社 1998 年版，第 534 页。

间。进化史观，则成了我们唯一的评价尺度。

"现在"消失的结果，不仅是"现在的我们"的意义的消失——比如消失在为一个错误的目标服务的过程中——更是意义本身的消失。韦伯曾忧心忡忡地谈到"进步"对个体生命意义的消解：

> ……被放在"进步"之中，放在永恒之中的文明的个人生命，从其固有的内在含义来看，是不会有尽头的。处于进步中的人，前面还有下一个进步。没有一个死去的人达到了处于无限之中的顶峰。亚伯拉罕或任何一个古代的农民，"寿终正寝"，因为他处于生命的有机循环中，因为即使按照他的想法，生命在他暮年也已给他带来了所能奉献的一切，因为对于他来说，再也没有想要解开的谜，所以，他已经活"够"了。但是，一个文化人，处在不断丰富的文明中，有他的思想、知识、课题，他可以"活累"了，但不是：活够了。因为他捕捉的不过是精神生命不断创造出来的新东西中微乎其微的一部分，而且总是一时的，而非终极的，所以，死对于他是一件没有意义的事情。因为死没有意义，所以文化生命也就没意义了，这种生正是用它的没意义的"进步性"给死打上了没意义的烙印。[①]

但即便如此悲观的韦伯，仍然坚持认为只有科学被卷入了这种没有意义的"进步性"。"艺术领域中则没有这种意义上的进步。不能说，某时代的一件采用了新技巧或运用了透视法的艺术品就因此比那种根本没有这种技巧和方法知识的艺术品的艺术性高——只要后者的实质与形式相称，就是说，即使不使用那些条件与手段，也能艺术地选择和处理自己的对象。一件真正'完美'的艺术品，永远不会被超越，

---

① 　[德] 马克斯·韦伯：《伦理之业——马克斯·韦伯的两篇哲学演讲》，王容芬译，广西师范大学出版社 2008 年版，第 15—16 页。

永远不会过时……"①

在我看来，韦伯仍然过分天真了。包括中国新诗在内，今天的中国艺术已经深深地卷入了"进步性"。更准确地说，在今天的中国，"进步性"席卷了包括中国新诗在内的一切。在胡适那里，新"题材"本身就代表了进步，代表了艺术性。到朱自清手上，"新诗的进步"已经成了不证自明的话语逻辑，题材上的"新"和艺术技巧上的"新"，构成了"进步"的两副面孔。20世纪50年代之后，现实主义、浪漫主义和现代主义等流派与创作倾向，在"进步/落后"的进化论时间观中，悄然排定了价值等级秩序。20世纪80年代以来，我们虽然在争吵中改写了这个价值等级秩序，却依然没有对"艺术的进步"神话有过彻底的反思和检讨。相反，所有争吵都在"艺术的进步"的神话中展开，并最终反过来强化了此一神话。

而正如开头指出的那样，随着现代性进步史观的展开，"新诗的进步"也以加速度的形式不断得到强化，以代际命名为症候的生物诗学，实际上已经迫不及待地把进步烙在了诗人们的身体上。意义消失了，剩下的只有自然性的身体，转瞬即逝的、过渡性的身体，对现代性的追求，就这样转向了反面，成了对时髦、对时间本身的追求，也就是走向了虚无，走向了对虚无、对不可穷尽之"物"的无休止的追逐。

因此，重新回到中国新诗发生的历史现场，提出象征性之维的消失问题，不仅仅是对"新诗"艺术或者美学的关切；更重要的，它试图在避开简单化地回到"过去"的古代性话语和同样简单化地追逐"未来"的现代性话语之间，寻找一种思考和关注"我们的现在"，使我们的现在"英雄化"的可能。尽管"白话新诗"的发生就是从某种特定的生存感受中生发出来的历史冲动，但这绝不意味着我们可以

---

① ［德］马克斯·韦伯：《伦理之业——马克斯·韦伯的两篇哲学演讲》，王容芬译，广西师范大学出版社2008年版，第13—14页。

以"过去"为榜样，指望一种完全摆脱了"白话新诗"的"新诗"会再一次发生，把我们从"五四"以来的白话新诗传统中"解放"出来。恰好相反，我们的问题，乃是如何在既没有"过去"的古代性作为依托，又没有"未来"的现代性作为"担保人"的情形下，把"现在"的永恒性提炼出来。不是在短暂的、过渡的现代性碎片中寻找"过去"的影子，也不是在其中发掘"未来"的萌芽或者准备性元素，而是在其中耐心地提炼"现在时态的永恒"。

第二章 胡适：面对"旧诗"的"新诗"

在现代性"弑父"中诞生的中国新诗，"不但新于中国固有的诗，而且新于西方固有的诗"①，因而自诞生之日起，它就不得不回头来做自己的父亲，开始了自己为自己创造历史合法性的现代性历程。从胡适开始，新诗人们一面遵循着"文成而法立"的原则，以具体的创作实绩来展示着新诗无可置疑的历史存在；一面又纷纷在"戏台里喝彩"②，竭力把自己关于新诗的想象和创作经验提升为普遍的新诗本体特征，建构新诗的历史合法性。在各种生动具体甚至相互冲突的个人创作经验和诗学想象支配下，中国新诗的本体话语始终呈现为众声喧哗的多元状态。对期待着一劳永逸的普遍性规范和标准的科学主义者而言，这意味着中国新诗的历史合法性问题始终没有得到圆满的最后解决。但换个角度，正是本体话语之间的辩驳和对话，让中国新诗始终保持着本体特征的开放性，得以接纳丰富多样的历史经验和审美想象，铸就了新诗史的可能性。

作为开端，胡适的新诗本体话语，一方面为初期白话诗的大胆尝试提供了历史合法性，另一方面又以其内在悖论为缺口，敞开了中国现代新诗的历史可能性。

---

① （闻）一多：《〈女神〉之地方色彩》，1923 年 6 月 10 日《创造周报》第 5 号。

② 胡适：《〈尝试集〉再版自序》，载姜义华主编：《胡适学术文集·新文学运动》，中华书局 1993 年版，第 408 页。

一、共时性话语空间中的"历史的文学观念"

胡适说得很清楚，"白话作诗不过是我所主张'新文学'的一部分"①，讨论胡适的新诗理论，就得从他关于"新文学"的整体构想、从什么要提倡"新文学"谈起。

胡适提倡"新文学"的根本目标，是治疗旧文学"无病呻吟""摹仿古人""言之无物"三大病。三大病症状不同，根源则一："文胜之敝，至于此极，文学之衰，此其总因矣。"②对症下药，为治疗旧文学的"文胜"之弊，胡适的药方自然也就围绕着"质"做文章：

> 纵观文学堕落之因，盖可以"文胜质"一语包之。文胜质者，有形式而无精神，貌似而神亏之谓也。欲救此文胜质之弊，当注重言中之意，文中之质，躯壳内之精神。③

《文学改良刍议》等反复申述的"八事"，核心其实只有一条："须言之有物"。其余诸如"不用典""不摹仿古人""须讲求文法"之类，要么是对何为"言之有物"的进一步具体规定，要么是如何做到"言之有物"的基本途径。当胡适进一步把旧文学和新文学之间的区别，概括为"死文学"与"活文学"之间的区别时，文学革命就进一步被压缩到了文学表达工具的革命上："死文字不能产生活文学，要

---

① 胡适：《寄陈独秀·附二：文学革命八条件》，载姜义华主编：《胡适学术文集·新文学运动》，中华书局 1993 年版，第 18 页。

② 胡适：《吾国文学三大病》，载姜义华主编：《胡适学术文集·新文学运动》，中华书局 1993 年版，第 5 页。应为"文胜之弊"，原文如此。

③ 胡适：《寄陈独秀》，载姜义华主编：《胡适学术文集·新文学运动》，中华书局1993 年版，第 17 页。

创造活文学，所以就要用白话"。①

在文／质、形／神两者之间，质重于文，神重于形，一直是中国传统文学思想的主导性价值结构。胡适对"须言之有物"的重视和强调，本身并没有多少创新之处，更谈不上什么革命。同时，胡适自己也承认，以白话作为工具，并非自己的发明，而是一个历史的自然趋势，"……自从《三百篇》到于今，中国的文学凡是有一些价值，有一些儿生命的，都是白话的，或是近于白话的。"②提倡以白话为文学表达工具、创造活文学，也不是胡适个人的发明，至少不是一种革命性的发明。

"须言之有物"和"必须用白话"，这两个本身没有多少新意的理论主张，之所以能够成为"文学革命"的导火线，在中国文学史上劈开一个崭新的时代，关键在于"历史的文学观念"。不是单独的诗学元素本身，而是诗学元素的组合方式，带来了革命的颠覆性。粗略地说，传统的中国诗学，一直是在文与道也即文学与超历史的天道两者的共时性关系中思考文学，讨论"言之有物"，定义"一代有一代之文学"。但胡适，却是在"历史的文学观念"中，也就是在文与史即文学与当下历史语境之间的共时性关系中来谈论文学。

传统文学思想的核心问题，是文学与超越具体历史时空的永恒的天道之间的联系，文／质、形／神问题，均从此派生出来。胡适多次批判的摹仿古人问题，实际上也只有在文与道的联系中才能得到合理的解释：古人，尤其是古之圣人的文章之所以伟大，乃是因为把握并承载了天地之大道，摹仿古人乃是为了追步其后，最终把握其中蕴含的天地之大道，而不是胡适所指责的写作技术和文学风格问题。摹仿古人的合法性根基，乃是过去重于未来的时间价值等级观。

---

① 胡适：《新文学运动的意义》，载姜义华主编：《胡适学术文集·新文学运动》，中华书局 1993 年版，第 175 页。

② 胡适：《建设的文学革命论》，载姜义华主编：《胡适学术文集·新文学运动》，中华书局 1993 年版，第 42 页。

　　但在胡适这里，进化论颠倒了传统的时间价值等级，确立了未来重于过去的现代性时间价值等级。在进化论的支持下，胡适明确提出："居今日而言文学改良，当注重'历史的文学观念'。一言以蔽之，曰：一时代有一时代之文学。此时代与彼时代之间，虽皆有承前启后之关系，而决不容完全抄袭；其完全抄袭者，决不成为真文学。愚惟深信此理，故以为古人已造古人之文学，今人当造今人之文学。"新文学家与古文家的根本分歧，就在于"吾辈主张'历史的文学观念'，而古文家则反对此观念也。吾辈以为今人当造今人之文学，而古文家则以为今人作文必法马班韩柳。其不法马班韩柳者，皆非文学之'正宗'也。吾辈之攻古文家，正以其不明文学之趋势而强欲作一千年二千年以上之文。此说不破，则白话之文学无有列为文学正宗之一日，而世之文人将犹鄙薄之以为小道邪径而不肯全力经营作之"①。

　　胡适"一时代有一时代之文学"论，包含作家、作品和时代三个要素，所以不是文学史意义上的文学发展论，而是文学与当下历史语境之间的共时性关系问题。

　　具体来说，就是生活在某个特定历史时期的作家，如何用文学作品记录和表现此一历史时期社会生活。"文学乃是人类生活状态的一种记载，人类生活随时代变迁，故文学也随时代变迁，故一代有一代之文学。"② 基于此，胡适认为真正有价值的"活文学"，应该是作家记录和表现自己所处时代之文学。在《五十年来中国之文学》中，胡适批评说，太平天国时期，东南各省受害最深，但身为"一代诗人，生当这个时代"的王闿运，诗集中"竟寻不出一些真正可以纪念这个惨痛时代的诗"。而同时代的金和之所以值得被赞赏，则是因为他沉痛而真实地记载了太平天国的战乱，"他的纪事诗不但很感人，还有

---

① 胡适：《历史的文学观念论》，载姜义华主编：《胡适学术文集·新文学运动》，中华书局 1993 年版，第 32—33 页。

② 胡适：《文学进化观念与戏剧改良》，载姜义华主编：《胡适学术文集·新文学运动》，中华书局 1993 年版，第 74 页。

历史的价值"①。胡适对吴趼人、李宝嘉和刘鹗等人的白话小说的高度赞赏，持的也是同一价值尺度，"以此种小说皆不事摹仿古人（三人皆得力于《儒林外史》，《水浒》，《石头记》。然非摹仿之作也），而惟实写今日社会之情状，故能成真正文学"②。

由此不难看出，胡适"历史的文学观念"，恰好不是历时性维度上的文学史观念，而是把"一个一个的时代截断了看"③的共时性文学观念。其基本结构和运作逻辑是：首先以作家的生活为依据，锚定"时代"，进而在"时代"与"文学"的共时性关系中，要求作家忠实地记录和表现自己生活于其中的"时代"，即"实写今日社会之情状"。

运用白话的要求，就是从这个共时性的"历史的文学观念"引申出来的。胡适论证说：

> 为什么死文字不能产生活文学呢？这都由于文学的性质。一切语言文字的作用在于达意表情；达意达得妙，表情表得好，便是文学。那些用死文言的人，有了意思，却须把这意思翻成几千年前的典故；有了感情，却须把这感情译为几千年前的文言。明明是客子思家，他们须说"王粲登楼"，"仲宣作赋"；明明是送别，他们却须说"阳关三叠"，"一曲渭城"；明明是贺陈宝琛七十岁生日，他们却须说是贺伊尹周公傅说。更可笑的：明明是乡下老太婆说话，他们却要他打起唐宋八家的古文腔儿；明明是极下流的妓女说话，他们却要他打起胡天游洪亮吉的骈文调子！……请问这样做文章如何能达意表情呢？既不能达意，既不能表情，哪里还有文学呢？

---

① 胡适：《五十年来之中国文学》，载姜义华主编：《胡适学术文集·新文学运动》，中华书局 1993 年版，第 101—102 页。
② 胡适：《文学改良刍议》，载姜义华主编：《胡适学术文集·新文学运动》，中华书局 1993 年版，第 22 页。
③ 废名：《〈周作人散文钞〉废名序》，载王风编：《废名集》第 3 卷，北京大学出版社 2009 年版，第 1278 页。

其结论是："中国若想有活文学，必须用白话，必须用国语，必须做国语的文学。"①

在解释何谓"务去烂调套语"时，胡适说得更明白：

> 吾所谓务去烂调套语者，别无他法，惟在人人以其耳目所亲见亲闻所亲身阅历之事物，一一自己铸词以形容描写之；但求其不失真，但求能达其状物写意之目的，即是工夫。其用烂调套语者，皆懒惰不肯自己铸词状物者也。②

胡适文学思想的核心问题，显然文学如何表现和记录共时性语境中的生活经验："文学的生命全靠能用一个时代的活的工具来表现一个时代的感情与思想。工具僵化了，必须另换新的，活的，这就是'文学革命'。"③

就此而言，胡适后来虽然曾遭到举国上下大批判，但其"历史的文学观念"，实则与主流教科书的"现实生活论"，同出一辙。

二、"新诗不是旧诗"

文学只是记录和表现社会生活经验的工具。所以，无论是提倡白话还是尝试白话新诗，胡适真正关心的其实不是文学自身的内部问题，而是文学与其共时性语境中的生活经验之间的关系问题。从始至

---

① 胡适：《建设的文学革命论》，载姜义华主编：《胡适学术文集·新文学运动》，中华书局1993年版，第43页。
② 胡适：《文学改良刍议》，载姜义华主编：《胡适学术文集·新文学运动》，中华书局1993年版，第23页。
③ 胡适：《逼上梁山》，载姜义华主编：《胡适学术文集·新文学运动》，中华书局1993年版，第200页。

终，胡适都是根据文学之外的社会生活经验来构想和设定新文学应该是什么，而没有把新文学当作独立的话语空间，深入思考过新文学是什么的本体问题。

同时，胡适开始尝试白话新诗写作的时候，所谓的白话新诗能否成立尚属未知之数。"我此时练习白话韵文，颇似新辟一文学殖民地。可惜须单身匹马而往，不能多得同志，结伴同行。然我去志已决。公等假我数年之期。倘此新国尽是沙碛不毛之地，则我或终归老于'文言之国'，亦未可知。"① 在白话新诗本身尚待创造的情形下，其本体特征自然也无法通过历史的归纳而达成。

胡适的新诗本体话语，事实上是借助于"旧诗"的历史存在，通过不断强化"新诗"和"旧诗"之间的差异建立起来的。没有"旧诗"作为共时性的历史前提，就没有胡适关于"新诗"的想象，至少，胡适的"新诗"会是另一个样子。"新旧之争"也好，"中西之争"也罢，说到底，仍然是共时性文化空间中的"诸神"之争。

对抱着实验主义的态度尝试新诗写作，标举"但开风气不为师"的胡适来说，重要的不是"新诗是什么"的本质主义同一性问题，而是"新诗不是旧诗"的差异性问题。在他的叙述中，白话新诗的成立，要点不是确立自身美学规范和文体特征，而是挣脱"旧诗"束缚，"要看白话是不是可以做好诗，要看白话诗是不是比文言诗要更好一点"②。胡适称赞周作人的《小河》"是新诗中的第一首杰作"，依据就是这个比较性标准："那样细密的观察，那样曲折的理想，决不是那旧式的诗体词调所能达得出的"。同理，胡适认为自己的《应该》也是一首杰作，因"这首诗的意思和神情都是旧体诗所达不出的"，

---

① 胡适：《逼上梁山》，载姜义华主编：《胡适学术文集·新文学运动》，中华书局1993 年版，第 213 页。

② 胡适：《〈尝试集〉自序》，载姜义华主编：《胡适学术文集·新文学运动》，中华书局 1993 年版，第 382 页。

而康白情的《窗外》，"若用旧诗体，一定不能说得如此细腻"。①

　　除了阐释和评价具体作品之外，胡适还把这个差异性标准用于新诗史的建构，把"新诗"建立的历史，叙述成了逐渐挣脱"旧诗"束缚的历史。《尝试集》出版的时候，胡适就从诗集的编次和序言的引导与定位等方面入手，从强调"新诗"与"旧诗"的区别出发，在"旧诗"/"新诗"的差异性话语空间中，把"对于旧诗的诗体解放"，叙述成了"新诗主要的合法性来源"。② 叙述初期白话诗的历史进程时，胡适也采用了同样的框架和标准。在被视为"诗的创造和批评的金科玉律"③的《谈新诗——八年来的一件大事》中，胡适指出："我所知道的'新诗人'，除了会稽周氏兄弟之外，大都是从旧式诗，词，曲里脱胎出来。沈尹默君初作的新诗是从古乐府化出来的"，自己的新诗则多从词调中化出，新潮社的傅斯年、俞平伯和康白情等人的新诗，"也都是从词曲里变化出来的，故他们初做的新诗都带着词或曲的意味音节"，属于"一半词一半曲的过渡时代"。④ 为汪静之的诗集《蕙的风》作序时，胡适又一次重复了《谈新诗》的差异性标准和话语框架：

　　　　当我们在五六年前提倡做新诗的时候，我们的"新诗"实在还不曾做到"解放"两个字，远不能比元人的小曲长套，近不能比金冬心的自度曲。我们虽然认清了方向，努力朝着"解放"去做，然而当日加入白话诗的尝试的人，大都是对于旧诗词用过一番功夫的人，一时不容易打破旧诗词的镣铐枷锁。故民国六、

---

① 胡适：《谈新诗——八年来的一件大事》，载姜义华主编：《胡适学术文集·新文学运动》，中华书局1993年版，第386—387页。

② 姜涛：《"新诗集"与中国新诗的发生》，北京大学出版社2003年版，第144页。

③ 朱自清：《〈中国新文学大系诗集〉导言》，载《朱自清全集》第4卷，江苏教育出版社1996年版，第367页。

④ 胡适：《谈新诗——八年来的一件大事》，载姜义华主编：《胡适学术文集·新文学运动》，中华书局1993年版，第390—391页。

七、八年的"新诗"，大部分只是一些古乐府式的白话诗，一些《击壤集》式的白话诗，一些词式和曲式的白话诗，——都不能算是真正的新诗。但不久就有许多少年的"生力军"起来了。少年的新诗人中，康白情俞平伯起来最早；他们受旧诗的影响，还不算很深（白情《草儿》附的旧诗，很少好的），所以他们的解放也比较更容易。……直到最近一两年内，有一班少年诗人出来；他们受到旧诗词的影响更薄弱了，故他们的解放也更彻底。……静之就是这些少年诗人之中的最有希望一个。①

不难看出，胡适的"新诗"之所"新"，其实是在与"旧诗"的比较中呈现出来的差异性特征。没有作为反向参照系统的"旧诗"之"旧"，胡适正面倡导的"新诗"之"新"就无从显现。"旧诗"实际上是以"缺席的在场"，潜在地规定了"新诗"之为"新诗"的历史特征及其生长方向。

逻辑上，"新诗不是旧诗"的命题，事实上只回答了"新诗不是什么"的问题——而且，是无法穷尽的多种答案中的一种——而没有回答"新诗是什么"。废名曾明确指出："胡适之先生最初白话诗的提倡，实在是一个白话的提倡，与'诗'之一字可以说无关，所以适之先生白话诗的尝试做了他的白话文学运动的先声。适之先生说中国诗向来就是朝着白话方面走的，仿佛今日的这个白话诗是中国的诗的文学一个理想的标准。直到现在，一般做新诗的人都还是陷于一个混乱的意识之中，以为一定要做新诗，而新诗到底不知道应该是一个什么样子，大家纳闷而已。"②

---

① 胡适：《〈蕙的风〉序》，载姜义华主编：《胡适学术文集·新文学运动》，中华书局 1993 年版，第 454—455 页。

② 废名：《〈周作人散文钞〉废名序》，载王风编：《废名集》第 3 卷，北京大学出版社 2009 年版，第 1287—1289 页。

三、白话对新诗的消解

胡适以"要须作诗如作文"和"诗体大解放"两大信条为基础建立起来的新诗本体话语中，不仅"新诗"自身的形象暧昧不明，而且包含着相互抵牾、自我消解的因素。

"要须作诗如作文"，是胡适针对"白话是否可以作诗"之疑问的回答，意即作诗也和作文一样，可以而且应该采用白话。在白话小说、白话散文等已经获得广泛社会承认的情形下，胡适此一主张，首先指向的不是作为一种相对独立的话语形态的"诗"自身的特殊性，而是"诗"与"文"在语言上的普遍性。再者，对始终在文学与外部社会生活经验的关联中来谈论和思考文学问题、意在救中国文学"文胜质"之弊的胡适来说，用白话作诗，仅仅是"新诗"得以成立的一个工具性前提。胡适自己说过，"我也知道光有白话算不得新文学，我也知道新文学必须有新思想和新精神"，只是出于"有了新工具，我们方才谈得到新思想和新精神等等其他方面"的考虑，作为工具的白话问题才由逻辑上的末端，占据了时间上的开端。提倡用白话作诗，根本的用意因而不在新诗自身，而是为了"要证明白话可以做中国文学的一切门类的唯一工具"。①

按照胡适的内在话语逻辑，"诗体大解放"乃是在有了"白话"这个新工具的前提下，让"新思想和新精神等等其他方面"的元素得以发生的具体途径。"中国近年的新诗运动可算得是一种'诗体的大解放'。因为有了这一层诗体的解放，所以丰富的材料，精密的观察，高深的理想，复杂的感情，方才能跑到诗里去。五七言八句的律诗绝

---

① 胡适：《逼上梁山》，载姜义华主编：《胡适学术文集·新文学运动》，中华书局1993年版，第210—211页。

不能写精密的观察，长短一定的七言五言绝不能委婉达出高深的理想与复杂的感情。"①不难看出，在文学与外部社会生活经验之间的关联上，胡适关注的是外部社会生活经验对文学的决定作用，而不是文学自身的形态和结构问题；在白话新诗和其他文类之间的关系上，胡适关注的是白话新诗和其他文类之间的共同性，而不是白话新诗自身区别于其他文类的特殊规定性。

"要须作诗如作文"在语言层面上强调诗／文之间的共同性，其实是取消了诗／文之间的文体差异。"诗体大解放"则进一步从形式上拆除了诗／文界限，导致了新诗本体特征的模糊和暧昧。

更重要的是，胡适所谓的"白话"，是根据语言和特定时代的社会生活经验之间的共时性关系来确定的，而非历时性维度上的历史范畴。按照胡适的说法，"文学本没有甚么新的旧的分别"②，所谓的"旧文学"，指的是由于作为表达工具的历时性维度上的过去时代之语言，和作为表达对象的共时性维度上的"今时代"社会生活经验之间的错位，因而丧失了记载和表现"今时代"社会生活经验之能力的文学。在后来的表述中，胡适又进一步把这种表达工具和表达对象之间的错位，简化为言／文之间的对立，并在此基础上，根据欧洲各民族国家言／文合一的现代经验，提出了用"白话"作诗的主张。这就是说，"白话新诗"得以成立的前提，乃是当时中国社会言／文分离这一普遍性的历史事实，而"白话新诗"的发展方向和目标，则是循言／文合一的现代性途径，最终消解此一历史事实，也就是消解自身得以成立的逻辑前提。据此，当过去时代的表达工具和"今时代"的表达对象之间的错位不再存在，即言／文分离的历史事实消失的时刻，也就是胡适的"白话新诗"消失的时刻。

---

① 胡适：《谈新诗——八年来的一件大事》，载姜义华主编：《胡适学术文集·新文学运动》，中华书局 1993 年版，第 385—386 页。

② 胡适：《新文学运动的意义》，载姜义华主编：《胡适学术文集·新文学运动》，中华书局 1993 年版，第 169 页。

这样一来，作为以言／文合一为最终目标的"新文学"之一部分的"新诗"，一方面只有在"新诗"和"旧诗"的差异性对立中，通过"诗体大解放"的历史途径，挣脱"旧诗"传统才能确立自身的存在。而另一方面，"新诗"挣脱"旧诗"传统，走向言／文合一的历史过程，恰好又是一个不断拆除"新诗"／"旧诗"之界限的自我消解过程。以"新诗"和"旧诗"的历时性差异性为"新诗"的合法性基础的胡适，面对"新诗"自身时，又不得不反过来强调两者之间的共同性，主张"做新诗的方法根本上就是做一切诗的方法"，"诗须要用具体的做法，不可用抽象的说法"，"旧诗如此，新诗也如此"，[①] 最终背弃了自己的理论前提。当杜甫、辛弃疾和李清照等人的作品被引为"新诗"的写作范本时，胡适所谓的"新诗"，已经从一种有别于"旧诗"的差异性存在，变成了"好诗"的同义词。

胡适的新诗本体话语中，实际上包含着两个内在缺口。第一，是在"要须作诗如作文"的信条下，打破诗／文界限，新诗与散文之间的区别性特征消失之后，作为一种特殊文类的"新诗"在共时性文学场域中的形象难以确定的问题。第二，是"新诗"／"旧诗"之间的历时性差异随着新诗自身的确立而走向消失的问题。前者是"诗"的文体特征无法确定的问题，后者是"新"的革命性能量日益耗尽的问题。

正如论者所说，"新诗"实际上包含着"新"和"诗"两张面孔，除了新旧对立中的"新"之外，还与现代知识谱系中的"诗"话语密切相关。[②] 而随着新诗历史的展开，曾经为新诗的大胆尝试提供了历史合法性的胡适，其新诗本体话语恰好暗中消解了"新诗"的历史形象。正因为此，中国新诗的历史进程，其实不是简单沿袭，而是一个

---

① 胡适：《谈新诗——八年来的一件大事》，载姜义华主编：《胡适学术文集·新文学运动》，中华书局 1993 年版，第 397—398 页。

② 姜涛：《"新诗集"与中国新诗的发生》，北京大学出版社 2003 年版，第 163—164 页。

在背叛和挣脱由胡适开辟的历史道路和诗学方向中寻找自身的发展方向的过程。

换个角度看，胡适为中国新诗设定的，其实是一个开放性的本体话语。针对朱经农"白话诗应该立几条规则"的提议，胡适明确表示："我们做白话诗的大宗旨，在于提倡'诗体的解放'。有什么材料，做什么诗；有什么话，说什么话；把从前一切束缚诗神的自由的枷锁镣铐，拢统推翻：这便是'诗体的解放'。因为如此，故我们极不赞成诗的规则。还有一层，凡文的规则和诗的规则，都是那些做《古文笔法》《文章轨范》《诗学入门》《学诗初步》的人所定的。从没有一个文学家自己定下做诗做文的规则。我们做的白话诗，现在不过尝试的时代，我们自己也还不知什么叫做白话诗的规则。且让后来做《白话诗入门》《白话诗轨范》的人去规定白话诗的规则罢！"[1] 这段颇为自负的话，含有两层意思：其一，白话诗的要旨乃是"诗体的解放"，而不是制定新的规则；其二，胡适以从事创造性写作的文学大家自居，尚不屑于制定规则。

这个态度，为中国新诗的开放性本体话语提供了最好的注脚，也为中国新诗不断背叛和反抗胡适的设定开辟了可能。我们看到，中国新诗的进步和发展，恰好是在背叛和反抗胡适最初设定的本体话语的过程中展开的。

早在 1921 年，刘半农就敏锐地注意到，郭沫若的《凤凰涅槃》等诗作，带来了一种完全不同于《尝试集》的"新诗"，对胡适开创的"白话诗"的权威性构成了严重挑战。[2]1926 年，穆木天更进一步，在给郭沫若的信中宣布胡适是中国新诗运动"最大的罪人"，开始了根据诗与散文的区别性特征重新建构新诗本体话语及其历史道路的努

---

[1] 胡适：《答朱经农》，载姜义华主编：《胡适学术文集·新文学运动》，中华书局1993 年版，第 63 页。
[2] 刘半农：《致胡适》，载《胡适来往书信选》（上），中华书局 1979 年版，第 102 页。

力。①1932 年，刘半农又在《〈初期白话诗稿〉序目》中发出了这样的感叹：新诗诞生十五年以来，中国文艺界"已经有了显著的变动和相当的进步，就把我们这班当初努力于文艺革新的人，一挤挤成了三代以上的古人"②。1936 年，朱自清的《〈中国新文学大系〉诗集导言》，更是将胡适开创的初期白话诗，叙述成了中国新诗的独立流派之一。20 世纪 40 年代后期，冯至也惋惜地说，中国新诗其实并没有沿着初期白话诗"散文化，朴实，好像有很重的人道主义色彩"③ 的方向发展下去。

这就是说，无论从胡适新诗本体话语的差异性建构，还是新诗自身的历史进程而言，中国新诗都不是一个简单地沿袭或者实践胡适理论的历史过程。我们今天对新诗的想象和创新设定，固然可以如穆木天等人那样，从批判胡适的理论主张、宣布胡适为"罪人"开始，但却不应该无视中国新诗自身的历史特征，把对胡适个人的批判上升为对中国新诗的整体批判。本体话语的开放性，乃是历史实践得以展开的理论前提。任何一种无所不包的理论自洽，必然以削减历史活力为代价——正如浮士德只有向魔鬼抵押灵魂之后，才成为无所不能的超人。

---

① 穆木天：《谭诗——寄郭沫若的一封信》，1926 年 10 月 5 日《创造月刊》第 1 卷第 1 期。
② 刘半农：《〈初期白话稿〉序目》，载《刘半农文选》，人民文学出版社 1986 年版，第 274 页。
③ 冯至：《忆朱自清先生》，载《冯至全集》第 4 卷，河北教育出版社 2001 年版，第 134 页。

第三章　朱自清："新诗史"的诞生

　　《〈中国新文学大系〉诗集导言》结尾处，朱自清"按而不断"，把第一个十年的中国新诗划分为自由诗、格律诗、象征诗三派。一年后，朱氏对这个划分作了郑重其事的修订，提出了著名的"新诗的进步"说，把此前"按而不断"的三大诗派，组织成了一个线性时间轴线上的进步序列，断言它们"一派比一派强"①，奠定了中国现代新诗史最初的叙述框架。长期以来，一般研究者和新诗史论著，都只是简单地沿袭朱氏的叙述框架乃至具体结论，没有注意到"新诗的进步"说与现代新诗合法性问题之间的复杂关联。

　　但明眼人不难看出，自由诗派、格律诗派和象征诗派"一派比一派强"的说法，与其说是基于事实观察而得出的结论，不如说是长久以来"极愿意探一探新诗的运命"②，却又因种种原因而踌躇着不敢立"保单"③的朱自清，针对着"新诗不行了"的论调而发明的新诗合法性话语。"新诗的进步"说，实际上是对胡适在"新诗"与"旧诗"的差异性对抗中建构起来的新诗合法性话语的一个历史性突破，成功地将新诗的合法性建立在了新诗自身的历史之上，把现代新诗变成了一个独立自足的话语空间，摆脱了对"旧诗"的对抗性依附。

---

① 朱自清：《新诗的进步》，载《朱自清全集》第 2 卷，江苏教育出版社 1996 年版，第 319 页。

② 朱自清：《新诗》，载《朱自清全集》第 4 卷，江苏教育出版社 1996 年版，第 212 页。

③ 朱自清：《唱新诗等等》，载《朱自清全集》第 4 卷，江苏教育出版社 1996 年版，第 220 页。

一、旧诗传统中的新诗

既不同于传统"旧诗"，又不同于"外国诗"的中国现代新诗，一直存在一个如何在写出作品的同时，建立关于自身合法性话语、为自身的历史存在提供合法性根据的问题。首开其端的胡适，挟席卷中国思想界的进化论思潮，以"历史的文学观念"为武器，在"旧诗"与"新诗"的差异性空间中，根据"新诗"之于"旧诗"的进步性，为中国现代新诗奠定了第一块合法性基石。他的《〈尝试集〉自序》《谈新诗》等辩护文字，运用的就是这种在新旧对比中肯定"新诗"比"旧诗"更好的话语方式。

朱自清"按而不断"的《导言》，其实是跟在胡适后面，继续在"新诗"与"旧诗"的差异性空间中，通过新旧对比来凸显"新诗"之于"旧诗"的进步性。对初期白话诗中的情诗之评价和肯定，就是典型：

> 中国缺少情诗，有的只是"忆内""寄内"，或曲喻隐指之作；坦率的告白恋爱者绝少，为爱情而歌咏爱情的更是没有。这时期的新诗做到了"告白"的一步。《尝试集》的《应该》最有影响，可是一半的趣味怕在文字的缴绕上。康白情氏《窗外》却好。但真正专心致志做情诗的，是"湖畔"的四个年轻人。[1]

不顾一般人的误解和非议，高度肯定郭沫若历史贡献的依据，同样是在"新诗"与"旧诗"——乃至整个"旧文学"——的对比中凸

---

[1] 朱自清：《〈中国新文学大系〉诗集导言》，载《朱自清全集》第4卷，江苏教育出版社1996年版，第369—370页。

显出来的"新":

> 他的诗有两样新东西,都是我们传统里没有的:——不但诗里没有——泛神论,与二十世纪动的和反抗的精神。中国缺乏冥想诗。诗人虽然多是人本主义者,却没有人去摸索人生根本问题的。而对于自然,起初是不懂得理会;渐渐懂得了,却又只是观山玩水,写入诗只当背景用。看自然作神,做朋友,郭氏是第一回。至于动的和反抗的精神,在静的忍耐的文明里,不用说更是没有过的。①

不止《导言》如此。朱氏编选《诗集》的思路,也是着力凸显"新诗"之不同于"旧诗"的"新"。他把自己编选《诗集》的理由,归纳为两条。第一条是"历史的兴趣","我们现在编选第一期的诗,大半由于历史的兴趣;我们要看看我们启蒙期诗人努力的痕迹。他们怎样从旧诗镣铐里解放出来,怎样学习新语言,怎样寻找新世界"。第二条是为"新诗"之"新"搜集样本,确立未来的榜样,"为了表现时代起见,我们只能选录那些多多少少有点儿新东西的诗"。哪些是所谓的"新东西"呢?朱自清进一步解释说:

> 新材料也是的,新看法也是的,新说法也是的;总之,是旧诗里没有的,至少不大有的。②

第一条理由确立了"新诗"与"旧诗"之间的对抗性关系,第二条理由则把"新诗"不同于"旧诗"的差异性特征,暗中转化成了

---

① 朱自清:《〈中国新文学大系〉诗集导言》,载《朱自清全集》第4卷,江苏教育出版社1996年版,第371—372页。
② 朱自清:《选诗杂记》,载《朱自清全集》第4卷,江苏教育出版社1996年版,第381—382页。

"新诗"自身的历史特征,即"新诗"之为"新诗"的"新"。前者可以说是胡适"诗体大解放"的同义语;而后者则是"诗体大解放"之后的自然结果:"因为有了这一层诗体的解放,所以丰富的材料,精密的观察,高深的理想,复杂的感情,方才能跑到诗里去"①。

　　质言之,朱自清的《导言》尽管在具体的观察和结论上体现了精细入微的文学史家品格,但总的来说依然笼罩在胡适的阴影之下,未能摆脱后者开创的本体话语及其言说方式。利用"新诗"与"旧诗"之间的差异性特征,在整个中国诗歌传统脉络中来谈论"新诗"的言路,也说明他尚未把"新诗"从整个"中国诗"的历史连续性中剥离出来,当作一个独立自足的话语空间来对待。尽管强调了"从镣铐里解放出来",他心目中的"新诗",仍然是和"旧诗"有着某种共同特征的"诗",而不是一种"新的诗"。

二、新诗的进步

　　但在《新诗的进步》中,问题就完全不一样了。在"新诗的进步"这个全新的观念之下,朱自清对新诗的叙述和评价发生了根本性的改变,"新诗"也由此摆脱了对"旧诗"的对抗性依附,成为一个独立自足的话语空间,获得了自身的"历史"。"新诗史"变成了新诗自身的合法性根源。

　　逻辑上说,"新诗"之为"新诗",就在于它不是"旧诗"。在比较中凸显"新诗"之于"旧诗"的进步性的做法,预先就假定了两者之间的同一性。基于这种同一性预设,胡适和朱自清们固然可以说

---

① 胡适:《谈新诗——八年来的一件大事》,载姜义华主编:《胡适学术文集·新文学运动》,中华书局 1993 年版,第 385—386 页。着重号为引者所加。

"新诗"不同于"旧诗"。但换个角度，我们完全可以根据同样的预设和思路，得出所谓"新诗"只不过是发展了的"旧诗"的结论。按照胡适"一时代有一时代之文学"的说法，"新诗"之"新"，乃是由于"时代"之"新"，由于"时代"发生了变化，而不是"诗"自身发生了变化。胡适之所以不得不倒过来，承认"做新诗的方法根本上就是做一切诗的方法"[①]，宣传"文学本没有甚么新的旧的分别"[②]，取消了"新诗"与"旧诗"在"诗本质"上的区别，原因就在这里。

在朱自清的《导言》里，中国现代新诗的合法性根基，仍然在于它和整个中国传统"旧诗"相比较而言的进步性，"新诗"因而也和作为比较对象的"旧诗"一起，被纳入了"中国诗"的整体范畴。而同样是挪用进化论装置，"新诗的进步"说则以明确断言时间轴线上的自由诗派、格律诗派、象征诗派"这三派一派比一派强，新诗是在进步着"的说法为起点，把问题转化成了新诗自身的进步。

在肯定自由诗派打破"旧镣铐"历史功绩的基础上，《新诗的进步》巧妙地综合了题材和表现技巧两大论域，以初期自由诗派的模式化为参照对象，推导出了格律诗派的进步意义。朱氏指出，自由诗派打破了"旧镣铐"，开始了"学习新语言""寻找新世界"的努力：

> 但是白话的传统太贫乏，旧诗的传统太顽固，自由诗派的语言大抵熟套多而创作少（闻一多先生在什么地方说新诗的比喻太平凡，正是此意），境界也只是男女和愁叹；咏男女自然和旧诗不同，可是大家泛泛着笔，也就成了套子。……格律诗派的爱情诗，不是纪实的而是理想的爱情诗，至少在中国诗里是新的；他们的奇丽的譬喻——即便不全是新创的——也增富了我们的语

---

① 胡适：《谈新诗——八年来的一件大事》，载姜义华主编：《胡适学术文集·新文学运动》，中华书局 1993 年版，第 397 页。

② 胡适：《新文学运动之意义》，载姜义华主编：《胡适学术文集·新文学运动》，中华书局 1993 年版，第 169 页。

言。徐志摩、闻一多两位先生便是代表。

　　紧接着，又进一步把论域转移到表现技巧上，以格律诗派"奇丽的譬喻"为参照，肯定了以"远取譬"为特色的象征诗派之于格律诗派的进步性。朱自清说：

　　　　从这里再进一步，便到了象征诗派。象征诗派要表现的是些微妙的情境，比喻是他们的生命；但是"远取譬"而不是"近取譬"。所谓远近不指比喻的材料而指比喻的方法；他们能在普通人以为不同的事物中间看出同来。他们发现事物间的新关系，并且用最经济的方法将这关系组织成诗；所谓"最经济的"就是将一些联络的字句省掉，让读者运用自己的想象力搭起桥来。没有看惯的只觉得是一盘散沙，但实在不是沙，是有机体。①

　　也就是说，朱自清衡量"新诗的进步"的标准有二。第一是"新语言"，即传达技巧上的"新"。第二是"新世界"，即取材范围的"新"。在具体论述中，朱氏或取其一，或综合运用，充分显示了以凸显进步性为宗旨的话语策略。
　　凸显格律诗派和象征诗派的进步性时，朱氏虽然也注意到了"他们发现事物间新关系"之"新"，但主要的着眼点却是传达技巧的"新"。面对新兴的乡土诗派，他对"新语言"和"新世界"并重，灵活机智地对"新诗"——新出现的"诗"——的合法性展开辩护。朱氏首先以新诗运动以来表现民间劳苦的"社会主义倾向的诗"为参照，在题材相同的前提下，从传达技巧方面，肯定了以臧克家等人为代表的30年代乡土诗派的进步性：

① 朱自清：《新诗的进步》，载《朱自清全集》第2卷，江苏教育出版社1996年版，第319—320页。

初期新诗人大约对于劳苦的人实生活知道的太少，只凭着信仰的理论或主义发挥，所以不免是概念的，空架子，没力量。近年来乡村运动兴起，乡村的生活实相渐渐被人注意，这才有了有血有肉的以农村为题材的诗。臧克家先生可为代表。概念诗唯恐其空，所以话不厌详，而越详越觉得罗嗦。像臧先生的诗，就经济得多。他知道节省文字，运用比喻，以暗示代替说明。

紧接着，他又特意针对左翼文人和象征派、现代派之间的争执，指出了取材范围之"新"的重要意义：

现在似乎有些人不承认这类诗是诗，以为必得表现微妙的情境的才是的。另一些人却以为象征诗派的诗只是玩意儿，于人生毫无益处。这种争论原是多少年解不开的旧连环。就事实上看，表现劳苦生活的诗与非表现劳苦生活的诗历来就并存着，将来也不见得会让一类诗独霸。那么，何不将诗的定义放宽些，将两类兼容并包，放弃了正统的意念，省了些无效果的争执呢？从前唐诗派与宋诗派之争辩，是从另一角度着眼。唐诗派说唐以后无诗，宋诗派却说宋诗是新诗。唐诗派的意念也太狭窄，扩大些就不成问题了。①

传达技巧的"新"和取材范围的"新"两大标准，不仅构成朱自清观察和评价整个中国现代新诗的立足点，还贯穿到了对具体作家作品具体而微的分析中。我们看到，"解诗"虽然占据了《新诗杂话》的绝大部分篇幅，却不是一个独立板块，而是由"新诗的进步"——具体而言就是传达技巧的进步引发出来的方法论。"新的语言"日趋

---

① 朱自清：《新诗的进步》，载《朱自清全集》第 2 卷，江苏教育出版社 1996 年版，第 320—321 页。

精细、复杂，象征诗派对省略、暗示等技巧有意识的运用，带来了理解新诗、了解新诗"文义"的困难，对读者提出了更高的要求，由此才催生了"解诗"的历史实践。回头来看，《〈中国新文学大系〉诗集导言》的话语空间和具体论述策略，都没有超越胡适。"新诗的进步"说，才是朱氏的独创之见和理论基石。在"新诗的进步"说的烛照之下，《导言》精细入微的观察和敏锐的洞见，才从诗话式的当代评论变成了文学史家的不易之论。

三、新诗的自身传统

理论上，只有预先设定了未来的目标和方向，才能据此认清某个事件或某种趋势是否正在向着此一目标和方向演进，进而判断其是"进步"还是"倒退"。在进化论这个庞大而透明的"时代思想"装置的笼罩里，朱自清当然不必也没有可能对我们今天所说的"历史目的论"提出质疑。他的策略是接着胡适，接着自己的《导言》，用"新"/"旧"对比的方式，把"新"特质的出现直接认定成进步的标志。

不同的是，作为参照对象的"旧"，已经不再是本来就不是"新诗"的"旧诗"，而是变成了"新诗"自身历史上的"旧"。线性时间轴上的先后关系，与价值尺度上的"新／旧"关系，被朱氏当作了同一性存在。格律诗派在和自由诗派的比较中显出其进步，象征诗派又较格律诗派进步，"一派比一派强"。论及卞之琳、冯至等人在抗战时期的创作时，朱自清使用的也是这个"比较"→"进步"逻辑。

这种进步文学史观，表面看与胡适的《谈新诗》没有根本差异，但立论的基础却从胡适的"诗"转移到了"新诗"。也就是从"新诗"与"旧诗"之间的关系环节，转移到了新诗自身的实体性存在。这就意味着：第一，"新诗"自身的内部差异，已经取代《导言》"新诗"与"旧诗"之间的外部差异，变成了中国现代新诗的合法性来源；第二，诗自身的历史存在，已经形成了独立自足的价值秩序，在为诗人们提供"创新"的基础和方向的同时，也构成了朱氏判断"新诗的进步"的基本尺度。中国现代新诗，从此变成了一个有自身历史与方向的独立存在。用朱氏的话来说，就是中国现代新诗已经建立了自己的传统，并且以此为根据，找到了自己的道路和方向。

如果说1936年的《新诗的进步》，还仅只是"看出一点路向"[1]，没有明确意识到"新诗"究竟应该向着什么样的方向走才算是"进步"的话，1943年的《诗与幽默》，就完全不一样了。以解释中国现代新诗里何以"幽默不多"为话头，朱氏明确宣告了中国现代新诗自身传统的建立与存在。中国旧诗里不乏幽默，"新文学的小说、散文、戏剧各项作品里也不缺少幽默"，"只诗里的幽默却不多"。原因是什么呢？朱氏推测说，原因之一是"将诗看得太严重了，不敢幽默，怕亵渎了诗的女神"：

> 二是小说、散文、戏剧的语言虽然需要创造，却还有些旧白话文，多少可以凭借；只有诗的语言得整个儿从头创造起来。诗作者的才力集中在这上头，也就不容易有余暇创造幽默。这一层只要诗的新语言的传统建立起来，自然会改变的。新诗已经有了二十多年的历史，看现在的作品，这个传统建立的时间大概快到来了。[2]

这个解释，不只是肯定新诗已经创造出了自己"新语言的传统"。更重要的，是它暗中整合了"新语言"和"新世界"——传达技巧和

---

[1]　朱自清：《新诗的进步》，载《朱自清全集》第2卷，江苏教育出版社1996年版，第319页。

[2]　朱自清：《诗与幽默》，载《朱自清全集》第2卷，江苏教育出版社1996年版，第337—338页。

题材领域——两个衡量新诗之"新"的基本尺度，使之成为一个具有内在逻辑关联的整体性存在：创造"新语言"是寻找"新世界"的起点和前提，寻找"新世界"是创造"新语言"的历史归宿。有了这个内在的整体关联，中国现代新诗才从匿名或无序的"自然之物"，变成了一个有自身内在目的与方向的"历史进程"。

进而，在这个自身内在目的与方向的引导下，自然时间顺序上的"新"，也才因其更接近未来的终极目标而变成了"进步"。这里还有一个值得注意的细节，朱氏以在大自然中发现哲理的初期新诗作为比较对象，肯定冯至"在日常的境界里体味出精微的哲理"的《十四行集》之"进步"性说：

> 在日常的境界里体味哲理，比从大自然体味哲理更进一步。因为日常的境界太为人们所熟悉了，也太琐屑了，它们的意义容易被忽略过去；只有具有敏锐的手眼的诗人才能把捉得住这些。这种体味和大自然的体味并无优劣之分，但确乎是进了一步。①

"这种体味和大自然的体味并无优劣之分，但确乎是进了一步"，这个特别附加的说明，恰好反过来表明了朱氏在"优劣"和"进步"之间曾经有过的犹豫，以及最终跨过这层犹豫，毅然在"新"和"进步"之间画上了等号的心理过程。

有了"新"和"进步"之间的等值关系，诗人们的写作随之也就变成了有目的、有意识的自觉行为。在朱自清的叙述中，如何有意识地在与他人的比较中凸显自己之"新"、凸显自己之"进步"，变成了中国现代新诗的创作动力。

---

① 朱自清：《诗与哲理》，载《朱自清全集》第2卷，江苏教育出版社1996年版，第334页。着重号为引者所加。

从这个立场看新诗，初期的作者似乎只在大自然和人生的悲剧里去寻找诗的感觉。大自然和人生的悲剧是诗的丰富的泉源，而且一向如此，传统如此。这些是无尽的宝藏，只要眼明手快，随时可以得到新东西。但是花和光固然是诗，花和光以外也还有诗，那阴暗，潮湿，甚至霉腐的角落儿上，正有着许多未发现的诗。实际的爱固然是诗，假设的爱也是诗。山水田野里固然有诗，灯红酒酽里固然有诗，任一些颜色，一些声音，一些香气，一些味觉，一些触觉，也都可以有诗。惊心怵目的生活里固然有诗，平淡的日常生活里也有诗。发现这些未发现的诗，第一步得靠敏锐的感觉，诗人的触角得穿透熟悉的表面向未经人到的底里去。那儿有的是新鲜的东西。闻一多、徐志摩、李金发、姚蓬子、冯乃超、戴望舒各位先生都曾分别向这方面努力。而卞之琳、冯至两先生更专向这方面发展；他们走得更远些。①

同样是写诗，可以说古代性的创作动力，是把位于开端之处的存在奉为最高典范，以最大限度地接近或"神似"过去时态的最高典范为目标；而现代性的创作动力，则奉终结之处的未来目标为最高典范，越接近未来时态的最高典范，也就越加"进步"。在这个意义上，朱氏实际上是通过"新诗的进步"观，把胡适提出的"不摹仿古人"转化成了切实具体的创作动力机制，彻底扭转了"旧诗"——尤其是明清以来在"宗唐"或"宗宋"之间打圈子的"旧诗"——的古代性写作观，确立了以打破规范和追求差异为根本目标的现代性写作观。

那么，这种以打破规范和追求差异为目标的现代性写作机制，会不会反过来打破中国现代新诗自身，把新诗内部的过去时态之物当作

---

① 朱自清：《诗与感觉》，载《朱自清全集》第2卷，江苏教育出版社1996年版，第326—327页。

了必须予以清除的对象呢？回答是否定的。就像打破一切的现代性唯独不会打破自身，而是巧妙地终结于自身的"白色神话"一样，在朱自清的叙述中，中国现代新诗已经初步形成了我们今天所熟悉的"否定之否定""螺旋式上升"的发展道路。通过这种"否定之否定"，新诗内部的过去时态之物，不是被更"进步"的后来者取代或清除，而是成了后者的有机养分，被有效地包容在了后者之中。在《抗战与诗》中，他描述中国现代新诗的发展历程说，"抗战以前新诗的发展可以说是从散文化逐渐走向纯诗化的路"，"抗战以来的诗又回到了散文化的路上"。但这并不是简单地否定或绕过格律诗派和象征诗派、回到自由诗派那种"诗里的散文成分实在很多"的老路，而是充分消化和吸收了格律诗派、象征诗派的艺术营养之后的"散文化"。正如"格律运动虽然当时好像失败了，但他的势力潜存着，延续着"，成为后起的象征诗派的艺术营养一样，抗战以来中国现代新诗从纯诗的象牙塔走向散文化，一样地，也是吸收了和消化了既有的艺术传统之后的散文化。抗战以来的中国新诗，这样的散文化，不是取消或否定，而是反过来"促进了格律的发展"①。

就是说，"新诗"之于"旧诗"的"进步"，乃是通过彻底打破和挣脱"旧诗"而显现出来。新诗自身的"进步"，则是通过吸收和消化既有艺术传统的方式体现出来的。朱氏以格律诗派、象征诗派、散文化的抗战诗三者之间的关系为例，阐明了这种"进步"。他说，闻一多、徐志摩等人的格律诗派在"创造中国新诗体，指示中国新诗的新道路"，引领着中国新诗从自由诗派的散文化向着"匀称""均齐"的道路上行进的同时，也因为"只注重诗行的相等的字数而忽略了音尺""驾驭文字的力量也还不足"等缺陷，引来了"方块诗""豆腐干诗"的嘲讽。

---

① 朱自清：《抗战与诗》，载《朱自清全集》第 2 卷，江苏教育出版社 1996 年版，第 345—347 页。

这当儿李金发先生等的象征诗兴起了。他们不注重形式而注重词的色彩与声音。他们要充分发挥词的暗示的力量：一面创造新鲜的隐喻，一面参用文言的虚字，使读者不致滑过一个词去。他们是在向精细的地方发展。这种作风表面上似乎回到自由诗，其实不然；可是格律运动却暂时像衰歇了似的。一般的印象好像诗只须"相体裁衣"，讲究格律是徒然。

但事实上呢？"格律运动实在已经留下了不灭的影响。只看抗战以来的诗，一面虽然趋向散文化，一面却也注意'匀称'和'均齐'，不过不一定使各行的字数相等罢了。"朱氏以刚刚出版了《十年诗草》的卞之琳为例，进一步阐明这种在格律上的先后相承中体现出来的"进步"关系说：在陆志苇、闻一多、徐志摩、梁宗岱等人之后的卞之琳，"实验过的诗体大概不比徐志摩先生少。而因为有前头的人做镜子，他更能融会那些诗体来写自己的诗"①。

这就是说，《导言》里"新诗"之于"旧诗"的进步，是一种断裂关系，"新诗"在斩断与"旧诗"的整体性关联中绽现其"进步"之所在。断裂越彻底，就越"进步"。但在其自身传统范围之内，"新诗的进步"却是一种包容关系：后来者以吸收和包容既往者的方式，在和既往者的比较中绽现其"进步"。这样的"进步"就像滚雪球一样，滚动中的雪球在向前"进步"的同时，也扩大着自身的体积，使之在包裹和挟带既往体积的"进步"中，不断扩展着自身的历史存在。在这种"进步"中，中国现代新诗也就变成了一个有自身历史，且依靠这种历史彰显"进步"，自己为自己提供合法性的整体性存在。

所以，从《导言》到《新诗杂话》，从"按而不断"到"新诗的进步"，乃是胡适之后，中国现代新诗本体话语空间的一次根本性转

---

① 朱自清：《诗的形式》，载《朱自清全集》第2卷，江苏教育出版社1996年版，第397—398页。

换。"新诗的进步"说，把中国现代新诗叙述成了一个有目的、有方向且有自身内在发展规律的历史存在，从而把新诗的合法性根基，建立在了自身的历史存在之上。

第二编
抗战新诗的历史生成

第四章　现代金陵诗人群及其内迁

　　这里要讨论的金陵诗人群，是围绕着南京"土星笔会"和《诗帆》、抗战时期的《中国诗艺》等刊物及"中国诗艺社丛书"，以中央大学、金陵大学等学校师生为基础形成的一个新诗创作群体。从1934 年成立"土星笔会"，到抗战胜利后无形中解散，诗群前后延续十余年，对中国现代新诗多元现代性的形成，作出了不可忽视的贡献。吕亮耕、汪铭竹、李白凤等成员，曾因诗风相近而被看作现代派诗人，但常任侠、孙望、沈祖棻、林咏泉、令狐令得等人，则一直未能进入现代文学史的研究视野。朱晓进[①]、汪亚明[②]等曾以《诗帆》为中心，罗振亚[③] 则执《中国诗艺》，从不同的侧面对其风格特色和艺术成就做过探讨。但作为一个整体的金陵诗人群，尚未引起应有的关注和认识。

---

① 朱晓进：《在诗海里，这里也有一片帆——略论〈诗帆〉诗歌的成就》，载《南京师大学报》1988 年第 3 期。
② 汪亚明：《现代主义的本土化——论"诗帆"诗群》，载《文学评论》2002 年第 6 期。
③ 罗振亚：《不该被历史遗忘的先锋群落——1940 年代"中国诗艺社"》，载《北方论丛》2014 年第 6 期。

一、金陵诗人群概述

金陵诗人群的活动，大致可以划分为全面抗战之前、全面抗战前期、全面抗战后期三个阶段。

全面抗战之前，金陵诗人群的主要活动，是以每周六聚会一次的"土星笔会"为纽带，出版《诗帆》杂志和"土星笔会丛书"。《诗帆》创刊于1934年9月。创刊至同年底为半月刊，次年2月15日第2卷开始改月刊，出至8月停刊。1937年1月5日复出月刊，期数为第3卷第1期。同年5月出版第3卷第5期后，因全面抗战爆发而停刊。前后三年，共出3卷17期。第3卷第6期稿件，据说已交印刷厂，因全面抗战爆发而未能出版①。常任侠曾将其与《新诗》相提并论，介绍《诗帆》说：

> 在过去新诗刊物中，延续得最长久，而成绩也最可观的要推《诗帆》与《新诗月刊》。《诗帆》发刊于南京，共出三卷，因为不喜宣传发售，只寄赠于国外和国内的较大的图书馆，所以流行于一般社会者很少。这是一个同人杂志，集合主张相同的人，出资发刊的，以汪铭竹、孙望为出面代表者。他们既不喜新月派的韵律的锁链，也不喜现代派的意象的琐碎，标举出新古典主义，力求诗艺的进步，对于现实的把握，与黑暗面的解剖，都市和田园都有所描写。他们汲取国内和国外的——尤其法国和苏联——诗艺的精彩，来注射于中国新诗的新婴中，以认真的态度，意图提倡中国新诗在世界诗坛的地位，并给标语口号化的浅薄的恶习

---

① 陆耀东：《前言》，载《沈祖棻程千帆新诗集》，武汉大学出版社1992年版，第1—2页。

以纠正。他们努力地创作并翻译，译成法国和苏联几个著名作家的诗集，在东方各国又译了两册阿拉伯的诗，也零碎的译过朝鲜和日本的诗，在质上并力求其优美无憾。在印刷上也是力求考究的。①

《诗帆》创刊之初开始预告"土星笔会丛书"，曾达十二种之多②，但实际上只出版了常任侠的《勿忘草》、邹乃文的《雨寺》、齐扬的《春秋雨》等三种。③

综合创作和翻译两方面的情形来看，全面抗战之前的金陵诗人群，主要受波德莱尔、魏尔伦（Paul Verlaine）、叶赛宁（Сергей Александрович Есенин）等象征主义诗风的影响。戴望舒、何其芳等人的感伤情怀和古典意象，也启发了不少诗群成员，让他们看到了沟通古典传统和欧洲象征主义诗风，在艺术与现实、时代与个人之间寻求平衡的可能。

全面抗战爆发后，"土星笔会"同人随着国民政府文化机构和高等院校纷纷内迁西南，开始了重新聚集队伍，吸纳新人以拓展大西南诗歌园地的新阶段。其主要活动是组织中国诗艺社，刊行《中国诗艺》，出版"中国诗艺社丛书"。

《中国诗艺》1938 年 8 月创刊于湖南长沙，但仅出 1 期即因战事而停刊。1941 年 6 月在重庆复刊，同年 10 月停刊。因为日军的夏季大轰炸，重庆印刷条件困难④，复刊后的《中国诗艺》被迫转贵阳印刷，由此而造成了"贵阳版"和"重庆版"之间的误解。出版史的

① 常任侠：《五四运动与中国新诗的发展》，载《常任侠文集》第 6 卷，安徽教育出版社 2002 年版，第 404 页。
② 参见 1935 年 6 月 25 日《诗帆》第 2 卷第 5、6 期合刊封底广告。
③ 参见 1937 年 5 月 5 日《诗帆》第 3 卷第 5 期封底广告。
④ 参见段从学：《夏季大轰炸与大后方文学转型》，载《中国现代文学研究丛刊》2011 年第 7 期。

叙述 ①、个别工具书的介绍 ② 等均不准确，最可靠的是孙望的叙述：

> 《中国诗艺》1938 年 8 月创刊于湖南长沙。20 开本 50 页的
> 诗刊。负责人孙望、常任侠、吕亮耕、林咏泉、葛白晚。第二
> 期待印，不幸焚于长沙大火。后转移到重庆，1941 年 6 月复刊，
> 改为 32 开本，组成新的编委会有常任侠、徐仲年、孙望、徐迟、
> 袁水拍、林咏泉六人。复刊号于 1941 年 6 月出版。因日寇飞机
> 疯狂轰炸重庆，该刊被迫转移到贵阳出版，汪铭竹负责印刷、出
> 版工作。因徐迟、袁水拍去香港工作，编委会又重新调整，徐仲
> 年任社长，冯至任副社长。由常任侠、徐仲年、孙望、汪铭竹、
> 吕亮耕、林咏泉、陈才七人任编委。复刊后出版四期，又因重
> 庆、贵阳均遭日寇轰炸，1941 年 10 月以后停刊。③

徐仲年主编、独立出版社出版的"中国诗艺社丛书"，至少出版
过十三种。分别是：杜蘅之的《哀西湖》、孙望的《小春集》、常任
侠的《收获期》、汪铭竹的《自画像》、程锌的《风铃集》、吕亮耕的
《金筑集》、张帆的《张帆集》、绛燕的《微波辞》、李白凤的《英雄
的梦》《南行小草》、李长之的《星的赞颂》、齐扬的《黎明的号角》、
徐仲年的译诗集《光明与阴影·特髯迦尔曲》。

综合《中国诗艺》和"中国诗艺社丛书"来看，金陵诗人群的队
伍出现了两个变化。原来在《诗帆》中比较活跃的程千帆、沈祖棻
等因工作关系和兴趣的转移，逐渐转向古典诗词的写作或研究，停
止了新诗创作。滕刚、艾珂、周百洪等象征主义的感伤气息较为浓

① 叶再生：《中国近现代出版通史》，华文出版社 2002 年版，第 749 页。
② 左玉河等：《抗战时期期刊介绍》，社会科学文献出版社 2009 年版，第 129 页。
③ 孙望：《〈中国诗艺〉》，载侯建主编：《中国诗歌大辞典》，作家出版社 1990 年版，
　第 1150 页。该词条下并未列撰稿人姓名，笔者根据孙原靖《孙望年谱》，断为
　孙望撰写。参见《孙望年谱》，载郁贤皓等编：《诗海扬帆——文学史家孙望》，
　南京大学出版社 2003 年版，第 337—338 页。

厚的诗人，则退出了《中国诗艺》的作者队伍。"土星笔会"时期古典性的感伤，欧洲象征主义的世纪末情绪等因之而大为减弱。与之相反的是，吕亮耕、李白凤、林咏泉等成了这个时期最活跃的作者。程铮、杜蘅之、令狐令得等青年诗人的加入，也体现了徐仲年等人扩大群体影响、发掘新生力量的努力。金陵诗人群进入了它最活跃、成就和影响也最大的时期。其诗风的多样性和现实主义色彩，也以这个时期最为典型。本章对相关诗人创作实绩的论述，也相应地集中在这个时段。

金陵诗人群第三阶段的活动，相对说来比较分散，开始了比较明显的分化。在徐仲年筹划"中国诗艺社丛书"的时候，也邀常任侠加入。常氏当即"以诗稿二册，诗剧一册交之"，次日又"以《毋忘草》一册交徐仲年，作为印'诗丛'样本"，对诗丛的出版寄予了热情的期待。① 随后又兴致勃勃地告诉孙望说：

> 弟来重庆后，曾与仲年谋《中国诗艺》复刊办法，现筹备出一"中国诗艺丛书"，已接洽出版处，以不出钱为原则。弟已交稿三册，兄可速寄稿与仲年，选集亦可。铭竹处并望催稿，千帆在西康，近来渝。白凤有信来，云将交稿与仲年。②

但《收获期》列入"中国诗艺社丛书"出版后，期待着"诗丛"能够像"土星笔会丛书"一样精美的常任侠，对诗集"印刷装订，俱不惬意"③，当即"写信与徐仲年，嘱将独立出版社存吾原稿三册，一律退还"④，退出了"诗丛"。

1943 年，常任侠前往昆明东方语专任教，与邱晓松等人另外组

---

① 常任侠：《战云纪事》，海天出版社 1995 年版，第 181 页。
② 常任侠：《致孙望》，载《常任侠书信集》，大象出版社 2008 年版，第 205 页。
③ 常任侠：《战云纪事》，海天出版社 1995 年版，第 235 页。
④ 常任侠：《战云纪事》，海天出版社 1995 年版，第 241 页。

织"百合诗社",出版"百合诗丛"和不定期的《枫林文艺》《诗文学》丛刊。汪铭竹、葛白晚等"土星"同人,也参与了"百合诗社"的活动。徐仲年则以内迁重庆的中央大学同人为核心,依托《时与潮文艺》《文艺先锋》等刊物,继续以"中国诗艺社丛书"的名义活动,逐渐淡化了与孙望、常任侠等"土星"同人的联系。

"百合文艺丛书"前后共出五种,分别是葛白晚的《海底的路》、包白痕的《无花果》、常任侠的《蒙古调》、薛沉之的《鼓桴集》、魏荒弩的《希望》,"都是 64 开毛边小诗集,印刷异常精美"[1]。丛书注重外观和版式,"印刷异常精美"的风格,均保持了战前土星笔会的风格。魏荒弩和邱晓松主持的"诗文学丛书","内容包括诗创作、译诗以及论文等。当时手中收集到的稿件约有十五六部",实出四种:曾卓的《门》、力扬的《我的竖琴》、汪铭竹的《纪德与蝶》、何其芳的《夜歌》。"正在排印或已经决定付印者有:艾青的《献给乡村的诗》、张大旗的《欧洲的歌》、苏金伞的《向日葵》、孙艺秋的《夜的歌谣》(还有黄药眠的一部诗集,退稿时未记下书名,至今已记忆不起)、魏荒弩译诗《云雀》、力扬的长诗《射虎者及其家族续篇》和邱晓松的诗集《雪之家》等。"[2]"诗文学丛书"可以说是金陵诗人群现实主义诗风一脉的延续和拓展,与《诗帆》和《中国诗艺》相比,有了明显的区别。换个角度,可以说是发轫于南京"东南文化圈"的金陵诗群,逐渐脱去其古典主义气息,最终汇入了中国现代新诗的主潮。

抗战胜利后,诗群成员大部分随高校或任职机构复原东下,重聚南京。孙望、汪铭竹、林咏泉等人曾组织"星火诗社",出版《诗星火》文艺月刊,但仅出一期。

值得一提的是,孙望和常任侠两人合作,于 1943 年编选出版了

---

[1] 魏荒弩:《闻一多与百合诗社》,载《渭水集》,北京大学出版社 1997 年版,第 195 页。

[2] 邱晓松、魏荒弩:《从〈枫林文艺〉到〈诗文学〉的点滴回忆》,《新文学史料》1981 年第 1 期。

收录全面抗战以来新诗的《现代中国诗选》，孙望 1944 年编选出版了《战前中国新诗选》。这两个选本，既是对中国新诗的一次历史检阅，同时又是金陵诗人群诗学趣味和诗歌观念的集中体现，从中亦可窥见诗群同人对中国新诗发展方向的思考和想象。仅收 50 位诗人 71 首诗作的《战前中国新诗选》，完全摒弃了左翼诗人。以全面抗战以来的新诗为选材范围的《现代中国诗选》，臧克家的诗一首未选，相反却注意到了令狐令得、王晨牧、白堤等很少有人关注的青年诗人。凡此种种，都表明了诗群同人"内容与艺术并重"的意味之所在。

二、常任侠的"现代史诗"

从"土星笔会"发轫，到诗群于无形中消散，常任侠一直是金陵诗人群最热心的组织者，其诗作数量也最多。其取材范围，集中在爱情诗、现代田园诗和抗战史诗三个方面。他的爱情诗，在很大程度上可以看作"私人情感日记"。《毋忘草》以 30 年代中期留学日本时的爱情经历为蓝本，《蒙古调》描绘抗战时期与一位蒙古族女性痛苦而又复杂的感情纠葛。长篇自传《生命的历程》[①] 的相关回忆，可当作常氏爱情诗的"本事"来读。

他以自然风景和乡村生活为对象的田园诗，既有从"城里人"的角度来欣赏"乡村趣味"，也有把自然神圣化、从中汲取抗战力量的作品。《赶场》以异乡人的眼光，把西南农村的"赶场"生活，异化为"富有古典的景象"和"富有朴素的农村趣味"，写出了诗人作为"看风景的人"而流寓西南边地的生活体验。《冬日小诗四章》《布谷鸟》

---

① 常任侠：《生命的历程》，载《常任侠文集》第 6 卷，安徽教育出版社 2005 年版，第 1—126 页。

等，也写出了作者对乡村生活的热爱，洋溢着浓郁的乡土气息。

《麦秋》则怀着皈依的心情，描绘"地母"博大而圣洁的收获景象，表达了诗人对大地的感激和热爱。大地上的事情，从"风景"变成了神圣的宗教图像。《原野》也是把自然神圣化，从中汲取民族生命力的重要作品。在艾青《北方》等诗的影响下，常氏把"原野"当作"国土"的同义词，表达了与之同生死、共命运的爱国感情。但不同于《北方》的是，诗人最后又从前者的"悲哀"中挣脱出来，把对民族国家的感情转化为对平凡的自然事物的喜爱，把艾青的悲哀和沉重转化为自己的宁静与空灵。这种变化，可以看作爱国主义感情在抗战时期的发展：进入相持阶段后，诗人们获得相对较为平和的心态和眼光，开始走出最初的"哀兵"心态，转向了自豪主体的书写和建构。

此外，常任侠还有不少直接书写抗战、激励民族精神的作品。带有通俗宣传性质的《壮丁上前线》、为台儿庄战役周年纪念而作的《胜利的史迹》、谴责日寇轰炸大后方城市的《轰炸与炸后》等，都带有鲜明的战时性，表达了诗人的民族情怀。和一般抗战诗作者不同的是，作为历史学家和考古学家的常任侠，往往立足于大历史视野，从人类命运的角度来透视当下，追求"史诗"的宏大气魄，从而使他对抗战的书写，染上了浓厚的"新神话"色彩。长诗《重庆废墟的复兴》在"死亡—复活"的神话模式和现代阶级叙事的双重视野中来表现日寇对陪都重庆的大轰炸。在诗人看来，日寇的大轰炸固然毁去了重庆的繁华，但同时炸毁了"历史的腐朽"，炸毁了资产阶级寄生虫的生存土壤，让重庆像"一只火中新生的凤凰"，在战争的洗礼中回复了源初的洁净与生机，"面着长江、嘉陵江，无数的烟囱交响着，向浑茫的大气中鸣叫"。深受叶赛宁影响的常任侠，感情深处一直存在着古老纯朴的乡村生活与奢侈浮华的现代都市的二元对立。在他看来，理想的社会状态应该是传统与现代的有机融合。一方面保持着古代"日中为市"的纯朴风尚，保持着乡土社会的生活道德；另一方面又充分利用现代性科技征服自然，造福人类。就在这个意义上，《重庆废墟的复兴》其实不是写实，而是抒情，表达诗人对"新重庆"的憧憬：既有"古代的趁墟赶场"的纯朴，又有钢铁与烟囱的交响。

《创世记》也反映了同样的社会理想。诗人袭用《圣经》的创世神话，表达了现代人挣脱"神的权力与魔鬼的利爪"，凭借技术的力量"同自然斗争"，创造"都市与原野"交响的新文化、新时代的社会理想。常氏把抽象的"现代"品质拟人化为"巨人"，把文化建设、开采矿产、修筑道路等宏大现象纳入笔下，充分体现了"现代史诗"的诗学抱负。

全面抗战成为第二次世界大战的重要组成部分之后，中国也全面、深刻地卷入了世界体系，开始在现代世界体系中来想象和抒写自身的位置。如朱自清所说，"我们在抗战，同时我们在建国"，"诗人是时代的前驱，他有义务先创造一个新中国在他的诗里"。[1] 为此，朱氏曾经提出"现代史诗"的设想，希望诗人们以现代性的制度和群体为题材对象，积极地歌颂中国的现代化，歌颂建国的伟大事业。而陪都重庆"几次大轰炸后市容的重整顿，防空洞的挖掘"等，就是中国"现代史诗"的典型题材。[2]《重庆废墟的复兴》《创世记》等诗，无形中呼应了朱氏的呼吁和期待，对中国新诗的"现代"书写做出了积极的贡献，体现了抗战文学"建国"的一面。孙望称清丽并非常氏的"本色"，"壮阔宏亮"才是他"本格的作风"，可谓知人之论。[3]

---

[1]　朱自清：《新诗杂话·爱国诗》，载《朱自清全集》第 2 卷，江苏教育出版社1996 年版，第 359 页。

[2]　朱自清：《新诗杂话·诗与建国》，载《朱自清全集》第 2 卷，江苏教育出版社1996 年版，第 351—352 页。

[3]　孙望：《〈战前中国新诗选〉初版后记》，载《战前中国新诗选》，百花洲文艺出版社 1983 年版，第 125—126 页。

三、孙望的新诗创作

《诗帆》时期的孙望，受中国古典诗词和法国象征主义影响较深，多写片段性的个人感触，笔调细腻，风格婉约而格局不大，与新文学精神相去较远。抗战后，孙望一方面继续以古典的笔调和风致来书写战争带来的灾难和破坏。"江南战后"系列诗作，以草木依旧反衬人事不再的沧桑，大有"过春风十里，尽荠麦青青"（姜夔《扬州慢》）的沉痛，体现了金陵诗人群借用古典意象来书写现代经验的努力。

另一方面，因战争而辗转湘西、贵州、重庆等地的现实经验，促使诗人开始用散文化的方式，直接书写和记录自己的见闻和感受。抗战时期，国民政府移驻重庆，但古典诗词中屡见不鲜的"南渡"心态和"偏安"之感，并没有在现代文学中大面积地传播开来。最根本的原因就是现代交通已经把西南后方和广大的国土联结成了一个亲密整体。"路"，既是抗战时期国人的日常生活情境，又构成了现代"国家共同感"的有机媒介。孙望的《路》，生动地写出了这种以"路"为纽带的现代感，把传统文人以国都为中心来看待世界的"天下模式"，转化成了以同质化的国土为立足点的现代性"民族国家"认同模式。在现代性之"路"交织而成的网络中，"中心"消散了，取而代之的，是一个无止息地变动着、生长着的现代世界。与《路》密切相关的《车站》，既写出了抗战时期热闹而又喧嚣的景象，又具体而鲜明地展示了共同生活世界的存在，写出一个永无止息地蒸腾着的"动的世界"，写出了中国在抗战中生长起来的勃勃生机。此外，《生活》《十一月的重庆》等诗，同样写出了战时中国所特有的喧腾而繁忙的活力。

近七百行的《城》，是中国现代诗歌史上以南京陷落为题材的长篇杰作。第一部《城的诞生》，描绘了"我们的远代的祖先"们，在"莽芜的平原上"劈开茫昧、廓清荒芜、筑造南京城的艰难而又伟大的历史景象。诗人抓住典型的细节和生动的意象，歌颂了"窑工、石工、挑工 / 土方工、砌工和木工"等普通民众筑造人类居所的艰辛与伟大。第二部《这是新兴的都市呀》以时间为线索，高度浓缩地勾勒了南京悠久、丰富而又多元的文明景观。其着重点是南京在近代尤其是国民政府定都以来的生命活力。在诗人的笔下，近代的南京，也像美国诗人桑德堡笔下的《芝加哥》那样，生机勃勃地吞噬着一切，消化着一切，生长成了一个世界性的大都市，变成了"一个新兴的民主国家的神经中枢"，民族复兴的火车头。

和新感觉派笔下的上海相比，孙望的南京多了在广袤而苍莽的大自然映衬下的雄伟，多了在扬子江的怀抱里养成的灵气，多了深厚的文化底蕴和历史记忆。最重要的是，古老的南京包容一切而又涵化一切，成功地把现代性的物质实体和消费符号转化成了自身的生产能力，把自己变成了一个充满了新兴活力的有机实体。孙望对南京的感情，因此也洋溢着新感觉派所没有的自豪感。

第三部《从繁荣到沦陷》，进一步描绘了南京在民国时期的繁荣，把南京的现代性活力推向了顶峰。之后，孙望笔力陡转，直接指向了"野蛮的日本军队"如何以"火药、炸弹、毒气 / 和一切的爆炸品"，把这座城市变成了废墟。繁华与废墟之间的陡转，反衬出了昔日的勃勃生机，有力地凸显了侵略者的残暴。

作为六朝古都的南京，一直是咏史诗人的感叹对象。以景物依旧反衬人世沧桑，终结于无可奈何的慨叹，则是这些咏史诗的共同模式。孙望的《城》改写了中国诗歌的"南京结局"。毁灭和陷落，反过来激发了诗人对南京的热爱和怀恋，对侵略者的痛恨，以及抗战必胜的信念。孙望曾在《唐诗与南京》中，介绍过李白、许浑、刘禹锡、杜牧等以南京为题材的作品，称许为"传诵千载的文学作品，深受珍视的艺术瑰宝"①。而在我看来，无论把题目改为《新诗与南京》，

---

① 孙望：《唐诗与南京》，载《孙望选集》，南京师范大学出版社 2008 年版，第 830 页。

还是拓展成《中国诗歌与南京》，气魄宏大、诗情饱满的《城》均有理由占据一席之地。

四、汪铭竹的诗

汪铭竹的诗歌创作，起步于对李金发、戴望舒等人的模仿，后来则直接从波德莱尔、纪德等人那里汲取艺术营养，形成了自己的风格。

"土星笔会"时期的汪氏，多写个人苦闷与内心矛盾，有意识地追求意象的新奇诡谲。代表作《自画像》就明显残留着李金发和波德莱尔的印记。一些印象派式的小诗，如《春之风格》《鸡鸣古寺口占》等，抒写闲静中的个人感受和印象，则受戴望舒影响。《足趾敷蔻丹的女人》《乳（一）》《手提包》等带着浓厚的女性身体线条与肉欲气息的作品，似乎又染上了比尔兹利装饰画的世纪末情调。魏荒弩评价说："《诗帆》时代的汪铭竹，有人说他仿波德莱尔；有人说颇似早期的戴望舒；台湾诗人覃子豪则认为他受李金发影响最深。总之，被视为一个'现代派'诗人。"[①]这种情形，一方面说明了他艺术趣味的驳杂与丰富，另一方面也可以说诗人尚在艺术的"学徒期"。

全面抗战爆发后，他很快宣告与过去决裂，走上了面向现实的创作道路，进入了诗艺的成熟期。诗人这个时期的创作，大致沿着两个向度展开。一是以象征主义的婉约笔调，表现战争给广大人民带来的灾难和个人流离失所之苦。虽仍然带着感伤的气息和古典情调，却有了强烈的现实关怀。在《春日苦雨》里，诗人一方面以象征主义的情调，写着走在"非故乡之熟径"的愁绪，一面憧憬着"一个响晴的

---

① 魏荒弩：《隔海的思忆》，载《渭水集》，北京大学出版社 1997 年版，第 61—62 页。

天"，期盼着在"蓝天下，看我们铁鸟去长征"。忧郁的情调和阴雨的气息，反过来衬托出了对胜利的有力期待。《控诉》更是把对沦陷了的故乡南京的怀念，转化成了对日寇暴行的愤怒和对复仇的渴望。

　　另一部分作品则直接以抗战为题材，既有强烈的现实性，又蒙上了诗人一贯的个人风格和特色。比较典型的是以南宁战役为题材的《中国的春季——为南宁祝捷而作》，和在世界体系中来思考抗战与中国之新生的《世界落日中的龙》。前者在深切的个人感情中加入"中国"要素，在宗教救赎的视阈中，把中国的抗战与人类新生联系起来书写，体现了汪氏力图超越一时一地的历史现象、在宏大的人类学空间中来反思和透视现实经验的努力。诗既有"九月攻势""冬季攻势"等高度纪实性的词语，也有对日军之失败的精巧新奇的蒙太奇透视。更重要的是，所有的一切，都被诗人纳入基督"三日"复活的神话体系之中，作为自然季节的秋天、冬天和春天因此而变成了象征性符号，反过来孕生了中国之复活和胜利的强大信念。神话的必然性逻辑，变成了支配现实的强大力量。《中国的春季——为南宁祝捷而作》是在高度抽象的象征性远景中来看待中国抗战，《世界落日中的龙》则把抗战时期的中国放在五千年的历史和第二次世界大战两大坐标轴上，以恢宏的气势宣告了"中国这条龙"必然在战火的洗礼中浴血重生的信念。

　　不难看出，抗战时期的汪铭竹，虽然宣告"嵌着云母石的诗句，/已成为隔世之事了"（《死去的诗》），意识到了自己"无福作个隐者"（《我来自夜街上》），"不敢再做白日梦"（《寄故人》），从凝望着远处和天空的象征主义者，转变成了大地上的诗人，但仍然保留了在阔大空灵的符号体系中来透视现实，而不是淹没在直接性和事实性之中的象征性眼光。意象圆润明净、想象精巧的《中国与海》，就是以地图学透视法来看待"中国"的产物。相应地，他早期诗歌中的宗教和神话色彩也被保存下来，变成了他的风格标签。就此而言，汪氏在抗战时期的转变，其实是拓展他在全面抗战前的隐喻系统和象征体系，将其运用到新遭遇的生活经验上的结果。在"变"中，诗人保持了"不变"的艺术追求，在运用象征主义艺术模式来书写现实题材方面做出了积极的探索。

五、吕亮耕的"抗战诗"

吕亮耕在全面抗战之前的诗歌创作，受《现代》诗人群尤其是施蛰存、徐迟的都市诗和卞之琳的影响比较明显，尚未显示出自己独立的艺术个性。全面抗战爆发后，吕亮耕很快就在《大时代的诗人》里"壮快地吹动诗的号角"，喊出了"和仇敌决一场生死的斗争"的号召。不同的是，吕亮耕并没有简单地从题材的角度来理解"抗战诗"，而是循着"艺术与内容并重"的主张[①]，开创了"抗战诗"写作的新风格。

在吕亮耕看来，所谓的"抗战诗"，应该是一种融内容和形式为一体的特殊类型的新诗。对通行的"抗战诗"来说，题材"抗战"与否，决定了诗歌是否为"抗战诗歌"。两者的联结点，是诗歌中的"现实"与诗歌之外的"现实"的符合程度。而对吕亮耕来说，除了与"现实"的关联外，能否为源远流长的"诗文学"所接纳，同样是"抗战诗歌"必须考虑的问题。他特别标为"抗战情诗习作"的两首诗作——《相见欢》和《远别离》——都不是"写实主义"作品。稍具常识者，即不难发现它们与古代中国文学尤其是南朝民歌和通俗词曲的联系。诗人特意将两者对举，放在"抗战情诗"的题目下，显然是为了彰显"抗战诗"与传统"诗文学"的复杂关联。我们看到，

---

① 孙望：《〈吕亮耕诗选〉前记》，载《吕亮耕诗选》，湖南文艺出版社 1989 年版，第 12 页。

无论是《相见欢》还是《远别离》，诗人都不止是在字面上借用古典"诗文学"，或者像战前那样，简单地运用古诗词语句来营造"古意"。

以《相见欢》为例。诗中的女郎，既是理想的"永远的女郎"，又是"和时代同跃进的女郎"。她曾经那样充满了"古意"，和"闺房""珠围翠绕的体饰""花朵般轻柔的闺愁"等古代"诗文学"女性意象紧紧缠绕在一起。但作为"和时代同跃进的女郎"，今天的"她"又和时代"肩并肩地走来"，切切实实地站在了诗人面前。那些被"时代女郎"抛弃了的事物，实际上以词语和意象的形式，即以符号的形式，把《相见欢》和中国"诗文学"联结在一起，成为其中的有机组成部分。因此，从"诗文学"的角度来看，吕亮耕的《相见欢》毫无疑问是抗战时期的"诗"。而"时代女郎"，则是符号性的"诗歌意象"。与此同时，这个"时代女郎"却又走出了"诗文学"的"符号世界"，在抗战时期中国的"现实世界"里"为祖国服役，/为战争奔走"着，获得了"她"实实在在的生存形式，变成了现实的"人物形象"。

作为"诗歌意象"，"时代女郎"的"真实性"取决于是能否得到"诗文学"意象的支持，取决于我们阅读"这首诗"的感受能否和阅读其他"诗歌作品"的感受保持一致。而作为"人物形象"，"她"的"真实性"取决于共时性的"现实经验"，取决于我们是否相信，在书本之外的"现实世界"里，确实会有"像她这样的人"。

语言和符号不可能"抓住现实"，"现实世界"也不可能等同于符号世界。吕亮耕"艺术与内容并重"的"抗战诗"大致也只能这样来理解："面向现实"，处理的是共时性文学话语与非文学话语之间的"家族同一性"；"重视艺术"，关注的是在历时性的维度上，如何保持当前的"新诗"与既往"诗文学"之间的"家族同一性"。这里的"历时性"，当然不限于汉语内部。《相见欢》里的"诗文学"，实际上还自然而然地包括了"西方文学"。除贞德（Jeanne d'ARC）、拜伦（George Gordon Byron）等直接的"文学经验"而外，"灼电一般的热情""热情的嘴唇"等语句，也明显与欧洲浪漫主义诗歌不无关系。

　　基于这样的理解，吕亮耕在处理不同的题材时，总是在贴近抗战时期社会现实的同时，又通过词语、意象和情调的营造，把当下的"现实经验"与"诗文学"世界联系起来。面对江南景物，书写因日寇侵略导致的个人离乱之情和家园荒芜景象时，其情调与笔法，恍若古典诗词的江南书写。《芦花》一诗，和他全面抗战之前的诗作毫无两样，纯粹自然景物和宋词境界，除了始终流露出来的情绪之外，可以说完全无法辨识通常意义上的"时代色彩"或"现实特征"。《一叶航船》恍若姜夔《扬州慢》"黍离之悲"的现代版。除了"战后""西湖"等词语外，始终完全找不出一点儿"现实生活"的踪迹。浑然一体的自然之物，配合着亘古不变的慨叹，巧妙地把自己融入了"诗文学"的传统。就致力于"抗战诗"与传统"诗文学"之间的有机关联而言，吕亮耕虽然是金陵诗群的后来者，却最能代表《诗帆》的新古典主义诗学主张及其艺术追求。

　　但在面对新的"现实"经验的时候，吕亮耕又显示了突破传统"诗文学"成规，直接将非文学叙事转化为文学叙事的勇气和艺术才能。《公路》《寄到陪都》《破坏》等诗，则的确是"内容与艺术并重"的成功之作。《公路》以其沟通前方与后方、沟通全国各地的物理特性为触发点，想象中国的整体性和同一性，题材是现代性条件下所特有的"金属的繁响""新的年代的噪音"，充溢着战时中国所特有的民族国家共同感。《破坏》处理的，也是中国抗战的特别景象：为了阻击敌人，主动破坏整饬完好的公路系统，坚壁清野，转移物资；战事结束后，又重新修筑，重建家园。这是一个大面积散布在当时的报章宣传文字里但传统"诗文学"从未遭遇和处理过的题材。全诗采用戏剧化手法，把他者的声音甚至报章宣传口号，都转化成了自己的语言，摆脱了古典"诗文学"符号体系，洋溢着战时中国所特有的生动景象和乐观气息。《寄到陪都》描绘的是冬季的重庆，在浓雾的庇护下摆脱了日军大轰炸的威胁，阴冷潮湿的日子变成了重建家园的美好季节的热闹和繁荣情景。这是一个典型的战时中国宏大叙事，一个只能在图像世界中展示其存在的"想象的生活场景"。吕亮耕却在驰骋想象的虚构中，纳入丰富而具体的意象和生活细节，把蒙太奇镜头下的宏大景象和细腻的生活细节融合在一起，展现了中国人民的抗战意志和顽强生机。

吕亮耕的"抗战诗"，因此可以分为两类。一类是以自然景物和乡村生活经验为对象的作品。这类作品糅合了叶赛宁的田园诗和传统中国"诗文学"的意境与情调，意象明丽生动，富于浓郁的抒情气息。另一类以战时中国现代性经验为对象，显示了诗人多方面的艺术才能。

六、林咏泉的"故乡"与"国土"

林咏泉"长于表现的是细腻的描摹和柔情的抒发"[①]，善于围绕核心意象展开舒缓、细腻的描摹，在轻柔而略带咏叹气息的情调中表达对大自然的欣赏、热爱和感激之情。《二月》以一连串的排比句式，围绕着花、风、蝴、蜜蜂等核心意象展开铺叙，浓墨重彩地描绘出了二月的繁盛与热烈。《月夜》的开篇，实际上只是一个复杂长句，却被诗人细腻的笔调，组织成了绵密的诗行，形式上虽然分隔开了，但这种分隔反过来约束着内在的诗情，形成了连绵不断而又悠长的内在节奏。这种细腻繁复而又善于营造整体氛围的笔触还被诗人运用到抗战题材上，同样也取得了较大的成功。长诗《路》立足于宏大的历史时空，从人类于草莽和森林中践踏出路开始落笔，一直写到贯穿中国

---

① 蒋星煜：《读〈塞上吟〉》，载林咏泉：《塞上吟》，文艺出版社 1948 年版，第 1 页。

大地的路，最后落脚在西南大后方，以路连接人类类似的过去与现在，连接中国的前线与后方，酣畅淋漓地写出了中国抗战之"路"的繁荣与无穷活力。全诗围绕着"路"这个核心意象展开，以繁复的书写和细密的烘托，把具体坚实的"路"与作为人类生存象征符号的"路"不着痕迹地嫁接在一起，显示了作者圆熟的艺术手腕。

流寓西南大后方的林咏泉，反复吟咏的另一个主题是对故乡的怀念。诗人的特别之处，就在于不是把"故乡"当作抽象符号来对待，而是抚摸着具体坚实的意象，呼唤着有名有姓的事物，写出了对故乡一草一木的热爱。《忆辽东——故乡追忆之一》，在"辽东"这个宏大的地图学符号下，以"大洋河""哨子河"等实体意象，把"故乡"变成了与自己有着切身关联的大地上的鲜活生命。"故乡追忆之二"的《鸭儿河》里，不是对"故乡"的怀念被转移到了"鸭儿河"，而是对"鸭儿河"的怀念，被纳入了"故乡"的范畴。诗人的心绪和笔触，自始至终都逗留和游走在"鸭儿河"上，追随着它的流动，描绘着它的种种细腻情态，写出了它带给人们的生存家园的欢乐。蒋星煜曾称《鸭儿河》是林咏泉"最为紧凑而生动的诗篇"之一，赞扬它"巧妙地布置着排句把绚烂的诗篇镶嵌得更绚丽"[1]的特长，充分肯定了它在语言艺术上所取得的成就。但在我看来，还应该肯定的，是林氏这种把被现代性欲望和文化机制符号化了的"故乡"还原为实体性存在，用"写实"的笔法来表达对故乡之依恋的勇气和胆识：在"写实"中，潜涵着诗人对作为生活世界的"故乡"的挚爱，以及对自己切身经验的执着与自信。这种执着与自信，不仅给他的诗作带来了实实在在的严肃性，更为抗战新诗中的"国土"注入了日常劳作与生活的馨香，使之从空洞的符号，变成了弥漫着欢乐与生机的家园。

---

① 蒋星煜：《读〈塞上吟〉》，载林咏泉：《塞上吟》，文艺出版社 1948 年再版本，第 1—2 页。

七、沈祖棻等诗人的创作

沈祖棻、程千帆、李白凤、程铮、杜蘅之、齐扬等，也是比较活跃的诗群成员。

沈祖棻《微波辞》第一辑收录的，是直接以抗战为题材的作品。《空军颂》略显拘谨局促的古典式遣词造句虽尚不足以驾驭新的大时代事件，但显示了以细腻婉约的诗风见长的女诗人的现实关怀。《五月》和《故事》，则和孙望以"黍离之悲"来抒写抗战的家国之思的作品相类，但描写则更细腻、更哀婉。此外，沈祖棻还有不少抒写人生哲理的诗作，在浅唱低徊中表达人生喟叹，如《问西湖》《一颗无名的小草》等。但这类作品，大多未脱古典诗词已有的意境和窠臼。沈祖棻第三个比较集中的题材领域是爱情诗。《爱神的赞歌》可视为其爱情宣言和理解其爱情诗的钥匙。写给远在西康的程千帆的《炉火》，最能体现诗人编织意象和驰骋想象的才情。沈氏与同人间的赠答之作，如《谏亮耕孙望》《寄亮耕》等，对我们理解金陵诗人群的存在也有一定价值。

在 3 卷 17 期的《诗帆》上，程千帆先后发表新诗 45 首，是《诗帆》最活跃的作者之一。抗战后，也不时有新诗在《中国诗艺》等发表。其诗，大多写一时一地的人生感悟，多用古典诗词的格调和句式，是金陵诗人群中古典气息最浓厚的一位。抗战后为数不多的几首抗战题材的诗作，构思精巧，却脱不了古典格调与节奏束缚下的局促。或许正因为此，程千帆也就日渐转向古典文学创作与研究，停止了新诗创作。

李白凤早年的诗作见于《新诗》《星火》等，他被评论为"现代派"诗人。1938 年与孙望、常任侠等发起"中国诗艺社"，汇入了金陵诗人群。"现代派"诗人的底色，是忧郁和迷惘，李白凤则是悲苦和愤怒，其诗歌创作也更多地带上了杂文的愤怒。全面抗战爆发后，他顺理成章地和过去决裂，转而用另一种笔调来做"伟大时代的记录工作"①，但大多仍带着抽象抒情的色彩，较少切实具体的现实经验。个别篇章如《辞官》《夜歌》等，还可以说是诗人所鄙视的"标语口号"——虽然是以"标语口号"的方式，宣告要为祖国的抗战而献出生命。抗战胜利后，诗人又开始把目光转向都市生活，在批判现代都市的腐朽和罪恶中，汇入了民主政治运动的文化大潮。

程铮是金陵诗人群中现实主义色彩最浓厚的诗人，他尝试过朗诵诗、报告诗等大众化和通俗化形式的写作。报告诗《五台山武装起来了》，描述了五台山的和尚们放下经卷，走出佛殿，开始学习"跑步，开枪"等打击敌人的本领，武装起来走进抗战行列的情形。《宜兴在游击队的掌中》，则以新闻片段和诗性想象相结合的方式，歌颂了故乡的游击队"隐匿在河畔，/隐匿在桥根，/隐匿在草丛，/埋伏在荒坟"，神出鬼没地打击侵略者，一度攻入县城的英勇事迹。《护路村》描绘了不甘做亡国奴的村民，如何英勇机智地配合游击队，用锄头、钉耙打击敌人的情形。这些诗作中的题材和事件，当时的报刊多有宣传报道，程铮以自己的诗性想象，在其中加入了浓烈的个人感情，既体现了诗人为抗战服务的创作态度，也表明了文学的"现实经验"的多种可能性。

朗诵诗《不再逃亡》是程铮影响比较大的作品。诗人应和着当时流行于四川大后方的"东北怀乡"情绪，动情地描绘了自己太湖边的家乡的美丽，向所有在战争中失去了家乡的流亡者发出了"不再逃亡"、转身"到前线去，走上民族解放的战场"的号召。《国旗在召唤》一诗，一方面在地图学透视框架中，勾勒了囊括东西南北名山大川的"符号中国"形象，一方面又在"中国"的宏大形象中，加入了不同

---

① 李白凤：《〈南行小草〉自跋》，载韦智绪编：《李白凤新诗集》，河南大学出版社2014年版，第98页。

身份、不同行业的人们为了神圣的抗战而劳动、而战斗的热烈景象，令人想到田间《给战斗者》对麦酒、米粉、烟草、燃料、白麻、蓝布等"中国意象"的反复枚举。其恢宏的气势和连绵不断的充沛感情，则近似于粗野而肆无忌惮地歌颂着美国、歌颂着一切新生命的惠特曼（Walt Whitman）。

齐扬的诗，受何其芳影响较深。《休洗红》《小楼》《忧思吟》之类，题目上就带着何其芳的痕迹。《寄北战场上的何其芳君》一诗，熟练而恰当地引用了不少何其芳的语句，表明他对何氏的作品和全面抗战之后的行踪、思想转变等均非常熟悉。不过，他虽有追步何其芳、"摇醒每一个梦寐""点起大时代的明灯"的愿望，但总体上并未挣脱何其芳全面抗战前的气息与格局，字里行间随处可见古典的意境和词句，未能彻底脱去模仿的痕迹。以日寇夜间轰炸大后方城市为题材的《夜袭口占》，将嘉陵江的流水、月色，"二十世纪鸢鸟的鸣声"，草坪上的露水等意象组织在一起，古典意象与眼前的血肉经验交织变换，较好地体现了诗人的现实情怀和艺术才能。

杜蘅之列入"中国诗艺社丛书"的《哀西湖》，是长达千余行的叙事长诗。作者饱含深情，追忆杭州的繁华，同时又描绘了日寇在杭州的种种暴行，表达了报仇雪耻、光复故国的战斗意志。从该诗的序来看，诗人对中国现代新诗的历史和现实境遇，都有比较自觉的思考。他是把《哀西湖》自觉地放在世界文学战争史诗的范围之内，放在"用血肉来创造民族新生命"的大背景下来展开的。① 在大量笔墨都被集中在"卢沟桥""八百壮士""游击战"等事件上，而对南京、杭州、广州等城市的陷落鲜有关注的时候，《哀西湖》填补了这个空白，在"人间天堂"和"偏安之地"两副面孔之外，丰富了中国文学史上的杭州形象。

---

① 杜蘅之：《序》，载《哀西湖》，独立出版社1942年版，第8页。

八、在"时代"与"地域"之间

金陵诗人群的形成、发展与分化，与南京的现代文化氛围有着密切联系。新文学的发生与发展，历来与新式教育机构尤其是高等学校密切相关。五四时期，以东南大学为中心的江南文化圈，一直是与新文学分庭抗礼的大本营。但国民政府定都南京，改东南大学为国立中央大学，大量设立各种培养新型人才的专门学校之后，文化风气有了明显的变化，逐步形成了一个以中央大学为核心、以原东南大学旧派文人为主导而又"新旧杂糅"的文化空间。金陵诗人群就是在这样的历史情境中出现在中国现代新诗史上的。

今天来看，这个被后人命名为江南文化圈的"新旧杂糅"的文化空间之形成，可以说意味着新文学开始挤入了传统文学的势力范围。但换个角度，也可说是新文学不得不在旧文学默许和给定的空间内开始自己的生命历程。由此而来的一个特殊现象，就是这个文化圈内的新诗人，大多是在从事新诗创作的同时，又是圈内知名度颇高的旧诗人，同时从事旧体诗写作和发表。比如沈祖棻，就既是土星笔会和《诗帆》的作者，又是大受吴梅、汪辟疆等旧派文人激赏的女词人。曾经写过新诗、但后来以旧诗和旧学知名的卢冀野，同样如此。金陵诗人群标举的新古典主义诗学主张、古典与现代结合的艺术特征，就是在这个"新旧杂糅"特殊文化空间里形成的。

相应地，他们所强调的"艺术"，也被这个"新旧杂糅"的特殊文化空间赋予了特定的历史含义。他们心目中的"新"，也是被认为与中国的"起兴"高度契合的欧洲象征主义诗歌艺术。戴望舒、李金发和《现代》诗人的本土实践，由此构成了他们走向成熟的中介和桥梁。模仿法国象征主义诗人和北京的《水星》而自我命名的举动，充分表明了他们最初的艺术旨趣。诗群成员的作品之所以能被

《水星》《新诗》等刊物接受，进而被当作现代派诗人，原因也就在这里。

反过来，诗群在全面抗战时期的分化与发展，也与"新旧杂糅"中的"旧"遭遇到的挑战不无关系。《中国诗艺》"内容与艺术并重"的主张，的确有其现实针对性，也对提高抗战诗歌的艺术品质起到了积极的意义。沈祖棻、孙望和汪铭竹等人古典婉约气息浓郁的部分诗作，在传达千古兴亡和物是人非的沧桑感的同时，也寄托了沉重的家国之思。中国现代新诗之为"新诗"，固然有重视"诗文学"视阈中的"诗"之一面，但整体而言，更强调打破"诗文学"成规、"扩大诗歌的表意能力，包容历史遽变中的崭新的事物和经验"之"新"的一面。① 这个结构性的无意识前提，决定了新诗必然是一种以不断突破既有"诗文学"成规、不断根据共时性的非文学叙事来调整自身位置为特征的现代主义先锋文学。全面抗战时期，"现实"的要求更是不可避免地要打破"并重"的平衡，压倒"诗文学"对"艺术"的要求。程千帆、沈祖棻等人转向古典诗词创作与研究，孙望的《小春集》与《煤矿夫》之间的断裂，就是明显的例子。常任侠、包白痕、邱晓松等人的合作，李白凤充满了杂文气息的后期创作，既是"新诗"结构性内在要求的历史演化，也可以看作是诗群挣脱了"新旧杂糅"的江南文化圈之"旧"文化的束缚的结果。

文学的历史不是先验观念的现实展开。作为历史叙事，文学史必得"讲故事"，把众多杂乱纷纭的现象叙述为一个有机整体。文学史的研究，则要"发现事实"，打破"文学史故事"的幻觉，避免把文学的历史等同于文学史。以"现代派"来叙述 20 世纪 30—40 年代中国新诗的历史进程，其实是"讲故事"的文学史叙事，而非新诗自身的"历史事实"。把李白凤、吕亮耕等从"现代派"中剥离出来，把

---

① 姜涛：《"新诗集"与中国新诗的发生》，北京大学出版社 2005 年版，第 131 页。

汪铭竹、常任侠、孙望等从被遮蔽中浮现出来，名之为"金陵诗人群"，其目的当然不仅仅在于重新发现被文学史遗忘了的诗人，而是试图打破"现代派"诗学谱系的线性与封闭性，在"时代"与"地域"的关联中，打开重新阐释现代中国新诗多元现代性谱系的可能。

第五章 《文群》副刊的诗人与诗作

从 1939 年 1 月 17 日创刊到 1943 年 5 月 24 日停刊，靳以主编的《国民公报·文群》副刊前后共出版 516 期，产生了广泛而持久的影响。在四年多的时间里，靳以坚持"沉着地站在自己的岗位"上，尽"一己的全力"为抗战服务，"来启发，鼓舞全民众的心"的编辑姿态[1]，坚持用作品、用文学自身的力量来展示自己的存在。循着这个编辑方针，靳以打破党派、地域等外在环境的限制，尽可能地张扬作为公共文化生产平台的文学副刊之"群"的功能，把《文群》建设成了大后方文坛上最沉稳、最厚重的一个实力派副刊。[2] 也正因为有意识地拒绝了"制造话题""介入热点""引起论争"等过后看来破绽百出当时却颇见功效的现代文学"副刊编辑术"，《文群》副刊的"知名度"一直远远低于它自身的实力。

本章不打算也不可能对《文群》副刊展开全面的论述，而只想选择性地介绍其中在笔者看来确有特色、但受《文群》副刊的"知名度"所限而不太为人所知的如姚奔、李满红、胡拓、孙滨等几位诗人。这是因为，在所有文体中，《文群》最重视的就是新诗。发表数量大，经常不定期地出版"诗歌专页"，定期出版著名的《诗垦地》专刊等，无形中让《文群》变成了综合性文学副刊里的一份"诗刊"。至于虽然也在《文群》上发表过相当数量的作品，但在别的地方已有

---

① 靳以：《编者的话》，《国民公报·文群》副刊 1939 年 1 月 17 日。

② 艾以：《靳以和〈文群〉副刊》，《抗战文艺研究》1985 年第 4 期。

论述的诗人或诗作，本章则本着"后退一步"的回避原则①，不再重复叙述。

一、姚奔的诗

在《文群》发表诗作最多的，是坐在靳以课堂上的青年学生姚奔。靳以离开重庆到福建永安改进出版社工作，主编《现代文艺》之后，其诗又大量出现在《现代文艺》上。他的第一部诗集《给爱花者》，也是列入靳以主编的"现代文艺丛刊"第三辑、由改进出版社出版的。可以说，作为诗人的姚奔是由靳以亲手培养，从《文群》副刊走上文坛的。

当时影响比较大、姚奔本人也比较看重的是《我不放弃，谁能夺取》《给爱花者》等直抒胸臆的作品。前者以斩钉截铁的语气，宣告了诗人不顾一切要"做一个追求光明的傻子"，坚持追求真理、奔赴黎明的决心。在格言警句般结实而又跃进着的诗行中，闪烁着青春的生命热力，以及因这种热力而来的个人孤傲感。个人青春的热情与苦闷中，隐隐约约回荡着不安与惶惑的历史气息。孤傲而决绝地面对整个世界的个人生存立场因此从简单的自我勉励中升华出来，变成了"殉道者"的共同姿态。"这颗固执真理，/ 奔赴黎明的心呵，/ 我不放弃，/ 谁能夺取？"等诗行，简单、有力地"唱出了千万个国统区苦闷青年追求光明的信心"，因而受到了"当时的朋辈们一再赞叹"②。

《给爱花者》同样属于直抒胸臆之作。或许是受《圣经》伊甸园意象的启发，全诗从"世界好比一个大花园 / 人就是世界的花朵"这

---

① 参见段从学：《方志叙事与"地方文学史"的新可能——〈中国·四川抗战新诗史自序〉》，《中华文化论坛》2015 年第 10 期。

② 邹荻帆：《记诗人姚奔》，《新文学史料》1994 年第 4 期。

一比喻出发，把热爱世界和热爱自己的生命巧妙地统一起来，绽现个体生命的绚丽和改造人类社会的宏大使命，使两者获得了有机的统一：

> 让我们来改造吧，
> 重新建设一个
> 美丽的世界大花园——
> 你开一朵花，鲜艳而沁人的，
> 我开一朵花，芬芳而灿烂的，
> 他开一朵花，茂盛而可爱的
> 让千千万万的人
> 开出千万种不同的花朵吧，
> 让我们用人的花朵
> 来装点这个大花园，
> 把它建设得完美而又壮丽，
> 让万花缭乱，
> 　嘉木成荫……

天真、热情，甚至可以说是稚气的诗情，配合着大花园意象，使得《给爱花者》更像是一首充满了幻想的童诗。但对于改造被"卑污而残暴的强盗们"摧残了的世界这个带着鲜明时代色彩的主题来说，这样的诗情，显然单薄了些。姚奔另外一首知名度比较高的诗作《黎明的林子》，虽然注意到了低徊曲折的倾诉和追怀情调的营造，但无论在当时的历史情境中还是今天回头看，也都脱不了稚嫩、单薄之感。

相形之下，倒是通过对静物式意象展开繁复、细腻的描绘推动诗情的发展和自然流露一类的作品，更能体现姚奔的艺术才能。如《四月散歌》的第一章"麦穗青了"，"四月，麦穗就青了"的南方早春景象引发的家园之思，被转化成了对遥远的北方春耕景象的细腻、生动的描绘。细腻、生动的描绘反过来又推动着诗思的展开，把诗人的家园之思引向了一个辽远、开阔而又空灵的境界。

> 在家乡，
> 三月，河冰才解冻，
> 清明以后，
> 我们的垦殖者，
> 才开始春耕——
> 庄稼人忙着下地，
> 套起三匹马的耕犁，
> 开着由冬眠初醒的大地。
> 犁头掀起黑色的土浪，
> 种子就向土浪里播撒……
> ——种子在土浪里滋长，
> 希望在垦殖者的心里发芽……
>
> 四月，在家乡，
> 正是忙春耕的时候呵！
> 而在南方，麦穗青了。

《大风呼呼地吹》围绕室内"跳荡的烛火"、室外"呼呼地吹着"的风和"苦苦地期待着"的"我"三个意象，营造了一幅线条简洁有力而又富于暗示性和象征性的画面。这个画面既可以看作诗人某种私人感情的投射、一个真实的人生片段，也可以看作人类在大地上的生存命运的象征。"呼呼地吹着"的大风要席卷一切，将一切打入黑暗，而"跳荡的烛火"却顽强地、不屈不挠地要把自己绽现为一个虽然短暂却美丽而刚强的存在。短促的诗行和跳跃的节奏、简洁的构图，使得这首诗成了姚奔最成功的作品之一，令人想起抗战时期那些黑白分明的木刻画。

与《大风呼呼地吹》里的紧张感不同的是《在那翠绿色的波浪上》流溢着的喜悦和欢乐。作品写的是年轻的诗人在三月的嘉陵江和春天的郊野面前所感受到的大自然的勃勃生机和生命的诱惑。在万物复生的春天里，渴望解放，渴望自由，渴望投入另一个无穷悠远的世界的青春梦幻，应和着嘉陵江水波的节奏，流动在了诗人的笔下。跳动的绿色的波浪诱惑着诗人，讲述着从冬天、从严寒的封锁中解放出来，成群结队奔向远方的欲望故事：

> 三月的嘉陵江
> 那翠绿色的波浪——
> 那顽皮的
> 　活泼的
> 　翡翠色的波浪
> 滚荡着，
> 推拥着，
> 追逐着流向远方，
> 活像一群天真活泼的孩子
> 永不倦怠地
> 追逐着一个美丽的希望。

相互"滚荡着，/推拥着"的，追逐着"美丽的希望"的"翠绿色的波浪"，也激荡着诗人，唤醒了诗人对远方、对"美丽的希望"的向往。嘉陵江上的渡船，因此而进入诗人的实有，成了此岸与彼岸、现实和理想、眼前之物和梦想之物的联结者：

> 渡我到春天的郊野去呵！

> 我要到那波荡着
>
> 绿色的海洋原野，
>
> 那跃动着生机的
>
> 洋溢着春光的地方，
>
> 我要到那地方去唱歌。
>
> （唱一曲春天的歌。）

　　而春天的郊野，既是可以朦朦胧胧地看见的、嘉陵江对岸的现实情境，又因诗人的感情投入而变成了一个梦幻般的理想世界，变成了"那地方"。写实与象征得到了高度的统一。诗行的长短搭配，也使人联想到翠绿色的波浪的起伏，和诗人热烈的情感咏叹之间的交织变换。

　　追求理想、追求光明，一直是姚奔诗歌的重要主题。但这种追求，其实不必一定要像《我不放弃，谁能夺取》等诗那样斩钉截铁地表露出来。所谓的抗战诗，也不必一定就要处处紧贴着抗战、处处不忘抗战。《在那翠绿色的波浪上》这样给人以生命的欢乐、给人以生活的信心、给人以享受生活的力量的作品，照样也是抗战所需要的。因为战争的最终目标，还是人的健康成长、诗人的成长。遗憾的是，姚奔似乎对更能体现其艺术才能的这类诗作重视不够，反而更偏爱《给爱花者》一些。抗战造就了姚奔，反过来也限制了他的诗学视野。

二、"未完成自己"的李满红

　　和姚奔一样，李满红也是辗转流寓大后方的东北青年学生。不同的是，从重庆东北青年升学补习班毕业后，姚奔考入了内迁重庆北碚的复旦大学新闻系，李满红则考进了陕西城固的西北联合大学外语系。东北青年升学补习班的同学、好友这层关系，让李满红得以和姚奔一起进入靳以的视野，成为《文群》副刊最活跃的诗歌作者之一。李满红 1942 年不幸病逝后 ①，其主要诗作经姚奔收集整理，集结为《红灯》出版。

作为一个"还未完成他自己的年青的诗人"，李满红的创作集中在两个主题上：第一，是以田间式的时代激情和宏大的气魄，慷慨激越地书写"中国""祖国"这个宏大的符号世界；第二，诗人同时又对个人的日常生活经验，表现出了近乎自恋的热情和珍视，竭力想要把个人经验纳入关于"中国""祖国"的宏大叙事中，完成个人—国家一体的现代性建构。前者的代表作是传诵较广的《听啊，中国在响》。诗人把"中国"视为有血有肉的生命整体，热情歌颂"四万万勇敢的狮子"共同发出的奋起抗战的"咆哮"，预言了古老的、受压迫的中国必将在粗暴、宏大的轰响中获得自由和解放的光明景象。

在田间、艾青等人的笔下，"中国"的整体形象仍然与庄稼、动物、土地等传统的农耕意象联系在一起；支撑中国抗战和解放的力量，也主要是过去时态的、直接从自然性的土地和身体中生发出来的原始强力，而不是对未来的积极想象。但在李满红这里，"中国"宏大而粗暴的"轰响"已经获得了工业社会的机械形式，"像旷野装甲的 / 拥挤着战士的列车"发出的呼啸，"像海上 / 容有百万吨的军舰"破浪直前的吼叫，"又像成千成万的 / 旋转着七八个螺旋桨的战斗机"在亚洲的天空里汇聚而成的马达的"震天动地的 / 大合唱"。这种比喻，不仅带上了鲜明的时代特色，而且标明了诗人心目中的"理想中国"的位置和动力源泉之所在。就此而言，《听啊，中国在响》虽然从总体构思到具体的词语上都看得出艾青、田间等人的影响，但从根

① 关于李满红不幸去世的相关情形，可参看杨晦的《率真·激昂·炽烈》（《东北现代文学史料》1982 年 12 月第 7 辑）。

本上扭转了过去时态的力量对"中国"的牵引，把中国的抗战理解成了对未来时态"机械中国"的积极主动的现代性追求，为抗战新诗的"中国"书写注入了方向性的新元素，汇入了"建国文学"大潮。

作为流寓大后方的青年诗人，李满红对失去了的家园及其生活经验的想象与记忆，又天然地和抗战联系在一起。个体成长心理学意义上的童年经验，流寓者对家园的怀念，裹挟在爱国主义的反抗主题之中，获得了超个人的普遍意义。诗人为抗战而歌唱，抗战反过来提升了诗人的个体经营，使之获得了超个人的历史价值。在《海》中，因日本军舰的蹂躏而失去了"家乡的海"的诗人，一方面自觉地调整自己的时代位置，时时提醒自己在"祖国的原野上"，和宏大的"中国"站在一起；另一方面又尽情地展开回忆和想象的翅膀，袒露了童年生活经验真切、细腻的诗性细节：

> 远远地看，
>
> 那袂联无缝的水和天
>
> 隐约地缀着细小的白点，
>
> 那飘在波浪上的渔帆啊！
>
> 那舱里满载着
>
> 还张合嘴的鱼介吗？
>
> 而沙滩上
>
> 仍有青盏蟹傲气地
>
> 竖起像火柴头似的眼睛横爬吗？
>
> 仍有海螺迂缓地
>
> 画一条弯曲的线迹滑行吗？

而由这种细腻、真实的个人切身经验激发出来的对童年、对故乡的怀念，也因此获得了积极的历史意义，变成了对胜利、对未来美好生活的渴望：

总有那一天，我奔到她的身边，

海仍然认识我的，

海会微笑着欢迎我，

海会跳跃着欢迎我，

海会用潮水和浪花欢迎我，

海会用漩涡和泡沫欢迎我……

　　李满红独特的诗学抱负也就体现在这里：在时时处处对日常生活保持着高度敏感，捕捉并记录着他心目中的诗性细节的同时，又对"中国"等宏大主题充满了热情，极力想要把细微的个人经验与宏大的时代使命缝合在一起。其成功之处，是"一粒沙里看见世界"，把中国抗战等宏大主题，落实到了真切、具体的日常生活之中。如组诗《乡村小唱》中的《草鞋》：

一把龙须草，

做一双草鞋；

草鞋成串地

挂在路边的茶棚上。

战士从遥远的山道来，

掏出铜元买了草鞋，

穿在宽大的脚掌上，

　　到北方去了。……

　　全诗宛若一幅景物写生画，不着一言而时代风貌跃然纸上。《我走向祖国的边疆》则把行走在旷野上的个人解放感、追逐异方的青春梦想、对祖国的热情歌颂三者亲密无间地融合在一起，为跋涉在"西北途中"的自己，留下了一幅交融着个人激情和时代色彩的画像。旅途中的个人见闻和感想，恰到好处地与"中国"、与爱国主义的宏大主题结合在一起。诗人歌颂着"祖国的北方"，而对向着南方行进的"背负着庞大的棉花包"的骆驼队充满了敬意，个人旅途中的所见所闻，一起汇入了大时代的洪流，变成了"祖国"抗战生活的有机成分。

不过，始终想要把个人的切身经验与"中国""祖国"等宏大主题联系起来书写的诗学抱负，也让李满红的诗歌较少变化，丰富性和多样性不足。对个人生活经验的过分关注，则带来了个人感伤的毛病，反而拉开了他与抗战大时代的心理距离。在后期诗作中，李满红开始尝试着突破以个人切身经验为立足点的创作倾向，他在《哀萧红》《失去铁轨的火车头》《枪的故事》等诗中致力于发掘更广泛的"东北抗战"生活经验，并加强了叙事性。作品的情感基调，也从慷慨昂扬向着低沉有力的一面发展。但遗憾的是，由于过早地离开了这个世界，诗人最终未能完成他的艺术生命，"惋惜与悲哀因此也就留给我们了"①。

三、解放区诗人孙滨

孙滨也是《文群》副刊上一位活跃而特殊的作者。全面抗战之前，他就开始用凌静、凌离、凌丁等笔名，在宜昌、重庆等地发表作品，20世纪40年代到延安之后，大量在《国民公报》《新华日报》《文学月报》《抗战文艺》《诗创作》等大后方报刊发表作品，在解放区报刊上反而很少露面。这种"生活在解放区"而"发表在国统区"的特殊情形，导致了抗战时期的孙滨既没有受到解放区文学研究者的重

---

① 姚奔：《后记》，载李满红：《红灯》，国民出版社1944年版，第48页。

视，又没有引起大后方文学研究者的足够重视。

孙滨"发表在国统区"的新诗，展示了大后方的青年学生如何在"北方想象"的引导之下，一步一步"走向北方"，融入解放区"新生活"的生命历程。长诗《哈勒欣河的六月》的灵感和激情，来源于苏联军队在哈勒欣河（诺门坎）战役中对日军的重大胜利。这次战役对中国抗战的历史走向产生了复杂而深远的影响，在当时却很少有人注意到这一似乎距离中国抗战太遥远的国际事件。孙滨是为数不多的例外。诗人在战役尚未结束之际就发出痛斥，并预言了日本侵略者最终的失败。更重要的是，相关历史事件激发了诗人的浪漫主义激情，让他得以尽情驰骋想象，描绘了一幅洋溢着浓郁乌托邦气息的北方草原生活景象。即便在当时，想来也很少会有人对这首诗的地理学和民族学知识感到满意。对"森林中的强盗"们的叱责，也显得过于单薄了些。这首诗实际上是政治感情和个人"乌托邦"想象的混合物。对诗人来说，遥远的北方不仅仅是地理空间，更是人类最美好的社会制度所在地。社会学的"乌托邦"想象激荡着诗人，引导着诗人"看见"了美好的自然景物和美好的草原生活，"看见"了美丽的远方：

　　　　六月的太阳
　　　　明耀的照在北方
　　　　照在黑龙江，
　　　　与兴安岭的高峰上：
　　　　兴安岭的积雪融化了，
　　　　凝固的川河
　　　　涌起汹涌的波浪，
　　　　这哈勒欣河啊！
　　　　正怀着青春的欢歌，
　　　　流进贝尔湖去……
　　　　沿途留着歌唱。

> 在这无垠的漠野上,
>
> 居住着古老而又年青的民族。
>
> 从八百年的睡眠里醒来
>
> 已经赶超最先头的竞赛者,
>
> 他们无忧无虑的过着
>
> 像骆驼一样的生活。
>
> 在牧场上,
>
> 绵羊像星子的点缀
>
> 在初夜的天空:
>
> 少女的牧歌
>
> 飘漾在贝尔湖上……

今天来看,这首诗的主要意义,就在于它写出了远在南方的诗人,对遥远的"北方"的想象,表达了诗人对另一种生活、另一个世界的浪漫之爱。对事实上从来没有抵达过也没有目睹过那个名叫"哈勒欣河"的地方的诗人来说,不是从历史事实,而是从对抽象"理想世界"的想象和向往中,生发出了这种洋溢着浓厚"乌托邦"气息的浪漫之爱。

在"北方想象"的推动下,孙滨离开大后方,开始了"走向北方"的人生历程。《北漠的过客》记录了途中极富戏剧性的一幕:从南方"走向北方"的诗人,在一个叫作"兰家河"的地方,遇到了怀着同样的理想主义激情、从北漠"走向南方""走向抗战的心房去"的一群青年人。简短的交谈之后,又各自踏上了自己的道路,向着各自的理想走去。所谓理想的光明世界因此而没有了地理学意义上的"北方""南方"之别,变成了主体的个人选择和认同:

> 呵!在祖国的寥阔的胸脯上,
>
> 你去南方,

> 我去北方，
>
> 应尽我们最后的一点气力，
>
> 为争取祖国的自由。

　　和当时纷纷"走向北方"大后方的青年知识分子一样，经过长途跋涉抵达延安之后，孙滨最终融入了令人眩目的阳光新天地。如他的长诗《我们活跃在生产战线上》：

> 山林迎接着太阳
>
> 河流迎接着太阳
>
> 村庄迎接着太阳
>
> 原野迎接着太阳
>
> 而且都是亲热地
>
> 露着微微的笑脸

　　在这个理想的"光明世界"里，一切都那么新鲜，那么令人激动不已。开垦荒地、集体生活、崭新的人际关系等解放区的日常生活，都变成了诗人歌唱和抒写的对象。

　　抗战进入相持阶段后，在抗战与建国并重的长期抗战策略的引导下，以后方生产、建设和资源开发等为题材的"建国文学"作品开始大量出现。孙滨以解放区大生产运动为对象的诗作，也就很自然地源源不断地发表在国统区文坛上，汇入了"建国文学"的时代洪流。孙滨的特别之处，是在开发自然资源这个通常的维度之外，引入了人的成长主题。他一方面关注着作为被开垦、被征服对象的荒地，另一方面注视着作为劳动主体的人，把征服自然和劳动者的自我改造两大主题结合起来书写，形成了一种单纯的甚至有些粗糙但热情洋溢的"报告诗"。上文引述过的长诗《我们活跃在生产战线上》，最能体现其"报告诗"的风格。

初到"光明世界"的孙滨，睁大了好奇和机警的眼睛，用速写和报告的手法，把开荒的整个过程完整而翔实地记录了下来。诗中不仅充斥着诸如"一千九百八十亩荒地 / 六十头羊 / 二十头猪及鸡子""五十七队开荒二十四亩 / 五十八队开荒二十八亩"之类的细节，而且像点名簿似的，罗列了大量开荒者的名字：朱大眼、运输队的麻子、阿宁、"血统工人"、王首道同志、"国际友人"、诗人、杨主任、军事干事、胡松同志……对大后方读者来说，这些名字或许仅仅是一种抽象的符号，一种为了营造真实感而采取的"诗化"策略。但对作为垦荒的参与者和亲历者的"诗人"孙滨来说，这些名字，却是一个个有血有肉的"自己人"，浑身上下充满了只有"自己人"才能体会、才有资格分享的亲密性。这种对细节和名字不厌其烦的罗列，因而首先是共同体内部的"壁报写作"，是一种生产共同体内部亲密感情的写作机制。

在这种"自己人"所特有的亲密感情的作用下，"真"（生活）在孙滨那里，直接变成了"诗"——更准确地说，是比"诗"更高级的存在。"诗"的问题，转化成了如何书写和记录"真"，如何"摹仿现实"的现实主义写作问题。相应地，"诗人"也就变成了被"现实"的劳动所改造和生产出来的存在：

　　　　诗人躺在新的土壤上
　　　　敞开白皙的胸脯
　　　　迎接着太阳

　　　　山鹿在对面的山腰上散步
　　　　野鼠在他的脚下逃跑
　　　　新的感情在他的心上滋长

　　　　是的，诗人写了许多诗篇

"人类第一次的劳动

就是文明的开始

轻视劳动的人

才是罪恶无疆"

在前天的晚会上

他向我们朗诵过了

啊！诗人的手皮也打起泡

而且是流血了

从诗歌艺术的角度来说，最抽象的虚构和最具体的写实，也在这里得到了完美的统一。确实，诗人是"躺在新的土壤上"，躺在他和战友们一起亲手开挖的"新的土壤上"，但这片"新的土壤"，却又是人类历史上最合乎理想、最具乌托邦气息的"美丽新世界"。垦荒的过程，因而顺理成章地变成了诗人孙滨"迎接太阳"、像生产粮食一样制造和生产"新的感情"并且让这种"新的感情在他的心上滋长"的历史实践过程。

对孙滨这样从大后方"走向北方"的诗人来说，"诗"（艺术）与"真"（生活）的问题，从来就不是美学的或艺术观念的问题。早在抵达延安之前，孙滨就已经通过作品发表等方式，把自己变成了美学意义上的"诗人"。正因为此，他之所以"走向北方"，显然也就不是为了在解放区继续美学意义上的"诗人"生涯，而是要颠倒"诗"与"真"之间既定的等级关系，创造另一种"诗"，一种按照"诗"的理想建构出来的"诗生活"。在这样的情形之下，延安的"光明世界"成为孙滨的"诗原型"，写诗变成了摹仿和记录"诗生活"的现实主义问题，就再自然不过了。

不仅如此，从"外部"加入"自己人"的共同体内部的孙滨，还比原先的"自己人"表现出了更强烈的认同感。"外部人"的经历，让他有对比、有参照，更能体会到"自己人"的重要意义。在《散歌》里，我们看到，孙滨除了热情而细心地记录着劳累了一天的"自己人"如何放下一切，加入热烈欢快的集体舞蹈的细节之外，还特别虚构了一个因为"要创作"而独自躲在一旁的作家形象，对其发出了"给我滚出来"的当头棒喝。在诗人看来，与美学意义上的"文学生活"相比，正在建设和成形之中的延安"诗生活"才是"更重大的课程和工作"，才值得我们"准备了更大的决心来受苦"。所以，在由"自己人"组成的崭新的"诗生活"共同体内部，"大家都在一起／纵然就是谈神谈鬼"，也远比"对着那样厚厚的一本一本的书／水笔在纸上不断的写"的"文学生活"要有意义得多，重要得多。

延安所特有的"诗生活"，通过对孙滨的改写，开始了自我增殖的历史过程。而孙滨苦苦追寻的"诗生活"，也日渐褪去其"诗性"光芒，开始向着"现实生活"走去。也正由于这个缘故，孙滨后来的写作如《山川海洋集》等，虽然延续了早期"报告诗"的风格，但却越来越松散，失去了对读者的吸引力。

四、胡拓、丽砂等诗人

除上述三位诗人之外，胡拓、丽砂、王璠、芮中占、唐玖琼等，也是《文群》副刊里发表诗作较多或比较有特色的新诗人。

胡拓本人最看重的，是紧扣时代主题、直接书写和反映抗战的作品。《太阳照在她的头顶上》就是这类作品的代表，诗人晚年编印内部交流的个人诗集时，用的就是这个名字。该诗描写一位乡村妇女在丈夫入伍前夕的复杂心理，展现了她从痛苦、犹豫，到最后依然决定欢送丈夫出征的心理过程。但这种心理描写，事实上比较空洞，"满腹心事又想到民族国家身上／如果大家都不肯当兵打战／如果后方都不肯去支援前方"之类的诗行,更像是通行的宣传口号。反倒是情境营造和肖像描写热烈而高昂,宛若一幅鲜艳夺目的宣传画,构成了全诗最有光彩的部分。

另外一些写实性较强的作品,则在刻画战时中国社会生活画面的同时,把笔触延伸到民族生存的精神深处,显示了胡拓善于捕捉细节并发掘其重大历史意蕴的诗歌才能。《不是诞生在"马槽"》以耶稣诞生在马槽里的故事作为参照,刻画了在日本侵略者的空袭中,孕妇"在掀掷着铁与火的仇敌的机翼下/拥挤着受难者的隙缝中"、在"昏暗、窒息、潮湿而闷热的防空洞"里产下"我们的人之子"的情形。在炮火的洗礼下,在诞生与死亡的戏剧性关联中,胡拓庄严地写下了个体生命的诞生与作为"被孕育于苦难岁月的新人类"的中华民族命运之间的历史同一性。带点儿童诗气息的《在荒废的园圃里》,细腻地描绘了在战时保育院里的孩子们收拾荒废了的园圃,铲除杂草、翻开泥土、撒播种子的劳作,把作物的生长和孩子们在劳作中的成长并置在一起,作了热情洋溢的歌颂。瓜果的藤蔓的抽芽、伸展,变成了"有着美好心事的孩子"们的新生、成长的直接隐喻。直观的写实和象征性的歌颂,在这里获得了艺术性的统一。

在直接反映抗战之外,胡拓还把眼光转向乡村生活,留下了不少格调清新的抒情作品。在这类作品中,诗人不是以"看风景"的旁观者而是以"垦殖者"的身份和眼光,抒发着植根于土地而又感激着土地的真挚感情。《夏的田野》,写诗人在夏天的傍晚漫步在田塍上的所见,感情热烈充沛,意象生动鲜明,洋溢着诗人对生活、对世界的感激和热爱。《垦殖者》更明确地表达了这种感情:

> 我的力也象果实一样在膨胀,
> 我的心洋溢着喜悦,
> 我恨我没有巨大的手臂来拥抱土地,
> 我要感激这给予人类以巨大恩惠的土地!

> 于是，在清新的气流里
>
> 我尽情地歌唱了

　　抗战时期，"土地"与"国土"之间的自然关联，极大地缓解了古老的乡村生活与现代性都市文明之间的紧张关系。胡拓对"垦殖者"的身份认同，对土地和乡村生活的由衷赞美，就发生在这个特定历史情境中。但这种认同，最终并没有将胡拓带入现代性都市文明中，反而借助于"土地"因抗战而获得的"国土"的神圣性，加剧了乡村与都市之间的现代性冲突。《我是又回来了——我的乡村》以表达对乡村生活的怀念的形式，揭开了这个冲突。乡村和田野，构成了诗人的精神家园和情感归宿。但"又回来"的前提显然是曾经的离开。诗人显然感受到了"垦殖者"正在承受着巨大的尴尬和不合时宜。"那座污秽的城市""那肮脏而喧闹的城市"，表明了这种压力和挫折的现代性根源。在《过街的牛》里，诗人把"垦殖者"与城市之间的现代性断裂，转化成了"一头来自田野的牛"与"爆发着繁荣的市街"之间直观而尖锐的对立。这样一个戏剧性的场面，很难说是全然的写实。对这头走在马路上的牛的来龙去脉的交代性叙述和对市民们内心世界的透视，表明了诗情的来源不是外部的"现实生活"，而是潜隐在诗人精神世界内部的某种不安和紧张。

　　循着这种紧张和不安，胡拓很自然地从全面抗战初期的歌颂转向了诅咒，转向了对战时大后方社会腐败和黑暗现象的揭露和批判。诗人的笔下，开始越来越多地出现了"夜"的形象。《夜与雾》较早地把因阻碍了日军的大轰炸而被认为是重庆的繁荣与安全之庇护者的雾，转化了成了特务政治的象征，"毛茸茸，湿濡濡的／假着夜的黑翼的庇护／趁火打劫地伸过来饕餮的舌头"写出了它令人厌恶的恐怖形象。其笔法与形象虽然令人想到美国诗人桑德堡（Carl Sandburg）的《雾》，但却弥漫着后者所没有的厌恶。《夜的葬曲》以波德莱尔的笔法，写出了现代都市"仿佛一个妖艳的淫妇"般"淫荡"而"秽褒"，又如"一具腐烂的尸体"那样"无比肮脏"的、"血腥而恶臭"的另一副"现代性面孔"。不同于波德莱尔的是，胡拓对都市之"夜"的刻画中，明显羼入了政党政治因素，把对都市现代性的批判，压缩成了政治性的控诉和批判。随着战时中国社会政治环境的变迁，胡拓这种批判色彩也越来越强烈，最终引领诗人汇入了政治讽刺诗的创作大潮。政党政治文化的视阈，逐渐规约了诗人的视野和感受力，最终把胡拓富于张力的现代性紧张感，压缩成了纯一的政治感伤。

最早发表在桂林《诗创作》第 12 期，随后又从 8 首扩展为 10 首，发表在《文群》副刊上的组诗《昆虫篇》，是丽砂最广为人知的作品。其中的《蝶》和《蚯蚓》，当年曾被闻一多选入《现代诗抄》。此后，包括《中国新文学大系 1937—1949》在内的多种选本，都选录或全部收录了《昆虫篇》。但事实上，这组小短诗更像是格言警句的汇聚，而非现代意义上的新诗。最初发表时题为《星及其他》、后改称《星云集》的组诗，也和《昆虫篇》一样，可以归入哲理诗之列。相反地，倒是另一组小短诗《生命的执着——献给成长在寒冷季节的》，虽然仍带着"做题目"的窠臼，但不乏想象生动、意象鲜明的作品。如《红萝卜》：

> 同照在太阳光下
> 流滚着红通通的血液的
> 指头一样
> 我们的红萝卜
> 是土地的指头呢
> 是农民的指头呢？……

以及《青菜》：

> 生长在冬天

> 从寒冷而又辽阔的雪地上
>
> 伸出一只只嫩绿的大手
>
> 向奔走在旷野的行人打招呼
>
> 向春天打招呼

空灵的大境界，配合着新鲜、生动、具体的意象，较好地展示了诗人的艺术才能。

王璠是因抗战而从南运河地带一路辗转西迁到重庆，随后考入乐山武汉大学的青年诗人。在抗战的炮火中，"汽车火车招待我，荒村茅店收容我"（《河边》）的流亡经历，构成了其诗歌创作最初的情感来源，给他的作品带来了浓厚的写实色彩。组诗《乡行短呗》，就是记录诗人一路辗转西迁途中所见所闻的作品。第一首《夜宿村民茅屋》写出了善良而普通的中国民众如何通过日常而又细微的行动，融入为抗战服务的宏大时代主题，表达了诗人无言的感激之情。第二首《公路所见》，记录了全面抗战初期上下一心、军民合作的新气象。为了阻滞敌人的进攻，"公路已经肢解如瘫"，车、马、人的行进都因为破路行动而变得分外艰难，但来自"民间的骡马群"却依然"如此苗壮"，士气高昂地驮负着"大米袋"，"和洒落在袋上的阳光"一起"向着××军的大营"行进。这里，既有被唤醒了的民族意识，也有朴素而直接的抗战动员："他们出的价比行市还高。"《敬礼》则是一幅速写，记录了某个不知名的村庄，在敌人即将到来之际，动员和组织民众扶老携幼，带着生产和生活工具疏散他往，坚壁清野以困扰敌人的情形。既有对疏散群众集体群像的总体勾勒，又通过对不知名的基层工作者的具体描绘，表达了诗人含蓄而深深的敬意：

> 犁头，铁铲，三角锹，
>
> 行李，碗，盆，锅炉，

男人，女人，年老的，年幼的
人，人，人的流。

一个拿白铁扩音筒的青年
向人群呼喊：
（他底嗓音已经喑哑）
"记着把我们底武器带走，
我们底粮食一粒不要留，
还有各人庄上的牲口！"
汗水在他头顶上吐冒着蒸汽，
又飞快地向后面的人群奔去。
他底身躯健康而高大，
他底嗓子音已经喑哑。

组诗中的第四首《童谣》，抒发了诗人因为偶然听到的童谣而情不自禁地迸发出来的对民族的力量，对祖国之未来的深切信仰。诗人这里流露出来感情，显然不是写实，而是把内在的感伤之情投射到他者身上的结果。这在某种程度上，也反映了全面抗战初期中国知识分子敏感而丰富的精神世界，一种切切实实的"抗战感伤"情绪的普遍存在。

从题材史的角度看，反映日军对重庆进行无差别大轰炸的《丰碑》等诗，也值得一提。《丰碑》熔写实和象征于一炉，围绕着"这是一个终结，/ 这是一个开始"展开，前者写"在空中飞行的撒旦们"在夜里投下燃烧弹，熊熊大火焚毁了中国的工厂，导致了既有一切的终结；后者则写黎明到来之际，工人们穿过冒着烟火的道路，走进工厂继续工作，宣告了工厂的新生，宣告了新的一天的开始，"新生的工厂哟，/ 又吐出金属的繁复大合奏，/ 应和着工人们底粗重的呼吸"。两者的联结点，是中华民族必将在炮火的洗礼中获得新生的普遍性时代观念。借用诗人的说法，《丰碑》既是最具战时历史特征的写实，又是高度成功的象征，金属的繁复大合奏和工人们底粗重的呼吸，交织成了中华民族在抗战的炮火中走向新生的旋律。"这是一个终结，/这是一个开始"的重复，弥漫在诗中的毁灭之火，以及诗人对诗歌命运的沉思，都令人想到艾略特的《四个四重奏》——尤其是第一乐章《烧毁了的诺顿》。

芮中占也是一位作品数量不多，但颇有特色的"未完成他自己"的新诗人。《新子夜歌》《后方夜曲》等，在传统江南诗歌的"古意"之中，揉进了富于时代气息的新主题，表达了个人欲望与时代要求之间的冲突。长达一百六十余行的《新子夜歌》，假托一个和前线大部队失去了联系、跋涉在泥淖和黑暗之中的战士的口吻，抒发了拒绝后方的安宁和爱情的诱惑，毅然决然地把战友当作自己的"情妇"，返回战争前线的时代情怀。诗人把浪漫主义的直接抒情和象征主义的想象结合在一起，形成了一种伤感低徊而又轻重交替的内在节奏，反复的咏叹既表达了诗人对爱情的深深渴慕，又反过来衬托了投身大时代的决心。全诗不是以主题和情感结构而是以抒情的语气和调子取胜，在铁马金石的主流声调中，发出了子夜江南的清歌慢吟，确乎可以说是抗战时期难得一见的"子夜歌"。五百余行的《后方夜曲》，也和《新子夜歌》一样，表达的是时代要求和个人情感之间的冲突。不同的是，诗人把这种冲突，压缩进了主体精神世界，转化成了自我内部的分裂以及有分裂的自我相互交战而形成的冲突。伴随着铁与火、死亡和挣扎的前线生活，以一个遥远而真实的噩梦的形式，时时刺激着诗人，不断地把诗人从后方安宁而祥和的生活中唤醒过来，召唤着诗人投入战争和死亡，投入真实的生活。作为记忆的战争经验，因此在价值和情感层面，获得了它压倒一切的真实力量，而眼前的月色、柳枝、小河等，"如一座沦陷的城镇"，反而被记忆和噩梦推向遥远的后台，变成了越来越模糊、越来越轻飘的梦。战争记忆和时代的召唤等，反而在高度的象征性里获得了坚实的形体：

伤兵列车

新兵列车

壮丁列车

军马列车

铁甲列车

军需列车

……

满满地

重重地

装载着二十世纪四十年代

武装的中国

无休无尽地

战斗前进呵……

全诗既有贯穿始终的后方与前方生活场景的交替变换，又有大幅度的跳跃和非线性的片段组合，显示了诗人较为出色的谋篇布局和组织才能。

唐玖琼的作品不多，但其长诗《你哟，都门！》颇为出色。据《编者赘语》介绍，第二部《都门，你坚实的骨干》和第三部《都门，你向大道迈进》都已经完成，但不幸"在敌机五月轰炸的时候被毁"①。但就是这幸存的第一部《都门！你糜烂的外衣》也长达二百多行，是最早明确地把重庆当作"陪都"来书写的大制作。

如《编者赘言》所说，该诗是初到山城的"下江人"对依然纸醉金迷的"陪都"生活的愤怒批判。作者以现代派诗人书写"上海摩登"的笔法，淋漓尽致地刻画了在炸弹和蜂拥而来的难民船面前，依然歌舞升平、"旋律着/五千多年的太平曲"的"陪都"景象。在"天

---

① 靳以：《编者赘语》，《国民公报·文群》副刊 1940 年 3 月 12 日。

下第一险"地理环境的庇护下，"陪都"的人们幻想着依托四川天府之国的财富和资源，心安理得地做起了"长安梦"。于是乎，难民船载来的不是战争的紧张，不是抗日救亡的热情，而是财富，是"下江人"的时髦，是千载难得的繁华：繁华的俱乐部、优雅的沙龙、大餐厅、电影院、戏场、"莲紫色的夜总会"、各色各样的时装，把"陪都"山城装点成了冶艳而迷人的尤物。围绕着这个罪恶的尤物，整个城市也因此从上海、南京、香港等地，传染了"肉的骚动"这一现代性都市病，深深地陷入了物质和欲望的深渊。享乐主义的病菌在新的乐土上恣意地、放肆地流行开来，把本来应该是"庄严的新都"、应该是"战时的京门"的陪都重庆，变成了弥漫着"秦淮歌舞"气息、充斥着"箫鼓楼船"之声的"淫荡的江山"。诗人满腔的爱国救亡热情，因而转化成了忍无可忍的愤怒：

> 我不认识这陌生的面目
> 我不认这是战时的京都
> 若把这抬出烽烟中去比一比
> 你！我要咒骂，这糜烂的外衣！
> 你蒙哄了民族，哄了自己！
> 从今希望你焕发新生，一朝脱去！
> 谛听四方征战已经全兴起，
> 去罢！如烟如雾，我要撕掉你！

应该说，从唐代杜牧的"商女不知亡国恨，隔江犹唱后庭花"（《泊秦淮》），到南宋林升的"暖风熏得游人醉，直把杭州作汴州"（《题临安邸》），都在反复书写着这一古老而又新鲜的主题。诗人因满腔爱国热血而生发出来的愤慨，以及由此而来的对糜烂现时的谴责，事实上也并没有超出闻一多曾在《发现》喊出的"这不是我的中华！"长诗的特殊之处，就在于以初到大后方的"下江人"身份，首次对重庆作了整体性的剖析，描绘了作为"新都"的重庆在全面抗战初期呈现出来的特殊现代性。作为内陆山城的重庆，第一次被纳入了从巴黎、纽约、伦敦、伯林，到香港、上海、南京、汉口的都市现代性书写谱系，展示了它虽然不那么贴切但却不可忽视的"战时摩登"面目。就此而言，《你哟，都门！》不仅在"重庆书写"史上具有不可替代的重要性，放在中国现代新诗的都市书写传统中来看，也具有不可忽视的历史地位。全诗宏大的气魄、细密繁复的意象群，以及巧妙地穿插传统典故、化用新感觉派文学资源等情形，也展示了作者较为圆熟的艺术才能。令人深感遗憾的是，不仅我们未能读到完整的三部曲，这位颇具实力的新诗人，也很快在诗坛上消失了踪迹。在某种意义上，唐玖琼的经历，也正是抗战时期中国作家生活的一个日常缩影。

回头来看，梳理《文群》副刊的诗人和诗作，重提唐玖琼、芮中占、王璠等陌生名字的意义和价值，也就在他们的一闪而过的创作经历中得到证明。至于这种旨在弥补"历史记忆"之缺失的梳理，其本身的缺失或者不必要的重复，则希望有心人补充或完善。

第六章　平原诗社及其成都书写

　　由于不少成员被卷入了后来的"胡风反革命集团"事件，人们也就习惯了沿着反作用力的惯性，倒过来把平原诗社当作七月诗派的一部分，[1] 把一群成都本土青年诗人虽不那么丰富但却别有特色的探索与创作，简化成了融入七月派、汇入中国现代新诗主潮的单向过程。但事实上，平原诗社的起点不是胡风和《七月》杂志，而在何其芳、曹葆华、萧军等人的直接影响下，从全面抗战初期的成都几所中学校园里走出来的"文学青年"。何其芳等人离开成都后，他们通过校园文艺墙报和文艺社团等形式保持着密切联系，先后组织华西文艺社、拓荒文艺社、挥戈文艺社，创办了《华西文艺》《拓荒文艺》《挥戈文艺》等文艺刊物，最终汇聚为平原诗社，通过《平原》诗丛等展示了自己的独立存在。[2]

　　更重要的是，诗社成员的成长及创作，也不只是简单地接受和认同既有的文学秩序、汇入主潮的单向过程，而是在接受前者影响的过程中，以鲜明的本土意识和在地经验为立足点，对何其芳等人留下的"成都形象"展开辩驳性书写，以此建构了自己独特的诗学伦理，为中国现代新诗提供了一份不可多得的"微量元素"。

---

[1]　李怡：《抗战文学的补遗：作为七月诗派的"平原诗人"》，《文艺争鸣》2015年第8期。

[2]　参见段从学：《中国·四川抗战新诗史》，中国文联出版社2015年版，第260—267页。

一、何其芳等人影响下的文学青年

何其芳等人在成都停留的时间不长，却在文学史上留下了一个糜烂和慵懒的"成都形象"。在《后方小都市》中，陈敬容曾把成都比作"一个衰弱的老人"、一个病入膏肓的"肺病患者"，在全民抗战的炮火声中，"不制造飞机、炸弹，/ 不制造巨大的抗战力量，/ 而忙着在五色梦中，赶制着腐烂和灭亡"。何其芳痛心疾首的《成都，让我把你摇醒》，也同样采用象征主义手法，把成都比作一个"度过了无数荒唐的夜的人"，一座在"游行的火炬燃烧"和"凄厉的警报"面前沉睡如故的"罪恶之城"：

> 这里有享乐，懒惰的风气，/ 和罗马衰亡时代一样讲究着美食。/ 而且因为污秽，陈腐，罪恶 / 把他无所不包的肚子装饱，/ 遂在阳光灿烂的早晨还在睡觉。

在何其芳等人直接影响下成长起来的平原诗人，很自然地接受了这个诅咒和战斗的现代左翼文艺传统。深渊对平原诗社的祝贺和希望中，就明确要求同人和"西蜀平原"同呼吸、共患难，"代它呼喊 / 代它欢唱 / 也代它叹息"，冲破"西蜀平原"的包围和封锁，和"充溢着生活底力"的"北方平原"一起大声"嘶唤和歌唱"，"将歌声播送到祖国的远方 / 也用歌声 / 警醒沉睡的 / 给怯弱者以力量 / 叫他们劳动和作战 / 叫他们想光明……"[1] 葛珍、许伽和白堤等人，都从关注底层人民的苦难、控诉社会的黑暗开始，逐渐把苦难和黑暗的根源归结到不公正的社会秩序上，找到了彻底消除苦难和黑暗的现代性道

---

[1]　深渊（何满子）：《给平原的歌手们——诗祝"平原诗社"并跋》，《新蜀报》1942年12月9日。

路——"用我们的双手","筑造挤满花朵和歌声的好城市"（白堤《想着开花的城市》）。葛珍的《索居》，以"一个新的早晨"作为隐喻，借用"一群神明的人""欢乐的种子""祈祷""赞美诗""教堂""葡萄园"，以及俄罗斯诗人叶赛宁笔下的"铁的生客"等词语，把古老的《旧约》创世神话，改写成新兴的现代性创世神话："人的手"不仅创造幸福合理的"新社会"，顺便还创造"新自然"，带回来"我的青山，我的峡谷……"原本先于人类而存在的青山、峡谷之类的自然事物，也被纳入"人义论"的范围，变成了随着"一群神明的人"的到来而重新归来的"新世界"。

也就是说，的确有相当一部分诗社成员，像最初的组织者和推动者寒笳设想的那样，追随何其芳等人的步伐，走出荒凉、落后、封闭的古城，"嘹亮地歌唱着祖国进行曲"，沿着川陕公路走向延安，但也以自己的方式加入"祖国战斗的行列中"，汇入"北方青年英勇的一群"（寒笳《祖国的战斗的行列》），实践了和"北方平原"一起呐喊、并肩战斗的理念。他们或在党组织召唤下前往中原解放区，或就地转化为"革命工作者"，逐渐疏远了诗歌创作。

不过，也正因为他们的最高目标不是写诗，而是战斗和呐喊，而且只是简单地循着著名的"何其芳道路"展开的战斗和呐喊，所以这部分诗人从事新诗创作的时间大多不长，成就也相对有限。真正值得注意也最能代表平原诗社的创作成就和历史贡献的，是蔡月牧、杜谷等人的创作。他们从改写和重造"成都形象"入手，在与何其芳等人的辩驳性对话中，发展出了自己独特的现代性品质。

二、何其芳的"三步论"

不是说抗战时期的成都不存在慵懒、腐朽、麻木、自私之类的罪

118

恶现象，相反，它存在，而且的确比别的地方更严重。但对照把眼光放到成都的城市建筑和自然景象上，从而发现了成都的可爱之处的老舍①，以及下文将要论及的相关诗作来看，用怎样的眼光来看待世界，才是值得讨论的问题。

现代人取代神成为世界的主体，也就确立了从人的角度看待和解释世界，最后再由"人的手"来创造"美丽新世界"的宏大工程。这个工程，开端中隐含着重造"美丽新世界"的历史抱负，重造"美丽新世界"的历史实践反过来印证开端的绝对性，根本不存在未完成论者所说的历史性及其辩证法——从后设历史的角度，还应该补充说：也隐含着终将显现出来的断裂。

何其芳的"三步论"，对此做了简洁而完整的展示：

第一步：我感到人间充满了不幸。

第二步：我断定人的不幸多半是人的手造成的。

第三步：我相信能够用人的手去把这些不幸毁掉。②

尽管表述上还留着"多半是"的尾巴，但在实际的运用中，何其芳——应该说是普遍的、复数的"何其芳"——已经理所当然地把成都的罪恶都归结到了"成都的人"身上。唤醒沉睡如故的"罪恶之都"、重造"美丽新世界"的责任，反过来也就顺理成章地落到了作为主体的另一种人身上。先知先觉的"何其芳"们因此成了唤醒和改造成都的主体，而成都则成为客体，沦为"罪恶之都"，沦为被改造、被拯救的客观世界。

把一切归结到人身上的现代性人义论，注定了世界要被划分为

---

① 老舍：《可爱的成都》，载《老舍全集》第 14 卷，人民文学出版社 2013 年版，第 314—316 页。

② 何其芳：《给艾青先生的一封信》，载《何其芳全集》第 6 卷，河北人民出版社 1999 年版，第 477 页。

充满了苦难的"丑恶旧世界"和幸福光明的"美丽新世界";而人类自身,则注定了要被划分为"丑恶旧世界"的苦难和不幸承担责任的有罪者,和消除一切苦难与不幸、重造"美丽新世界"的能动主体。也只有在这里,在长期农耕文明传统中养成的享乐、慵懒的生活方式和城市性格,才变成了抗战大时代里的罪恶,而认定自己"已经像一个成人一样有了责任感"、相信自己"在任何地方都可以做一些事情"的何其芳①,也才成了先知先觉的启蒙者和革命者。

三、深渊的"犹疑"

何其芳的"三步论"中,隐含着一个至关重要的现代性前提:作为主体的现代人,不是在世界之内,而是站在世界之外,从宇宙的角度出发来看待世界、"来对付自然的"②。王富仁所说的创造社的青年文化,其实就是现代人之于世界的主体性姿态:"一切值得肯定的东西都不是他自己的生命力的结晶,一切丑恶的东西中也没有他们的过错在内。他不应对现实的这个文化环境负责,他也不会由衷地感到自己对他负有什么责任","他在本能中便感到有权以自我的感受"为标准来批评一切,面对一切。③从北平到万县,再从万县到成都,最后再到延安的旅行经验,恰好支撑了何其芳"局外人"的主体性姿态,让他从"我感到"到"我断定"再到"我相信"的每一步,都充

① 何其芳:《一个平常的故事》,载《何其芳全集》第 2 卷,河北人民出版社 1999 年版,第 80 页。
② [美]汉娜·阿伦特:《人的境况》,王寅丽译,上海人民出版社 2009 年版,第 209 页。
③ 王富仁:《创造社与中国社会的青年文化》,载《王富仁自选集》,广西师范大学出版社 1997 年版,第 181—182 页。

满了无可置疑的确定性。

但对生活在成都这座城市里的平原诗人来说，问题就不一样了。他们赖以"感到""断定""相信"的"我"，不是从世界之外、从抽象的知识体系里移植过来的，而是在具体的生活环境中养成的。就像许伽所说的那样，是成都这座"只有寂寞和阴暗的风景"的古城，让她"开始知道生活"（《古城，我爱你》），赋予了她反抗的勇气和力量。而成都，也反过来成了诗人"又爱又恨的古城"（许伽《告别》），一个复杂、丰富而真实的生活世界。在这种情形之下，简单的批判和简单的赞美一样，都开始变得不合时宜了。

深渊长达三百余行的组诗《成都在诗里》①，就展现了这种犹疑不定的复杂性。这部由《这座城》《文化街》《大公馆》《街头风景线》《饱的刑罚》《二泉文人》《华西坝》《成都啊》八首诗构成的组诗，虽然没有摆脱从人的角度看待一切，仍然带着左翼青年的革命热情和刚从战区辗转来到成都的"下江人"的好奇和焦灼，但"人的成都"却被"成都的人"自然而然地划分成了两个。

第一个，当然还是何其芳当初看到的景象。达官贵人们在《大公馆》里的荒淫，《街头风景线》里伴随着"这么多的花柳病医师"而生的畸形繁荣，以及《二泉文人》勾勒出来的成都作家龌龊而粗鄙的自我表演，再加上《饱的刑罚》里走投无路的饥民，一而再再而三地印证了何其芳、陈敬容等人的判断：这是一座荒淫的、腐朽的"罪恶之都"。

但在《文化街》里，"人的成都"却展现了健康而充满了活力的一面。近乎报告诗的写实主义态度，让深渊忠实地记下了自己所看见的另一种"人的成都"：在因书店林立而被誉为"文化街"的祠堂街上，"来自乡间学校里的，/来自邻近的县份的/年青的学生和公务员，/都蝇子般挤满了书店"，如饥似渴地汲取着新鲜的文化养分。这一景

---

① 原载《战时文艺》1942 年第 1 卷第 2 期。

象给荒淫、腐朽的"罪恶之都"带来了一缕亮丽、炫目的光彩，打破了何其芳等人创造的"成都形象"的总体性。

深渊也跟何其芳一样，立足于"成都的人"，看见的也是"人的成都"。不同的是，何其芳眼中的成都人只有一种，"人的成都"自然也就只有荒淫、腐朽的一副面孔。而深渊看到了两种成都人，把成都还原成了丑恶和美丽并存、希望与失望交织而成的双重世界。《成都啊》感慨万千地写道：

> 成都啊，/ 有人在你身上 / 追求麻醉，/ 也有人在你身上 / 开辟着自由的田地，/ 有人在你身上活跃着，/ 也有人在你身上枯萎了，/ 黯淡了！/ 死了……
>
> 成都啊，/ 有人践踏了你 / 你不作反抗的震动和呼喊；/ 有人养育着你，/ 你也像熟睡了似的没有反响，/ 你怎么不出声，/ 怎么不出声呀！/ 那年青的一代，/ 他们将离你而去了，/ 去了 / 去远了……

"成都形象"的双重性，让单一的诅咒或单一的赞美，都失去了绝对的有效性。何其芳、陈敬容等人全面抗战初期面对"人的成都"那种斩钉截铁的正义感，被深渊转化成了复杂而难以言表的感叹。《成都啊》这个题目，以及贯穿全诗的"成都啊"，道出了诗人饱满而复杂的感情。无可奈何的结尾"成都啊"，更意味着满怀批判激情的深渊，从何其芳那坚定、明确而毫不犹豫的"人的手"的立场上退了出来，陷入了一种"介乎其间"的临界状态，把单一的、总体性的"人的成都"，变成了多元的、复杂的"人的成都"。

这种"介乎期间"，既可以是这样，又可以是那样的"临界状态"，为范方羊、蔡月牧等人更进一步的抗辩性书写，敞开了新空间。

四、范方羊等人的"自然的成都"

何其芳把成都看作"罪恶之都"的理由之一，就是成都有那么多茶馆，有那么多闲人在抗战的炮火声中依然在茶馆的喧闹和吵嚷中毫无价值地浪费着他们的生命。这一点，也是抗战时期"下江人"的普遍印象。不温不火、不左不右的张恨水，曾对成都街头的茶馆和"闲人"之多有过嘲讽①。有意要为成都作辩护的段公爽，也承认说："成都人并不怎样懒惰，然而批评成都的人，却每每爱说成都是如何的糜烂、腐化，成都人是如何的好吃懒做，整天到晚都坐在茶馆里摆龙门阵，或提起鸟笼在公园里消磨那无聊的时光。"②

事实上，"坐茶馆"恰好是成都人必需的一种谋生手段，绝非初来乍到的"下江人"所说的追求享乐、消磨时光。范方羊的《露天茶馆——呈若嘉》，就老实不客气地针对"下江人"的皮相之见，对"坐茶馆"的情趣和理由展开了抗辩性书写，把坐在粗糙的木凳子上喝着廉价的茶，"看山，看树，看人，看天"，"舒口气摆脱一切，回到自然"当作正当性生活方式肯定了下来。诗人以"座中人"——而非"下江人"——的身份，单刀直入地写道："坐茶馆"的意义，乃是在充满了劳碌和厌倦的世界里，回到自然，享受一份"廉价的清福"，一刻短暂的"安闲"，借此调整自己，重新恢复反抗世俗生活的豪情和勇气。所以在短暂的"一刻清闲"之后，诗人又满怀"稚气的豪情，满腔抱负"，"热腾腾又托出一个透明的梦"，踏上反抗和战斗的旅程。

何其芳和范方羊共同的目标，都是要打破和反抗沉重的世俗生

---

① 张恨水：《蓉行杂感》，载施康强编：《四川的凸现》，中央编译出版社 2001 年版，第 121 页。

② 段公爽：《入康记·两种成都人》，西康民国日报社 1941 年版，第 20 页。

活。区别在于，何其芳的成都是性质单一的、由"人的手"所造成的"人的成都"，后者则在"人的成都"之外，另有一个山水、树木、太阳、月亮等自然之物构成的"自然的成都"。在《那边》这首诗里，范氏更进一步，把成都从单一、狭小的"人的手"里解放出来，把何其芳等人眼中"又小又荒凉"的"罪恶之都"，扩展成了既包括平原上"辽阔的原野"和"黑油油的黑眼仁一样闪光的泥土"，又涵盖了"灰色的瓦屋 / 灰色的街道 / 灰色的行人 / 灰色的日子"的宽广、丰富的生活世界。

最重要的是，这个古老而新鲜的"自然的成都"，不仅在时间上先于更在价值等级上高于"人的手"造成的"人的成都"。唯其如此，它才成为诗人反抗"人的手"所造成的世俗生活的沉重性压迫的力量源泉。

就是说，范方羊的成都不仅在空间范围上极大地超过了何其芳，最重要的是它还从根本上颠倒了后者的价值尺度。

对现代人来说，认定"一切美的、高贵的东西都是理性和计算的产物"[1]，是人的劳动所创造的产品，自然则是"人的手"改造和征服的对象，是人类的敌人，是一种"要被规约到秩序上的去的混沌"，充其量只不过是为人类劳动提供了物质材料。[2] 不断高涨的主体性精神和不断高涨的打破"丑恶旧世界"、创造"美丽新世界"的革命热情，还有不断高涨的浪漫—象征主义感伤背后，隐含着一个共同的情绪：作为"敌人"的自然和世界的仇恨。[3]

范方羊的立场则与之截然相反。在《晨歌》中，他像古代的哲人那样，明确地把"自然"——由静静的江流、庄严的群山、高高的天、

---

① [法] 波德莱尔：《现代生活的画家·赞化妆》，载《波德莱尔美学论文选》，郭宏安译，人民文学出版社 2009 年版，第 457—458 页。

② [美] 列奥·施特劳斯：《苏格拉底问题与现代性》，彭磊等译，华夏出版社 2008 年版，第 34 页。

③ 具体论析可参看段从学：《现代性语境中的"何其芳道路"》，《中国现代文学研究丛刊》2013 年第 5 期。

乌篷船和白帆船等构成的——当作了"一个宁静和谐的生的整体"、"第一首真正的诗"、一首"伟大的质朴的明净的诗篇"。而"人的手"的创造，反而成了谛听和进入这"伟大的""真正的"诗篇之前必须排除的杂音和干扰。

诗人并没有否认"人的成都"的腐朽、荒淫。他也跟何其芳一样，渴望着逃离"人的成都"，打破整个"人的手"造成的沉重的生活世界。只是他并没有把腐朽、荒淫、麻木的"人的成都"当作成都的全部，更没有把"人的成都"提升为人类生活世界本身的意思。他只是在荒淫、腐朽的"人的成都"之外，揭示了"自然的成都"的存在，并以此作为立足点，在反抗"人的手"造成的不公正的同时，也复活并保存了对自然的热爱、对世界的感激。

这当然不是说范方羊和其他平原诗人一开始就具有或者后来发展出了这种明确的理论自觉。他们只是立足于本土生活经验，从"内部人"的角度出发，对何其芳等"下江人"的视角提出补充和修正，表达自己年轻、朴素而稚气的生命体验。

但也唯其朴素和不自觉，所以就连那些后来在精神上或实际行动上义无反顾地走向了战斗的"北方平原"的诗人，如白堤、羊翚、许伽等，也不觉得对成都的赞美和留恋与创造"美丽新世界"的现代性革命大潮之间有什么矛盾。白堤的《早安呵，锦江》模仿郭沫若在日本海边一口气喊出的《晨安》，对锦江上的纤夫、渔夫、洗衣妇等，逐一问候"早安"，表达了诗人对生活、对世界的感激和热爱。《山民》则借那些"从那些山腰的村寨里来的 / 从那些莽莽的蒙着雾的 / 山林里的草舍来的""带着镰刀和竹烟管 / 粗犷又天真的"山地居民们艳羡的眼光，表达了生活在成都平原"高文化"区域的"内部人"的自豪感。

最典型的，是羊翚在奔赴中原解放区前夕写下的组诗《乡土集》。组诗从老祖父开始，一直写到诗人自己的亲身经历，叙述了三代人的家族苦难史，表达了诗人对苦难的诅咒和思索，以及忍无可忍的最后的反抗。但即便是在忍无可忍的反抗中，诗人也没有表现出把一切都纳入"人的手"来看待、把世界划分为泾渭分明的"丑恶旧世界"和"美丽新世界"两种不同形态的现代性自觉。反抗的目标，也不是要把落后、愚昧的乡村世界当作敌人彻底砸烂之后，再用"人的手"创造一个与之无关的"美丽新世界"。对羊翚来说，"人的手"只能清除"人的手"所造成的不公正的社会秩序，而不能创造被不公正的社会秩序遮蔽了的自然之物。相反地，这种"人的手"的清除和创造，只能以自然之物的存在作为前提，并且必然发生在作为爱的对象的自然之物上。对世界既爱（爱作为根基的自然之物）又恨（恨不公正的社会秩序）的复杂感情，取代了"何其芳"那种单一的、明确的现代性怨恨。

就此而言，范方羊、羊翚等人，实际上是把平原诗人身上或明或暗的"人的成都"和"自然成都"、"成都平原"和"北方平原"等二元对立，重新纳入了混沌而暧昧的古代性世界。这个世界以它无言的沉重，激发并包容了"何其芳"的怨恨和反抗，又以它亮丽的光辉，激发并包容了更多的人对它的感激和热爱。最根本的，是它以同时包容两者的方式，把自己筑造成了人类伟大、深厚而广阔的唯一的生活世界。

真正有意地迎着现代性价值主潮，以抒写对传统农耕文明的热爱和对泥土世界的感激之情为自觉目标的，是诗社的两位核心人物——蔡月牧和杜谷。

五、蔡月牧、杜谷的"大地恋歌"

现代人遗忘了世界的双重性。他们用线性进步时间观，把同时并存的共时性元素，划分成了属于过去时态的黑暗和属于未来时态的光明两种截然不同的历史存在，进而以置身世界之外的主体性姿态，发动了用"人的手"创造未来"美丽新世界"的革命。在未来时态的"美丽新世界"到来之前的人类生活世界，因此成为恨的对象，一个亟待彻底地砸烂和清除的"丑恶旧世界"。以土地为中心的传统农耕文明，因此失去了曾经的荣耀，沦为现代性线性时间轴上的"落后"存在。中国—西方、沿海—内地、城市—乡村等一系列从线性进步时间观里派生出来的历史性价值等级，更进一步地把深处内陆腹地的成都，固定在了保守、落后的位置上。

全面抗战爆发后，中国政治、文化中心的西迁，广大落后、愚昧的中国农民的无私奉献和英勇牺牲，以及"泥土"与"国土"之间的亲密关联，为现代作家重新发现农耕文明和乡土社会的伟大意义提供了历史契机。生于斯、长于斯的蔡月牧，就是在这个特定历史情境中，迎着席卷一切的现代性浪潮，宣告自己要跟唱着"泥土的恋歌"、以犁锄垦殖"泥土的爱情"的农人站在一起，"唱起人类的恋歌"，用自己的诗垦殖"人类的爱情"（《垦殖季》）。

在长诗《向春天》里，诗人虽然深切地感受到了寒冷、饥荒、抢劫、死亡等事实性存在和威胁，但并没有把这些"冬天元素"当作独立的或者与"春天元素"相对抗的存在，而是细腻地描述着它们在春天的最终溃败，表达自己对春天的热爱和感激。就像经过漫长的煎熬，终于见到了久违亲人的老者一样，蔡月牧以散文化的日常口语，絮絮叨叨地向"春天"这位"大地的客人"倾诉着自己在冬天的不幸遭遇。随后，又以躬身承受的感激者姿态，迈开迟缓但坚定有力的脚步，引领春天巡视和查看大地的荒芜，一边享受着春天带来的"光明与热爱"，一边把村庄的饥寒一一展示给"大地的客人"，倾诉着自己对"春天"的满怀感激。诗人的这种展示，并不是为了表达诗人对"冬天"的怨恨，而是要唤醒"春天"对人类苦难命运的怜悯，让"春天"绽放出更多的光和热，烘托诗人对"春天"的感激之情和"春天"带来的热烈与繁盛景象。

也就是说，蔡月牧并没有否认"冬天"的存在，更没有在苦难和不幸面前闭上自己的眼睛。不同的是，何其芳"三步论"的每一步——从"感到人间充满了不幸"，到"断定人的不幸多半是人的手造成的"，再到"相信能够用人的手去把这些不幸毁掉"——都处在"冬天"，处在不幸的牵引和支配之下；而蔡月牧的世界，是双重的。

他的成都平原，是同时包含着"冬天"和"春天"两种异质性元素、既"忧郁而又丰饶"的成都平原。因为"忧郁"，所以成都平原自古以来就充满了"悲苦的怀想"和"悲苦的忆念"，充满了何其芳所说的"不幸"。因为"丰饶"，成都平原每年都要慷慨地献出"亿万石的黄谷""亿万石的玉米和荞麦"。平原的子孙们既承受"忧郁"，也领受成都平原"丰饶"的赐予，由此才有了自己真实的、唯一的命运。所以，即便是在最寒冷、最忧郁、最悲苦的"冬天"，蔡月牧也总是毫不犹豫地站在"春天"，怀着对平原、对世界的感激和热爱，唱着人类对大地的永恒恋歌，书写着对成都平原的"有不老的追怀"，唱着对成都平原的"永生的忆念"（《平原》）。

蔡月牧的创作数量不多，主题也只有一个，那就是歌颂成都平原，抒发自己对成都平原的感激和热爱。他的诗里，回响着现代人早已经忘记了的古老的人类学的声音：我们怀着感激，从大地那里领受丰硕的收获，领受生的欢乐；我们怀着感激，从大地那里领受贫穷和饥饿，领受冬天的死亡。诗人的职责就是祭司的职责，就是赞美：即便是在"冬天"，也要追随"春天"逝去的足迹，赞美人类在大地上的生之欢乐。

从"人的手"出发的现代人，竭力把一切都纳入人义论的视阈，季节变化带来的寒冷、荒凉等生存事实，乃至冬天／春天、黑暗／光明等只有在对立和转化中才能成其为自身的自然元素，也变成了人类事务尤其是政治事务的隐喻。尽管事实上不能，但现代人早已经预先透支并理所当然地享受了这样的观念："人的手"能够改天换地，将一切都纳入自己的掌控之中，重造"美丽新世界"。蔡月牧则有意识地要把这一切颠倒过来，将人类的苦难和贫困，重新放置在大地的"死亡—复活"这个古老的人类学视野中来解释。人类的命运因此而融入了大地的自然节奏，变成了以春天为核心意象的自然叙事——就像他们的身体最终融入了大地一样。

这个人类学的自然叙事，不仅用大地的"死亡—复活"这个古老的原型，解释了苦难、贫穷等生存事实，同时也把世界从人类中心主义、从现代性欲望和技术的支配中解放出来，还原成了生机勃勃的大地。大地以滋养万物的方式绽现为生机繁茂的大地。人类以回到土地的方式，重新获得了广阔、深厚的生命。现代人"何其芳"对世界的怨恨，被转化成了对大地的感激、对世界的热爱。

稍加总结和清理，可以这样说：许伽、葛珍等人追随着何其芳的脚步走向"北方平原"的同时，也流露出了对成都这座古城的留恋和热爱；范方羊越过何其芳的古城视野，在"人的成都"之外，展现了一个价值等级更高的"自然的成都"的存在；蔡月牧以"自然的成都"为起点，用更阔大的平原反过来包围和覆盖了"人的成都"，用歌颂取代了何其芳等人的诅咒，将后者的怨恨转化成了对世界的热爱；接下来将要提出来讨论的杜谷，则直接从泥土世界出发，循着泥土世界自身的节奏和轨辙，彻底消除了人类中心主义的现代性逻辑。

蔡月牧身上，还保存了从"人的手"重新返回成都平原的过程性痕迹，残留着与何其芳等人的"成都形象"展开抗辩的诗学抱负。"深深地没入了地母的呼吸、气息、希望、欢喜，以及忧伤与痛苦"的杜谷①，就不一样了。从一开始，他就是从土地的内在视角面对万物、查看和体验一切的。他的感情，也和大地上的事物一样，具体、结实，而又饱满、丰盈。他的欢喜，是一片"批满阳光的山坡"（《山坡》）；他的寂寞，是一片"没有温情，没有歌声"，只有"从远处吹

---

① 胡风：《〈七月诗丛〉介绍十一则（广告）》，载《胡风全集》第5卷，湖北人民出版社1999年版，第38页。

来的原野的呼喊"的江岸(《好寂寞的岸》)。他对明天和未来的信念,也是一种自然化了的,发生在大地上的季节变化,而不是对"人的手"创造能力或历史潮流的信仰。他劝慰"喑哑的江/瘦弱的江"的说辞,是"你不要悲哀/因为春天总要归来"(《江》)。解放战争的胜利,也被他在《春天的拱门》中,转化成了一幅生动的自然之春景象:群鸟争相啼叫,人们从黑暗的屋子里走出来,大地上开满鲜花、流淌着蜜……

在抗战和建国并重的策略下,大后方出现了不少以开垦土地、采矿、修筑道路等活动为题材的作品。但在杜谷看来,这样的历史性活动,也不是从站在人类中心主义的立场上、把自然当作敌人、用"人的手"从大地身上抽取产品的建国行为。相反地,他从泥土世界的角度、从大地中心主义的立场来看待和理解这一切。在他眼里,开垦土地、砍伐森林、开采矿产之类的人类活动,不是让自然"为我所用",而是亲切、温柔、小心地唤醒大地,帮助大地实现它自己的愿望,把"辽阔的古代的森林""千年的岩石底下的矿层"(《西部》),从沉睡中唤醒起来,让大地焕发出自己的光彩和生机。

从现代工业文明的角度来看,耕种、收获这样的古代农耕活动对大自然的伤害,可以说少之又少,几乎可以忽略。即使这样,"善良到土地一样善良","坦白到土地一样坦白"的杜谷[1],在举起"银亮的犁"、梳理"蓬乱的田亩"的时候,仍然怀着最大的虔诚,以自己的鲜血作为牺牲和祭品,在《耕作季》里赎回了人类施加在土地上的暴力:

> 我的心喜悦
>
> 今天,终于我又看到你

---

[1] 胡风:《〈七月诗丛〉介绍十一则(广告)》,载《胡风全集》第5卷,湖北人民出版社1999年版,第38页。

> 看到你在新耕的潮暗的土壤里
>
> *我自己渗透的*
>
> *湿红的血迹……*

"我自己渗透的／湿红的血迹"，把"银亮的犁"对土地的暴力，转化成了人类自己施加在自己身上的生命活动，表达了这样一个古老而神圣的生存信仰：人类不是通过暴力榨取，而是把自己当作牺牲，从土地那里换取生命所必需的谷物。

按理来说，因为战争而从"祖国的东部原野"（《写给故乡》）辗转流亡到大后方、饱受贫困和疾病折磨的杜谷，完全可以循着抗战的时代逻辑，把对大地的深深眷恋和对泥土世界的热爱，转化成对现代性"国土"的热爱。诗人自己，也可以顺势从"泥土世界的孩子"一跃而成为现代性历史进程中的时代战士。但是，即使在 40 年代后期逐渐淡出诗坛，转向实际工作的时候，杜谷仍然固执地站在大地中心主义的立场上，丝毫没有转向现代性人义论的痕迹。

他甚至反过来，把杀死残暴的敌人、用鲜血和镰刀捍卫土地的历史性活动，也纳入了大地中心主义，变成了大地永恒轮回的"死亡—复活"人类学祭祀仪式的一部分。对杜谷来说，人类并非天生就是有权占收割谷物、享用万物的主体。只有在事先用镰刀"收割过头颅"、杀死践踏土地的残暴敌人、用鲜血浇灌过土地之后，他们才获得了收割谷物、领取大地馈赠的权力（《明天，我们要收割》）。而且，这种献祭换来的权力也不是一劳永逸的，而是随着"冬天—春天"的自然节奏，随着大地的"死亡—复活"而一年一度永恒轮回的命运本身：人类来自泥土，为泥土所养育，又复归于泥土，用自己的鲜血和生命滋养大地。

现代人拒绝承认人类生活世界的双重性，他们立足于世界之外的主体性，把一切都纳入"人的手"掌控之中，以对当下的、真实的生活世界的怨恨和对未来的、想象的乌托邦世界的渴求为动力源泉，发动了一轮又一轮消除当前"丑恶旧世界"、创造未来"美丽新世界"的现代性革命。"丑恶旧世界"与"美丽新世界"、"冬天"与"春天"，在现代性直线时间轴上，被撕裂成了彼此不相容的冲突性存在。杜谷则以"泥土世界的孩子"的身份，迎着席卷而来的现代性大潮，以同时包容两者的方式，以"死亡—复活"这个古老的人类学叙事，重新将包括中国抗战在内的一切事物，纳入了大地的永恒轮回之中，从而也为平原诗社改写何其芳等人留下的"成都形象"的抗辩性书写，画上了圆满的句号。

要承认的是，作为一个地方性的诗歌群落，平原诗人当然不可能也没有能力对抗席卷全球的现代性工程。他们从最初的校园"文学青年"到最后的诗歌创作历程，本身就是这个现代性工程的一部分。他们只是在被这股历史潮流席卷而去之前，以稚气而朴实的姿态写下了对这个即将被彻底地砸烂和清除的"丑恶旧世界"中那些闪耀着光辉的事物的感激和赞美。因而，在他们的感激和赞美中得到保存的事物，有意无意地反过来以自身的存在，展现了"人的手"所不能把握和控制的世界的存在，为中国现代文学提供了虽然和平原诗社的地位一样边缘但绝非可有可无的"微量元素"。在臃肿的现代性知识暴力长期忽略甚至因长期习惯于臃肿而忘记了何为"微量元素"的今天，重新梳理和耐心审视平原诗社的创作，因此而具有了虽然边缘但绝非可有可无的现实意义。

第三编
主体的形式与结构

第七章　穆旦："被围者"的主体意识

　　穆旦在中国新文学史上的形象，是一个永远"锁在荒野里"（《我》）的被围者。被"沉重的现实闭紧"（《海恋》）了的诗人，在反复书写被包围的痛楚经验的同时，又以肉体性的自我作为支撑点和出发点展开了殊死肉搏，渴望着突出荒凉与空虚的包围，获得生命的真实与自由。但种种突围自救的努力，最终却"只搭造了死亡之宫"（《沉没》），未能找到"异方的梦"（《玫瑰之歌》）。直到晚年，生命"已走到了幻想底尽头"（《智慧之歌》）的穆旦，仍然被丑恶的"旧世界"牢牢地钉在他一直想要挣脱的"现在"。

　　作为现代性文化精神的后裔，研究者一直本能地站在穆旦的位置上，把个人的纯洁无辜和现实的丑恶黑暗视为理所当然的生存论前提。诗人的"被围者"形象，也就成了"突围尚未成功，同志仍需努力"的烈士姿态，一种无声地召唤着甚至强行要求着后人继续反抗"丑恶的社会"的诗学遗产。但越来越多的事实表明，穆旦之成为"被围者"以及突围最终失败的根源并非特定的历史经验，而是"纯洁个人"和"丑恶现实"两者共同组成的现代性精神"囚徒结构"。

一、自我与主体之间的结构性断裂

　　"被围"的前提，是曾经自由。"突围"的基础，则是相信在"丑恶的现在"之外，有一个"美丽新世界"。作为"站在地球之外的宇宙中的一个立足点上，来对付自然"①的现代人，穆旦也经历了从"世界之外"到"世界之内"的精神历程。

1948年，穆旦曾在《世界》一诗里，揭示了自以为"在世界的外边"的"小时候"，和不知不觉中被裹挟和被卷入"世界之内"，"已经踯躅在其中"的"现实之我"的永恒矛盾。前者是自由自在地"走来走去在世界的外边"的"理想之我"，但缺乏介入历史的行动能力，"在茫然中"期待着"大人神秘的嘴"的指令，等待着"学校"的帮助以获得被承认的资格，踏入"世界之内"成为"美好的主人"。最终的、世界之内的"现实之我"，则因为世界的丑恶黑暗及其无可逃避的强悍而丧失了源初"理想之我"的本真性，变成了被支配和被奴役的存在，"一如那已被辱尽的世代的人群"。

正如"被围"及其突围的失败并非个案，而是浪漫—现代主义诗人的共同姿态一样，穆旦这里的"理想之我"与"现实之我"的冲突，同样是个体生命永恒的遭遇和经验。用拉康（Jacques Lacan）的话来说，就是作为意象的"自我"和作为实体的"主体"之间永远不可能同一的结构性断裂。前者是镜像阶段的婴儿通过把某个虚幻的意象认定为"自我"而形成的想象之物，后者则是个体遵照先于他而存在的社会秩序法则而在生活实践中形成的历史存在。在"世界之内"与"世界之外"的转换与交互作用的层面上，"自我"遵循的是纵向的所指维度上的想象秩序，"主体"遵循的是横向的能指链上的符号秩序。符号秩序层面的"主体"，与想象秩序层面的"自我"，因此处在永远不可能消除的矛盾之中：

> 前者的特征是差异、断裂和移置，而后者的特征则是对同一

---

① ［美］汉娜·阿伦特：《人的境况》，王寅丽译，上海人民出版社2009年版，第209页。

性或类似性的某种寻求。想象秩序源于婴儿关于它的"镜中自我"(specular ego)的经验,但一直延伸到个体成年后对他人以及外部世界的经验之中:只要发现主体内部、主体彼此之间或主体与事物之间存在不切合现实的认同,则必然是想象秩序在起支配作用。①

　　由于"自我"欲望中的"理想之我",乃是个体甚至尚未获得独立行动能力的"小时候"形成的想象之物,一个空洞的"意象";只有在接受他者的引导和塑造、成为"主体"之后,个体生命才可能获得行动能力,参与包括寻找"理想之我"在内的诸多社会历史实践。穆旦"小时候"的"自我",因而必须按照某种早已存在的语法规则和社会秩序来组织自己的身体和欲望,以此获得控制和支配自己的身体,进而寻找自身的"同一性或类似性"之物,寻找"理想之我"的行动能力。因此,"自我"获得独立行动能力的过程,在不知不觉中转换成了被支配和被控制的过程。"大人神秘的嘴""帮助我们寻求"的"学校",等等,就是组织和控制婴儿"小时候"的身体和欲望所必不可少的语法规则和社会秩序。这就是说:诗人自以为是在"自我"推动下,不断向着垂直纵深方向"突进"、纵聚合的隐喻模式来发掘和寻找"理想我",而事实是诗人在"他者"——"灵魂操纵者"和"社会工程师"们——的引导和塑造之下,不断沿着横向平面方向"滑动",按照横组合的转喻模式被塑造为充满了张力、断裂和激变的"主体"。② 通常情况下,空洞的"理想之我"都会随着成年而消失在无意识领域,个体转而认同"现实之我",以"主体"的身份进

---

① 〔英〕马尔科姆·鲍伊:《雅克·拉康》,载〔英〕约翰·斯特罗克编:《结构主义以来:从列维-施特劳斯到德里达》,渠东等译,辽宁教育出版社1998年版,第151页。

② 〔英〕马尔科姆·鲍伊:《雅克·拉康》,载〔英〕约翰·斯特罗克编:《结构主义以来:从列维-施特劳斯到德里达》,渠东等译,辽宁教育出版社1998年版,第149页。

入社会，参与历史实践。

一旦"自我"不愿意按照"灵魂操纵者"和"社会工程师"、"大人"和"学校"的指令，把"他者"的话语误读为"自我"欲望，"理想之我"与"现实之我"、"自我"与"主体"就不可避免地处于永远无法平息下来的冲撞之中，成为精神分析的临床病例。

人类过去是、现在是、将来仍然会是生活在不完满的世界之中。但只有在现代性条件下，"自我"与"主体"之间的冲突，才演化成了绵延数百年的文化风景。"被围者"穆旦的痛楚，以及他突围的最终失败，也才会成为令人唏嘘不已的烈士经验。原因在于站在地球之外宇宙中的某个点上来俯视我们的生活世界的现代人，实际上是预先站在某个虚构和想象的"理想之我"的立场上，把"自我"当作了不言而喻的出发点和最终归宿，由此展开了以"应在"对抗"实在"，以"自我"对抗"主体"的现代性历程。对现代人来说，既然"应在的根基无论如何不在实在之中"①，则"自我"也就永远不可能被驯化为"主体"。穆旦"小时候"的"理想之我"，因而也就成了"现实之我"永远的敌人。"假如你还不能够改变，/ 你就会喊出是多大的欺骗"，表达的就是诗人拒绝接受"灵魂操纵者"和"社会工程师"支配与控制的浪漫—现代主义对抗性立场。

为了说明这个共同的现代性精神结构如何在具体历史情境中呈现为穆旦特有的个人体验，进而铸就了诗人最基本的文学史形象，我们有必要回到诗人把"新生的中国"看作是理想的生存世界，认定"自我"有能力推动此一理想新世界之形成和到来的"精神时刻"。用拉康的话来说，就是回到"自我"幻觉发生现场，回到诗人把外在的"非我"误读为"自我"同一性的开端现场。

---

① [美] 施特劳斯：《现代性的三次浪潮》，载刘小枫编：《苏格拉底问题与现代性》，丁耘等译，华夏出版社 2008 年版，第 41 页。

二、共时性结构冲突的历史表达

稍稍回顾诗人的精神历程，就不难看出，"世界之外"的穆旦是通过对抗日战争的认同而跨进"世界之内"的，由此"永远走上了错误的一站"(《幻想底乘客》)，一步步变成了丑恶世界中的"被围者"。

通过对抗日战争的认同，"世界之外"的局外人穆旦，个人与世界之间的永远不可能同一的结构性对立，转化成了个人与历史，即个人与过去时态的"旧世界"之间的历时性对立，从而将自己变成了"旧世界"的反抗者和"新生的中国"的拥抱者与建造者，在个人与"新生的中国"之间建立了同一性。在穆旦眼里，抗战以来的中国已经彻底挣脱了"旧世界"的阴影，沐浴在了新鲜的阳光和流动的空气里，变成了"新生的中国"。这个"新生的中国"不仅给中国社会带来了不可遏制的勃勃生机，而且鼓动、激荡起了诗人年青的血液，"要从绝望的心里拔出花，拔出草"(《从空虚到充实》)，带来一个崭新的自我。作为社会历史形象的"新生的中国"与诗人"新生的自我"，就此建立起了亲密的同一性关联。

在这个认同中，穆旦实际上是把个人的生存根基转移到了外在的社会历史事件之上，认可了外在的社会历史事件主导和塑造个体生命的生存论立场。从诗人后来的反应着眼，这实际上是穆旦陷入外在社会历史事件的包围和挤压的开始。换算为拉康的理论术语，就是个体接受符号秩序的支配，被建构为"主体"的开始。正常——精神病理学意义上的——情形下，个体也将随之而在横向能指链上流动起来，在差异和断裂中形成互不相属的复数"主体"，以此在符号秩序的支配中保持着"重新开始"的身份策略。

但穆旦的想象却是另一回事。在诗人看来，不是"自我"的立场与位置的改变，而是外部世界的改变，才促成了这种认同。抗战发生以来，中国社会现实彻底改变了战前的面貌，变成了"自我"想象秩序中的理想形态，诗人才有了拥抱"新生的中国"的现实举动。不仅如此，在社会现实与"自我"欲望发生不一致的地方，诗人还应该主动以自身的"野力"来改造之、推动之，消除其中的丑恶与黑暗，促成"新生的中国"的发展、茁壮。接下来我们将会看到，诗人突围的动力与方向，也同样是这个站在"世界之外"来推动和改造世界的现代主体性立场。

所以毫不奇怪的事实是：就在《赞美》神圣的民族抗战事业的同时，穆旦又发现了"新生的中国"的幻灭。怀着在"新生的中国"寻求生命的真实与自由的激情而缢死了"错误的童年"（《在旷野上》）的诗人，几乎在同一时间里就看见：抗战之后的中国，并没有从病态疲弱中解放出来，成为一片"复生的土地"①。充满了不可抗拒的希望之"碧绿的大野"（《玫瑰之歌》），仍然只是他从长沙到昆明"三千里步行"旅途中看到的"风景"，而非真实的生活世界。生机勃勃的南方"原野"，很快在《在寒冷的腊月的夜里》《赞美》等诗中，演化成了荒凉、干枯、寒冷、死寂的北方旷野。前者的寒冷不仅是自然的，更是没有尽头的生存命运。从远古祖先一直到那被"吓哭了"的儿郎，都在重复着同样的命运，沉重得连梦里也没有一丝安慰，"所有的故事已经讲完了，只剩下了灰烬的遗留"。而在《赞美》里，在"荒凉的亚洲的土地上"，干燥的冷风、呜咽的流水、忧郁年代、荒凉的沙漠和"在耻辱里生活的人民，佝偻的人民"并置在一起，无言地指认着这样的残酷事实：沉重的苦难仍然横亘在中国大地，民族的"多年耻辱的历史／仍在这广大的山河中"等待着被解放出来。

既然充满耻辱的历史依然站在现实之中，古老的中国依旧生活在寒冷和荒凉之中，个人挣脱历史的束缚、在新生的中国里获得自由的前景，也就随之而发生了改变。所以，仍然是在《赞美》中，当穆旦

① 穆旦：《〈他死在第二次〉》，香港《大公报》1940 年 3 月 3 日第 8 版。

把目光聚焦到"一个女人的孩子，许多孩子的父亲"的农夫身上，聚焦到有限的个体生命身上时，个人自由与民族生存之间的裂痕，也就自然而然地绽现了出来。对这一个依然无言地承受着没有尽头的耻辱与苦难的农夫来说，"一个民族已经起来"的历史事实，只是发生在他身外。"在大路上人们演说，叫嚣，欢快"，但"他只放下了古代的锄头"，坚定地"溶进了大众的爱"，"溶进死亡里"，走上了一条"无限的悠长的"牺牲之路。

民族的新生，必须以个体生命的死亡为代价。面对那为民族解放而坚定地走进了牺牲者行列的人们，为着寻找个体生命的真实与自由的穆旦，因此而发现自己所要拥抱的"新生的中国"突然之间变成了一个巨大的生存悖论。诗人沉痛地写道，为了这个勇敢地看着自己"溶进死亡"的农夫，为了这"一个老妇"的孩子、"许多孩子"的父亲，

> 为了他我要拥抱每一个人，/ 为了他我失去了拥抱的安慰，/ 因为他，我们是不能给以幸福的，/ 痛哭吧，让我们在他的身上痛哭吧，/ 因为一个民族已经起来。

寻求个人新生的"自我"欲望，引导着穆旦发现了这个悖论。但我们却不能因此而反过来说，这个生存悖论的根源乃是"自我"的欲望。民族新生的总体目标与个体自由之间的悖论，根源在于个体生存时间的有限性与社会历史时间的开放性之间的永恒冲突。穆旦的"自我"，只不过是引导着诗人发现并将此一冲突绽现为悲剧性生存悖论而已。

很明显，民族国家的自由解放乃是一个未来时态的开放式历史进程，一个总体性的社会历史事件；个人的生存意义，则天然地受制于个体生存时间的有限性，只能在当下生存事件中显现出来。"只有……（将来）才能……"的条件逻辑，必然潜含着这样的伴随命题——"因

此……（现在）只能……"。在其中代入穆旦切实具体的感性生存经验，那结果就是：在民族国家的自由解放最终完成之前，作为个体的我们，"不过是幸福到来前的人类的祖先／还要在无名的黑暗里开辟起点"（《时感四首》），依旧只能生活在黑暗与空虚之中。

的确如诗人所说，"他追求而跌进黑暗"（《裂纹》）。怀着对未来的炽热期待和对充斥着空虚与疲乏的"现在"的极度厌倦而"缢死了"自己"错误的童年"，"鞭击着快马"（《在旷野上》）向着未来"突进"，像"一颗充满熔岩的心期待深沉明晰的固定"，"一颗冬日的种子期待着新生"（《玫瑰之歌》）那样，期待着在"新生的中国"里获得新生的穆旦，就这样再次回到了最初的出发点。

通过对抗日战争的认同，从"世界之外"突进到"世界之内"的穆旦，并没有摆脱现代性精神结构的内在困境，消除"理想之我"与"实在之我"即"自我"与"主体"之间不可弥合的差异，而只不过是将他从共时性结构断裂误读成了历时性的两种时间的冲突而已。现实依然是黑暗而空虚的现实，"我"依然是那个等待着挣脱"现在"的"我"。唯一的差别，就是"理想之我"与"实在之我"——"应在"与"实在"之间的冲突，变成了"理想的未来"与"丑恶的现在"之间的冲突。

三、"受难"的姿态与结果

面对这个新的生存困境，穆旦近乎本能地选择了为国家和民族的未来而受难的姿态，把个人对"丑恶现在"的承受，转化成了为民族国家的新生而展开的主动选择。在《漫漫长夜》中，穆旦以一个失去了青春与气力的老人的身份，在"黑暗的浪潮"的拍打和侵蚀之中，忍受着"不能忍受"的"淫荡的梦游人""庄严的幽灵"、僵尸一般的

"怀疑分子""冷血的悲观论者""汽车间爬行的吸血动物"等的狡狯、阿谀和阴谋。唯一的原因就在于"我的健壮的孩子们战争去了"，诗人"为了想念和期待"，只有选择受难，"咽进这黑夜里不断的血丝"。

明眼人不难看出，穆旦这个姿态，其实也就是现代中国知识分子解决个人与民族国家的生存要求之间的冲突的传统方式：为他者而牺牲自我，为群体而牺牲个人。鲁迅"肩住了黑暗的闸门"，让后来的孩子们"到宽阔光明的地方去；此后幸福的度日，合理的做人"①的选择，就是穆旦的先驱。

但同样地，无论是鲁迅，还是穆旦，都没有能够通过受难者的姿态消除个体生命的内在紧张感。和被理解为命运的古代性受难不同，穆旦和鲁迅的现代性受难乃是个体生命的主动选择。因而受难的姿态实际上以"本来可以不这样"的潜台词，从反方向上指认并强化了穆旦的"自我"意识和个人主体性立场。

对鲁迅来说，个人"肩住了黑暗的闸门"的受难与牺牲，既是解放自己的孩子、改革中国的家庭、促成中国社会改良与进步的"一件极伟大的要紧的事"②，又是个人通过陪着传统的罪恶"做一世的牺牲，完结了四千年的旧账"而获得新生命，保证自己"血液究竟干净，声音究竟醒而且真"③的道德主体自我建构的积极行为。穆旦这里的受难，同样地，也是个人通过促成"新生的中国"之到来而获得自由与幸福的自我建构，其实质，仍然是以个人"野力"来改造和征服世界以确证个人之于世界的主体性地位的中国形态——西方主要通过征服和改造包括美洲在内的"自然世界"，现代中国则主要是通过征服和改造传统"旧世界"来确证自身的主体性地位。也就是说，从

① 鲁迅：《坟·我们现在怎样做父亲》，载《鲁迅全集》第 1 卷，人民文学出版社 2005 年版，第 135 页。
② 鲁迅：《坟·我们现在怎样做父亲》，载《鲁迅全集》第 1 卷，人民文学出版社 2005 年版，第 135 页。
③ 鲁迅：《热风·随感录三十九至四十三》，载《鲁迅全集》第 1 卷，人民文学出版社 2005 年版，第 338 页。

满怀信心地要以自己年轻的"野力"来改造和征服陌生世界，到"为了想念和期待"的受难，穆旦表面的立场变了，但背后的生存理念和主体性姿态丝毫没有发生变化。

也就是说，穆旦这个为了国家和民族的未来而主动"受难"的新姿态，与此前在"新生的中国"之鼓动和诱惑之下而向着未来"突进"的姿态一样，都是在现代性世界轴线上，沿着同样方向，即循着同一种生存立场的再一次展开。"再一次"的结果，不是摆脱，而是进一步强化了以进化论为支撑的"未来才是一切"的现代性时间价值观。在这个自我封闭的现代性循环结构中，"主动选择"的自我暗示强化了"自由与解放"的主体性幻觉。对未来的确信透支了当下的实在性与可靠性，强化了"丑恶的现在"不可忍受的黑暗和虚空。而越是如此，诗人从"主动选择"的受难中获得的主体性诱惑也就越强。

个人越是感到自己本来是"世界之外"的主体，"丑恶的现在"也就越是不可忍受地充满了黑暗与空虚。而"丑恶的现在"越是丑恶、越是不可忍受，"理想的未来"也就越是理想、越是充满了诱惑。

穆旦"主动选择"受难的结果，因此不是摆脱，而是更深地陷入了"丑恶的现在"不可忍受和作为硬币另一面的"未来才是一切"现代性生存结构。其结果，也正如鲁迅老早就预言过的那样，不过是"使人练敏了感觉来更深切地感到自己的痛苦，叫起灵魂来目睹他自己的腐烂的尸骸"[1]，让"丑恶的现在"变得更加丑恶、更加忍无可忍。诗人敏锐而痛楚地意识到，在民族解放事业最终完成、"新生的中国"成为"实在"世界之前，个人在当下性的生存状态中不可避免地要受到黑暗和空虚的侵蚀。"当可能还在不可能的时候"，个人只能把"生命的变质，爱的缺陷，纯洁的冷却"等都"承继下来"，在黑暗和空虚的压迫之下，生存在"命定的绵羊的地位"（《我向自己

---

[1]　鲁迅：《坟·娜拉走后怎样？》，载《鲁迅全集》第 1 卷，人民文学出版社 2005年版，第 167 页。

说》)。个体生命的纯洁和本真，"由白云和花草做成"的身体(《自然底梦》)，因黑暗和空虚的侵蚀而变成了"罪人"，在表面的丰富之下，"充满了罪过似的空虚"(《忆》)，"里面蕴藏着无数的暗杀，无数的诞生"(《控诉》)。而这种体验，反过来唤醒了穆旦的浪漫主义生命观。

逻辑上说，个人因"实在"的丑恶和黑暗之侵蚀而丧失本真的体验，必得以个人在"世界之外"的本真性存在为前提。所以，控诉着、同时又无可奈何地遭受着"实在"世界的丑恶与黑暗之侵蚀的穆旦，实际上一直停留在"小时候"的浪漫—现代主义主体性立场之内，以攻击和批判丑恶黑暗的"外部世界"的姿态，保持着个人在"世界之外"的真实性和纯洁性——是这个姿态本身，而不是诗人，或者任何一个"他者"，为这种真实性和纯洁性提供了合法性。

四、"被围者"的精神结构与生存困境

这当然不是说"受难"意识没有对穆旦发生过切实的影响，不是的。不变的精神结构和不变的生存姿态，并不意味着同样不变的个人生存经验。前者的不变，恰好映射出了个体生存经验丰富多样的变化性。"受难"的失败，事实上进一步压缩了穆旦精神结构的可转变性，将其彻底逼入了现代性的时间轨辙，使之从个人与世界之间的关系，转变成了个人与时间之间的"自然关系"。问题和困境变得更透明、更"自然"，更像是植根个人身体的宿命了。

导致此一变化的关键，乃是"过去"侵入"现在"，或者说"过去"的"现在化"，使得"未来"变成了唯一可以期待的时间出口。

受难之所以能够成为一种有价值甚至充满了诱惑的生存姿态，离不开"受难共同体"。作为一种特殊的想象之物，这个共同体既是消

除丑恶和黑暗的力量源泉，也是支撑和鼓舞着穆旦主动"受难"的道德源泉。这个共同体首先在空间上保证了所有成员万众一心面对丑恶和黑暗，维系着"纯洁的个人"与"丑恶的社会"之间的浪漫—现代主义对抗性精神结构。我们在前面已经看到，这是一个牢不可破的正反馈结构：个人越是"纯洁"，社会也就越是"丑恶"；反之，社会越"丑恶"，个人也就越"纯洁"。

与此同时，作为想象之物的这个"受难共同体"，还以其在时间上的绵延，超克个体生命的有限性，保证个人的受难和牺牲能够通过价值秩序的连续性和同一性而得到应有的道德报偿。这种道德报偿，反过来制约并隐秘地规定着共同体成员的行动方向，暗中把个体生命在时间上的有限性，转化成了共同体的永恒性。[1] 穆旦"突围尚未成功，同志仍需努力"的烈士姿态的诱惑性，根源就在于此。

但现实粉碎了穆旦的"受难共同体"想象。全面抗战爆发以来的中国社会现实，并没有如穆旦所想象的那样，全民族的意志都被集中起来，朝向一个共同的目标而努力着、战斗着、牺牲着。和人类历史上任何时段一样，全面抗战以来的中国，同样是一个光明与黑暗交错并存的时代，"一方面有血淋淋的英勇的斗争，同时另一方面又有荒淫无耻、自私卑劣"[2]。正当千万人民为了民族的解放而"悲惨，热烈，或者愚昧地"在前方英勇地"和恐惧并肩而战争"（《控诉》）的时候，在被他们保卫着的后方城市里，穆旦看到的却是另一幅景象：

> 我们看见无数的耗子，人——/ 避开了，计谋着，走出来，/ 支配了勇敢的，或者捐助 / 财产获得了荣名，社会的梁木，
>
> 我们看见，这样现实的态度 / 强过你任何的理想，只有它 / 不毁于战争。服从，喝采，受苦,/ 是哭泣的良心唯一的责任——

---

[1] 参见段从学：《答复这个问题："娜拉走后怎样？"——一个可能的出口》，《鲁迅研究月刊》2012 年第 7 期。

[2] 茅盾：《论加强批评工作》，《抗战文艺》1938 年 7 月 16 日第 2 卷第 1 期。

　　这样"现实的态度"，使得穆旦很快就放弃了想要以"强烈的律动，洪大的节奏，欢快的调子"[①]来歌颂"新生的中国"的幻想，再一次回到"纯洁的个人"与"丑恶的社会"之间的浪漫—现代主义对抗性立场。对无时间性的文化结构来说，再一次的重复不会带来任何根本性的变化。但对时间性的个体生命，"再一次"回到原点，却不可避免地伴随着新的生存经验。

　　如前所述，认定全面抗战后的中国已经彻底摆脱了丑恶与黑暗而变成了一个完全的"新生的中国"，把"纯洁的个人"与"丑恶的社会"之间的共时性对立转化为个人与历史在历时性轴线上的冲突，乃是穆旦从"世界之外"踏入"世界之内"、拥抱并极力歌颂"新生的中国"的根源。"再一次"回到原点的时候，这个时间化的经验模式，也就随着诗人的返回而变成了穆旦看待和透视"丑恶的社会"的奠基性装置。现代性线性时间轴上的"过去"，因此而在穆旦眼中变成了"现在"的同质之物。

　　穆旦早期作品中，过去的"历史中国"是充满了无限辉煌的"古国"，布满了"英雄们的笑脸"，眼前的"现实中国"，乃是"四千年的光辉一旦塌沉"之后的结果（《哀国难》）。全面抗战初期的不少作品，也仍然保留了诗人对"古国"的想象和敬意。但将"纯洁的个人"与"丑恶的社会"的结构性对抗转化为"旧世界"与"新生的中国"的历时性冲突以自我救赎的努力失败后，"古国"也就变成了"旧世界"，变成了眼前"丑恶的社会"的一部分。《不幸的人们》发现了历史的罪恶，从充满了野蛮的战争的"遥远的古代"直到千年之后的今天，我们的生活"永远在恐惧下进行"，"仿佛人类就是愚蠢加上愚蠢"。古老的中国不过是汇集了一切不幸的一场"漫长的梦魇"，急需抗战神圣的"大洪水"来冲洗、来解救。

　　正如论者在穆旦诗里发现的那样，"几千年的古老的传统并没有

[①]　穆旦：《他死在第二次》，香港《大公报》1940 年 3 月 3 日第 8 版。

在近代中国的枪炮中死去"①，而是依旧弥漫在抗战后的中国社会生活中，甚至游荡在我们自己的灵魂深处。为此，穆旦自然而然地站入"五四"现代性立场，加入了对传统即对历史罪恶的清算与批判。在《鼠穴》中，穆旦痛苦地发现，"我们的父亲，祖父，曾祖"等无数人的"丰润的面孔"，不过是早已死去的骷髅"露齿冷笑"时形成的假象而已。古老的传统罪恶，"虽然他们从没有活过"，从来没有真正获得过自己的独立生存意义和空间，但却借助于历史的连续性，持续不断绞杀一切新的生命，在现实生活中延续过去。现在的真实的生命因此反而受过去的支配和控制，是没有自身的沉默，"我们是沉默，沉默，又沉默／我们的话声说在背后"。在这样的生存环境中，罪恶的传统在现实中总是"不败的英雄"，而"所有的新芽和旧果"无一不被啃啮得干干净净。历史与传统，"过去"就这样通过"现在"而绞杀了"未来"，使古老的中国无法在战争中走向新生，个人不能获得生存的真实与自由。

对传统罪恶的发现和批判，客观上使得他独立地站在中国抗战时期文化复古主义思潮之外，变成了"五四"精神的继承人。穆旦获得的赞誉，相当一部分原因就在于他自觉地和鲁迅等"五四"现代性先驱站在一起，加入了对"传统中国"深入而持久的诗性批判。

作为"五四"现代性后裔的研究者在高度评价其对"传统中国"的批评之际，往往有意无意地把穆旦看作是为了民族解放而受难的"诗歌烈士"，似乎诗人自始至终就是为了他者的幸福与自由而奋斗、而批判"传统中国"。这个愿望虽然美好，但却与诗人的出发点和归宿不相符合。穆旦之为穆旦的特别之处，就在于他"并不依附任何政治意识"，让"政治意识闷死了同情心"②，出发点是寻求个体生命的真实与自由，归宿也是寻求个体生命的真实与自由。拥抱和歌颂"新

---

① 李怡：《黄昏里那道夺目的闪电》，《中国现代文学研究丛刊》1989 年第 4 期。

② 王佐良：《一个中国诗人》，转引自《穆旦诗集》，人民文学出版社 2001 年版，第 121 页。

生的中国"，乃是因为"新生的中国"给自己带来了幸福和自由。不遗余力地批判现实中"传统的罪恶"，则是因为"传统的罪恶"伤害和侵蚀了个人的真实与自由。"我"既然是穆旦"全部诗的起点"①，自然也就不可能不是他《赞美》民族新生、批判"传统的罪恶"的起点。

这个看起来会妨害其"诗歌烈士"形象的事实，恰好是穆旦之为"现代人"的核心标志。郁达夫关于"五四"对"个人"之发现的断言，对此做了最明晰的表述："我若无何有乎君，道之不适于我者还算什么道，父母是我的父母；若没有我，则社会，国家，宗族等哪里会有？"②顺着诗人所引导的方向来看，这意味着穆旦"所要表现的与贯彻的只是自己的个性"③，外部世界，包括民族国家在内的一切，都只是伸展和实现自我的场所。穆旦因此而在"大部分中国还在自然而单纯的抒情里歌唱日常的生活，还没有一种自觉的精神与一份超越的或深沉的思想力"，"忽略了诗人自己所需要的自我发展与自我完成"的时候，就已经突进到了现代性自我意识的深处，成为中国最能"给万物以深沉的生命的同化作用（Indentification）的抒情诗人之一"④，和使一切都"服务于极度狂热的自我崇拜"⑤的英语浪漫主义诗人拜伦等人站在了一起，跨入了中国新诗现代化进程的前列⑥。

换个角度看，则意味着穆旦更深、更彻底地陷入了现代性精神结构的内在困境。其典型标志，就是"纯洁的个人"与"丑恶的社会"

---

① 唐湜：《穆旦论》，《中国新诗》1948年8月第3集《收获期》。
② 郁达夫：《中国新文学大系·散文二集·导言》，载《郁达夫文集》第6卷，花城出版社1991年版，第261页。
③ 唐湜：《诗的新生代》，《诗创造》1948年2月第8期《祝寿歌》。
④ 唐湜：《穆旦论》，《中国新诗》1948年8月第3集《收获期》。
⑤ ［英］玛里琳·巴特勒：《浪漫派、叛逆者及其反动：1760—1830年间的英国文学及其背景》，黄梅、陆建德译，辽宁教育出版社1998年版，第191页。
⑥ 袁可嘉：《诗人穆旦的位置》，载杜运燮等编：《一个民族已经起来》，江苏人民出版社1987年版，第18页。

两者构成的互为因果的封闭性循环结构，在被误读为现代性时间轴线上的"过去"与"未来"之冲突之后，诗人复又通过对"传统的罪恶"的发现和批判，彻底堵死了向"过去"后退、回到"古国"的可能。"过去"和"现在"交织而成为"丑恶的社会"的同义词，"未来"成了唯一可能的出口和方向。

时间，而且是"自然属性"的时间，变成了穆旦唯一的生存境遇、变成了他理解世界、思考个体生存意义的唯一向度。"自我"与"主体"之间的冲突，"纯洁的个人"与"丑恶的社会"之间的冲突，因而先是被历史化，进而被时间化和自然化，变成了带着肉身进入世界的个体生命的永恒宿命。穆旦所遭遇到的生存困境，也因此而演化成了"透明"的现代性时间神话这个需要另作专门分析的问题。

第八章　《雨巷》与现代性的欲望主体

尽管戴望舒并不认为《雨巷》是自己的代表作，很快抛弃了《雨巷》的音乐性追求，但在一般人心目中，戴氏的文学史形象却一直被定格为"《雨巷》诗人"。《雨巷》"古典与现代融合"，也仍然被默认为一种理想的诗学范式。但问题是，我们越是把《雨巷》当作"古典与现代融合"的典型，其艺术成就越是令人生疑。诗人的文学史地位，甚至"古典与现代融合"的诗学理想，也反过来成了需要解释和辩护的问题。这个悖论提醒我们：问题的根源，极有可能是我们一开始就站在中国古典 / 现代的历时性关系维度上，误读了《雨巷》的结果。从共时性的维度看，《雨巷》完全有可能是另一种艺术理想的代表。

一、古典性视域里的分歧

就是在因叶圣陶的激赏而赢得了"《雨巷》诗人"称号的当时，戴望舒本人，以及刘呐鸥、施蛰存、杜衡等人，均对《雨巷》评价不高。杜衡说得很清楚：《雨巷》虽然得到了叶氏的高度赞誉，"然而我们自己几个比较接近的朋友却并不对这首《雨巷》有什么特殊的意见"，"就是望舒自己，对《雨巷》也没有像对比较迟一点的作品那样地珍惜。望舒自己不喜欢《雨巷》的原因比较简单，就是他在写成

《雨巷》的时候，已经开始对诗歌底他所谓'音乐的成分'勇敢地反叛了"。①从《望舒草》不收《雨巷》等情形来看，杜衡的说法并非毫无根据。

刘呐鸥、施蛰存、杜衡等"几个比较接近的朋友"，对作为"《雨巷》诗人"的戴望舒的批评，可以用一句话概括，那就是嫌其古典气息过浓而"不够现代"。刘呐鸥在赞赏戴氏"技术的圆熟实有将灿烂的果物的味道"的同时，对其"似渐渐地迫近法国古典的精神去"的趋向提出了委婉的批评，"希望你再接近现代生活一点"。②刘氏所说的"精神"，实际上是航空飞行之类的社会生活新事物、新趋向，即诗歌的题材。在这个意义上，卞之琳实际上是把刘呐鸥"再接近现代生活一点"的婉言劝勉，变成了对戴氏"过于古典"之弊的批评："《雨巷》读起来好像旧诗名句'丁香空结雨中愁'的现代白话版的扩充或者'稀释'。一种回荡的旋律和一种流畅的节奏，确乎在每节六行，各行长短不一，大体在一定间隔重复一个韵的一共七节诗里，贯彻始终。用惯了的意象和用滥了的词藻，却更使这首诗的成功显得更为浅易、浮泛。"③余光中称《雨巷》"音浮意浅，只能算是一首二三流的小品"④，只是重复卞之琳。

卞之琳并非戴氏"比较接近的朋友"，但他对《雨巷》的评价，却得到了施蛰存毫无保留的赞同。施蛰存认为，《雨巷》的形式虽然是外国诗，但"精神还是中国旧诗"。在称赞"卞之琳不愧是个论诗的老手"之余，施蛰存还以读者分层的方式，把《雨巷》打入了浮浅而"不够现代"的作品之列。他说，今天的"十八到二十多岁的年青人，一定还有爱好这首诗的。但如果他自己也写诗，到了

---

① 杜衡：《〈望舒草〉序》，《现代》1933年8月第3卷第4期。
② 刘呐鸥：《致戴望舒（1932年7月8日）》，载孔另境编：《现代作家书简》，花城出版社1982年版，第268页。
③ 卞之琳：《〈戴望舒诗集〉序》，载《卞之琳文集》（中卷），安徽教育出版社2003年版，第350页。
④ 余光中：《评戴望舒的诗》，《名作欣赏》1992年第3期。

二十五岁，如果还爱好这首诗，那就说明他没有进步，无法进入现代诗的境界"①。

有意思的是，从"古典与现代融合"的角度出发，高度评价《雨巷》及其艺术成就的研究者，也同样认定戴氏借鉴的是中国古典旧诗名句——李璟《山花子》的"丁香空结雨中愁"。孙玉石指出，《雨巷》既受到了法国象征主义的影响，又创造性地化用古典诗词的优秀艺术传统，"既吸吮了前人的果汁，又有了自己的创造"②，不能简单地视之为"丁香空结雨中愁"的现代白话版的扩充和"稀释"，从而否定其艺术成就。这一思路，甚至反过来激活了古典文学研究的灵感，坐实了《雨巷》和李璟名句"丁香空结雨中愁"之间的联系③。

两种评价截然不同，却同样以《雨巷》和"丁香空结雨中愁"之间的内在关联为出发点的事实，甚至超出了如何评价和解读《雨巷》的范围，变成了如何理解戴望舒的文学史形象、如何评价中国现代新诗的古典性与现代性问题的困惑。李怡就曾以戴氏既深受法国象征派影响而具有高度的"现代性"自觉，又与中国古典诗歌艺术传统关系密切而"古典性"十足为据，认为戴氏的文学史形象中"包涵着一系列有待清理的异样因素"④。

在前提相同而结论迥然相异的事实面前，我们能否设想这样一种可能：《雨巷》的艺术渊源并非中国原产的"丁香"，诗人所要表达的也不是我们熟悉的古典性哀怨，而是一种陌生的现代性体验？

---

① 施蛰存：《谈戴望舒的〈雨巷〉》，载《北山散文集》（二），华东师范大学出版社2001年版，第1069页。

② 孙玉石：《像梦一般的凄婉迷茫——戴望舒〈雨巷〉浅谈》，载《中国现代诗导读1917—1938》，北京大学出版社1990年版，第169页。

③ 章培恒、骆玉明主编：《中国文学史新著》（中卷），上海文艺出版社1997年版，第259页。

④ 李怡：《中国现代新诗与古典诗歌传统》，西南师范大学出版社1994年版，第230页。

二、新感觉派的共同感

抛开中国传统 / 现代的历时性维度，我们至少还可以在这样两个共时性维度上来看待《雨巷》：第一是《雨巷》与同时代作家作品的比较，第二是域外文学的影响。我们先从第一个共时性维度入手，把论阈集中到批评《雨巷》"不够现代"的刘呐鸥、施蛰存等几个戴氏"比较接近的朋友"身上。

很显然，刘呐鸥之认为戴望舒"不够现代"，乃是因为戴氏与法国古典诗歌精神而非与中国古典诗歌传统过分接近。一直对《雨巷》评价不高的施蛰存则注意到，善于描写都市生活的"新感觉派圣手"穆时英，"小说中有许多句段差不多全是套用了戴望舒的诗句"[①]。而我们知道，穆时英并不讳言因情调和场景之切合而不加引号地借用他人的"取巧"[②]行为。这说明在穆氏眼中，戴望舒的不少诗歌作品，完全切合于都市现代人的情绪与感受，可以直接"取巧"搬进自己的小说。葛飞则以穆时英对《雨巷》情调的"一再称引和戏拟"为据，深入分析穆时英和现代派诗人内在情感层面的共鸣，令人信服地指出了"戴望舒不但是现代派诗人们的'灵魂'，而且也是穆时英们的精神领袖"[③]的事实。摹仿戴望舒，"称引和戏拟"《雨巷》情调，不是穆时英的个人"取巧"行为，而是包括施蛰存、刘呐鸥等戴氏"几个比较接近的朋友"们不约而同的写作趋向之一。葛飞指出的"称引"和"戏拟"两种手法，也打开了将《雨巷》与新感觉派小说相互发明

---

① 施蛰存：《一人一书（下）》，载《北山散文集》（二），华东师范大学出版社 2001年版，第 945 页。

② 参见《社中座谈·读者的告发与作者的自白》，《现代》1933 年 6 月第 3 卷第 2 期。

③ 葛飞：《新感觉派小说与现代派诗歌的互动与共生——以〈无轨列车〉〈新文艺〉与〈现代〉为中心》，《中国现代文学研究丛刊》2002 年第 1 期。

的新思路。

在我看来，刘呐鸥的《热情之骨》、穆时英的《夜》、施蛰存的《梅雨之夕》，就是可以和《雨巷》相互发明的三篇新感觉派小说。但与葛飞不同的是，我认为三篇小说之所以从《雨巷》汲取灵感，不是追求古典情调，而是因为《雨巷》恰好表现了现代都市人的感情。

从内容和情调上看，穆时英的《夜》是最接近《雨巷》的一部作品，完全可以看作《雨巷》的小说版。小说没有复杂的故事和情节，也没有细腻人物描写和性格塑造，从始至终，作者甚至没有透露男主人公的名字，女主人公也只是到小说结尾处才可有可无地说出了自己的名字。男女主人公都是漂浮在现代都市之夜里的两个功能性符号。主人公是远洋水手，一个生活在流动和漂泊中的"无家的人"，"一个水手，海上吉普西"。在"哀愁也没有，欢乐也没有"的"化石似的心境"和"情绪的真空"状态中，他走进了上海的夜，漫无目标地游荡在上海的夜色中。在情绪的真空状态的驱动下，没有理由、没有目标地走进了舞厅，不经意地和一个同样寂寞的舞女邂逅相逢了。

小说的重心，乃是借喝醉了的寂寞舞女和同样寂寞的水手之口，揭示现代都市人深入骨髓的灵魂孤独。这段应和着舞厅节奏而简洁、短促却冷冰冰的对话，完全可以看作是对《雨巷》的复制和移植，把《雨巷》的希望逢着一个"像我一样，/像我一样地/默默彳亍着，/冷漠，凄清，又惆怅"的、"丁香一样地/结着愁怨的姑娘"愿望，变成了具体的生活场景，揭示了现代都市人灵魂深处的孤独：

"想不到今儿会碰到你的，找你那么的姑娘找了好久了。"

"为什么找我那么的姑娘呢？"

"我爱憔悴的脸色，给许多人吻过的嘴唇，黑色的眼珠子，疲倦的眼神……"

"你到过很多地方吗？"

"有水的地方我全到过，哪儿都有家。"

"也爱过许多女子了吧？"

"可是我老是在找着你那么的一个姑娘哪。"

"所以你瞧着很寂寞的。"

"所以你也瞧着很寂寞的。"

套用卞之琳的说法，可以说《夜》里的这段对话，乃是对《雨巷》对"像我一样"地"冷漠、凄清，又惆怅"的小说版稀释。

　　小说的灵魂其实是始终流淌在文字中的那首不知名的流行歌曲，是那首歌曲中流露出来的漂泊感和寂寞感。歌曲断断续续地出现在小说中，构成了解释水手的"情绪的真空"和行动的动力。第一个片段是：

　　　　我知道有这么一天，

　　　　我会找到她，找到她，

　　　　我流浪梦里的恋人。

第二个片段是：

　　　　有几个姑娘我早就忘了，

　　　　忘了她象黄昏时的一朵晚霞；

　　　　有几个还留在我的记忆里，——

　　　　在水面，在烟里，在花上，

　　　　她老对我说：

　　　　"瞧见没？我在这里。"

第三个片段则是第一个片段的重复。最后一个片段，出现在小说的结尾：

> 我知道有这样一天，
>
> 我会找到你，找到你，
>
> 我流浪梦里的姑娘！

几个片段，均不难从戴望舒的诗歌中找到来源。第二个片段，几乎完全是《我的记忆》的复制和毫不掩饰的"取巧"。这些片段作为一个整体，则可以视为戴氏《雨巷》和《寻梦者》两首诗的混合物。翻检穆时英作品，最为鲜明地体现了施蛰存所说的"许多句段差不多全是套用了戴望舒的诗句"的特点的，无疑就是《夜》。

在《雨巷》中，"我"和"丁香般结着愁怨"，都因为雨中的朦胧而模糊不清，唯一真实的是"我"的寂寞心绪，和雨滴打在油纸伞上的寂寞的声音，以及高密度韵脚和多样的韵式造成的语音的回响。穆时英的《夜》与此类似：水手和舞女的形象模糊不清，唯一真实的是两个在都市的夜里无家可归者"同是天涯沦落人"的寂寞，以及这种寂寞在歌曲和音乐旋律中一遍又一遍的反复回荡。不同的是：穆时英笔下的水手和舞女，在清醒地意识到无法追问"明天如何"的情形下，走进了旅馆，走进了身体的暂时性狂欢；戴望舒却在《雨巷》中目送丁香般的女郎"走尽这雨巷"，消失在雨的哀曲里，空留无尽的哀怨和永远惆怅，仿佛依然停驻在"发乎情，止乎礼"的传统藩篱内。

从古典性的角度来看，《雨巷》显然令人难以理解：既然"我"一开始就"希望逢着／一个丁香一样地／结着愁怨的姑娘"，随后又一再重复了这个希望，但为什么当这个丁香般的姑娘默默地走近、再走近的时候，"我"却又只是目送她飘然远去而没有任何交流和进一步的举动呢？

刘呐鸥"戏拟"《雨巷》而创作的《热情之骨》，恰好可以解开这个谜团。法国青年比也尔，厌倦了本土滥俗的物质主义生活，怀着寻找远方的异乡女郎的幻想，到上海做了外交官。偶然的机会，他循着街头橙香花的味道，结识了一位美丽的卖花女郎。认定自己邂逅相逢，在现实生活中找到了以往只存在于罗曼蒂克小说中的爱情的比也尔，一厢情愿地坠入了爱河的浪漫幻象：散步、看戏、咖啡、电影院、游艇。直到有一天，比也尔把自己心目中的爱情天使揽入怀抱的时候，女子却"樱桃一破"，轻声说道："给我五百元好么？"这一记重锤，彻底粉碎了比也尔"蔷薇花的床上的好梦"，"这时他才知道这市里有这许多的轮船和工厂"，回到了真实的上海生活场景。

但事情并未到此为止。第二天，这个散发着橙香花味道的女郎，给比也尔送来一封信，直截了当地表达自己"经济时代"的人生观，批评比也尔："在这一切抽象的东西，如金钱，正义，道德的价值都可以用金钱买的经济时代，你叫我不要那贞操向自己所心许的人换点紧急要用的钱来用吗？""你要求的那种诗，在这个时代是什么地方都找不到的。诗的内容已经变换了。即使有诗在你眼前，恐怕你也看不出吧。"

《热情之骨》和《雨巷》，讲述的都是男性主人公追求理想女性的故事。《雨巷》的理想女性是"丁香一样地／结着愁怨的姑娘"，《热情之骨》中的理性女性是散发出橙香花味道的卖花女郎。从词语上看，"丁香"和"橙香"，实际上可以看作同一个能指符号。这两个花一般的女性，显然都是不真实之物，而是男性主人公根据自己的欲望制造和发现的幻象。正因为此，比也尔最终才会在真实的事件面前，"象吞了铁钉一样地忧郁起来"。

而《雨巷》中的"我"，似乎一开始就明白一切都只是"我希望"，明白了这个在各方面都几乎完全"和我一样"的丁香姑娘的虚幻性。所以，当那个"丁香一样结地／着愁怨的姑娘"默默走近、走近而又飘过的时候，"我"并没有像稚气十足的法国青年比也尔那样，把幻象当作真实之物；而是与作为幻象的"丁香姑娘"保持着距离，看着她走近，走近而又飘远，"走尽这雨巷"，消失在雨巷尽头，消失在"雨的哀曲里"，然后又开始新的一轮"我希望"。

就此而言，似乎是刘呐鸥《热情之骨》的幻灭为戴望舒提供了预防性经验，让《雨巷》避开了幻灭的陷阱。《单恋者》一诗，可以看作戴氏这种独特的人生态度的抒写：始终在追求，但不是为了"追求什么"，而是为了永远"追求什么"。戴望舒说得很清楚，被称之为"夜行人"也好，被看作别的什么也罢：

　　　　尽便吧，这在我是一样的；
　　　　真的，我是一个寂寞的夜行人，
　　　　而且又是一个可怜的单恋者。

从消极的预防性角度来看，"单恋者"的追求因无作为具体对象的"什么"而不可能陷入刘呐鸥写过的幻灭和失望。但换个角度看，又隐含着保持"单恋者"及其永远"追求着"什么的状态，即将自己保持在自身之内的"单恋"——粗糙点，也可以说是自恋——状态之内的积极功能。"这是幸福的云游呢，/ 还是永恒的苦役？"戴氏在《乐园鸟》中发出的追问，不是提供答案或引导方向，而是敞开了多重可能。

施蛰存的《梅雨之夕》，讲述的同样是现代都市人追求偶然邂逅的陌生理想女性的故事。小说以细腻的心理描写和潜意识暗示见称，情节极其简单。主人公"我"有一个特别的癖好，喜欢下班后"在滴沥的雨声中撑着伞"，回到自己并不算远的寓所，一路"用一些暂时的安逸的心境去看看都市的雨景"，以此作为自己的娱乐。这一天，"梅雨又涔涔地降下了"，"我"照例撑开雨伞准备一路悠然自得地走回家的时候，碰巧遇到一位没带雨伞的少女被困在屋檐下。犹豫多时，"我"终于鼓起勇气，勇敢地把自己的伞分了一半给她，在雨中一起结伴回家。在梅雨的笼罩中，在雨伞下，"我"一路走，一边断断续续地陷入了对这个无意中邂逅的"陌路丽人"的性幻觉，展开了种种介乎意识和无意识之间的性幻想。到达目的地后，少女道谢告别，消失在黄昏里；"我"回家后对妻子撒了谎，掩盖了雨中伞下一路陪送陌路邂逅的少女回家的事实。

小说的主要内容，是施蛰存对男主人公断断续续流露出来的性幻想以及由此而来的抑制，这两种心理因素交织起伏的微妙过程的细腻揭示。男主人公对偶然相遇的陌生少女的性幻想，主要通过"我"眼中的少女形象之变化展开：从最初的都市陌生人到似乎主动等待着"我"把伞送过去的美丽少女，再到伞下的初恋情人，到最后的长相令人难以接受的陌生人，清晰地勾勒了"我"的潜意识欲望从发生到重新被抑制的过程。梅雨、黄昏、足够宽大的雨伞的遮蔽，三者交织而成的朦胧而又暧昧的氛围，则充当了触发男主人公的性幻想并将其控制在安全阀域之内的环境媒介。路人的目光，以及"我"对妻子之存在的自觉意识，则是最终抑制了"我"之性幻想的力量。

对熟悉《雨巷》的读者来说，无论是朦胧而又暧昧的外在氛围，还是"我"对无意中邂逅的美丽少女的心理过程，《梅雨之夕》和《雨巷》之间，都形神皆通。以客观场景而论，两者均由梅雨、黄昏、雨伞、"我"和少女这五个基本要素构成，朦胧、暧昧，则是共同的氛围。而发生在"我"和少女之间的故事，更是惊人地一致：一开始是存在朦胧的期待；接着走近少女，抵达幻想的高峰；最后是强行抑制自己的幻想，目送少女消失在黄昏细雨中。而正如《雨巷》从始至终都是诗人的内心独白，撑着油纸伞的少女只是一个沉默地从诗人身边飘然而过的符号一样，《梅雨之夕》的主体同样也是"我"的内心独白，不期而遇的陌生少女只是一个触发"我"潜意识的性幻想的符号，既无明确的客观身份，也没有起码的性格特征——甚至于究竟是美丽的少女，还是嘴唇太厚以至于令人生厌的少妇，也因为男性主人公断断续续、起伏不定的性幻想而失去了确定性。可以说，《雨巷》要表现的是诗人对自己想象中的某种目标的追求，此一目标需要客体化，但又不能是某个具体对象；《梅雨之夕》要表达也是男性主人公"我"的性幻想，此一幻想同样需要客体化，但却不是针对某个具体对象。

除了客观场景和氛围、心理过程及其内在特征等方面的高度一致性之外，《梅雨之夕》中的不少词句，也恍若从《雨巷》化出。小说开头对漫步在雨中的朦胧恍惚之感的描绘，就极富《雨巷》情调："在濛雾中来来往往的车辆人物，全都消失了清晰的轮廓，广阔的路上倒映着许多黄色的灯光，间或有几条警灯底红色和绿色在闪烁着行人底眼睛。雨大的时候，很近的人的语声，即使声音很高，也好像在半空中了。"接下来，"我"眼中的站在路边等待人力车的雨中少女，尤其是其神情，亦酷似《雨巷》："但我看，跟着她的眼光，大陆上清寂地没有一辆车子徘徊着，而雨还尽量地落下来。她旋即回了转来，躲避在一家木器店底屋檐下，露着烦恼的眼色，并且蹙着淡细的修眉。"

《雨巷》借用了古典诗词意象来渲染翩然而来又飘然而去的理想女性，《梅雨之夕》中，"我"和不期而遇的少女走在宽大的雨伞下，有意无意地看着她的面影和身姿的时候，也想到了古典资源：日本画家伯铃木春信题为《夜雨宫诣美人图》的一幅画，以及古人"担簦亲送绮罗人"的诗句，觉得"那么一句诗，是很适合于今日的我底奇遇的"。[①] 区别在于：《雨巷》回环往复，始终沉浸在古典诗词的意象和氛围中；《梅雨之夕》则因接近尾声，从伯铃木春信的画上看出了妻子的影子而倏然告终，从幻想回到了现实。

综上所述，我们可以说穆时英的《夜》是袭用《雨巷》的寂寞和套用戴氏；刘呐鸥的《热情之骨》是接着书写《雨巷》的故事，把《雨巷》恍惚朦胧的暗示性收束改写成了清楚明白的小说结尾；施蛰存的《梅雨之夕》则完整地保留了其情调、氛围和故事情节。

从时间上看，《雨巷》大约于1927年初夏写成，发表在1928年

[①] 此系唐代诗人朱巎残句"好是晚来香雨里，担簦亲送绮罗人"的后半句，丰子恺曾以后半句为题画有立轴，故此广为人知。施蛰存兼及中外，把诗和画结合起来运用，与丰子恺有异曲同工之妙。

8 月出版的《小说月报》第 19 卷第 8 期上；《热情之骨》写成于 1928 年 10 月 26 日，发表于同年 12 月出版的《熔炉》创刊号；《梅雨之夕》最初收录于 1929 年 10 月出版的小说集《上元灯》中。穆时英的《夜》，则迟至 1933 年才问世。如果允许我们做一个非历史的假定，假定上述几位作者彼此之间没有日常交往和文学联系，而只是各自随机开展文学活动的话，我相信一般人首先注意到的事实不会是《雨巷》对古典旧诗名句"丁香空结雨中愁"的袭用，而是《梅雨之夕》对《雨巷》明显的模仿。其次是戴望舒对穆时英的影响，最后才是刘呐鸥和戴望舒之间的类同。

三、两种"现代"观与现代性

众所周知，施蛰存、杜衡、刘呐鸥、戴望舒、穆时英等人之间，一直保持着密切而频繁的日常交往。前引孔另境编的《现代作家书简》中收录的书信，足以证明这一点。这种密切而频繁的日常交往，已经被他们披露在公开发表的作品中，从私密的个人生活经历变成了公共的文学史经验。刘呐鸥的小说《赤道下》在《现代》杂志发表时，副题就是"给已在赴法途中的诗人戴望舒"，而戴望舒的《前夜》一诗的副标题是"一夜的纪念，呈刘呐鸥兄"，亲切地称刘呐鸥为"有橙花香味的南方少年"，也很自然地令人想起《热情之骨》中的比也尔以及那虚构的散发着橙香花味的卖花女郎。

最典型的是穆时英和戴望舒。针对时人的批评，穆时英曾在《公墓·自序》中申明自己的立场，说自己"只是想表现一些从生活上跌下来的，一些没落的 pierrot"。穆氏写道：

在我们的社会里，有被生活压扁了的人，也有被生活挤出来的人，可是那些人并不一定，或是说，并不必然地要显示出反抗，悲愤，仇恨的脸来；他们可以在悲哀的脸上带了快乐的面具的。每一个人，除非他是毫无感觉的人，在心的深底都蕴藏着一种寂寞感，一种没法排除的寂寞感。每一个人，都是部分的，或是全部的不能被人家了解的，而且是精神地隔绝了的。每一个人都能感觉到这些。生活的苦味越是尝得多，感觉越是灵敏的人，那种寂寞就越加深深地钻到骨髓里。

在穆氏眼中，戴望舒就是最具 pierrot 色彩的一个。所以，穆时英在《公墓·自序》结尾说："我把这本书献给远在海外嬉戏笑着的 pierrot，望舒。"[①]随后，意犹未尽的穆时英干脆在一篇题为《PIERROT》的小说中，不仅特别加了副标题"寄呈望舒"，而且同样施展"取巧"故技，挪用了戴望舒。

这就是说，在"新感觉派圣手"穆时英心目中，戴望舒乃是地道的现代都市 pierrot，而非"不够现代"的古典主义者。其《雨巷》，也纯然是现代都市人的情绪表达，而非徒具现代形式的古典作品。

我们知道，在何谓"现代诗"的问题上，施蛰存和刘呐鸥更看重题材本身的现代性，强调以现代生活为书写对象的重要性。在施蛰存看来，"纯然的现代的诗"虽然包含着"现代人""现代的情绪""用现代的辞藻排列成现代的诗形"三个要素，但最终决定一切的核心要素，却是诸如"汇集着大船舶的港湾，轰响着噪音的工场，深入地下的矿坑，奏着 Jazz 乐的舞场，摩天楼的百货店，飞机的空中战，广大的竞马场"[②]之类的"现代生活"。现代生活决定了现代诗人的情绪，现代辞藻和现代诗形则是表达现代情绪的工具，用现代辞藻和形式表达了现代情绪的诗歌则反过来证实了作者确乎为现代人。诗之现

---

① 穆时英：《公墓·自序》，载《穆时英全集》第 1 卷，十月文艺出版社 2008 年版，第 234—235 页。
② 施蛰存：《又关于本刊中的诗》，《现代》1933 年 11 月第 4 卷第 1 期。

代与否，完全取决于诗人是否取材于当时的"现代生活"。刘呐鸥对现代性的理解也和施蛰存一样，着眼于生活现象本身。他曾在给戴望舒的信中，借着谈论一部名为"A Waltze Dream"的德国电影的机会，表达了他对现代性即所谓"近代主义"的理解。他说，这部电影"全体看起来最好的就是内容的近代主义，我不是说 Romance 是无用，可是在我们现代人，Romance 就未免稍远了。我要 faire des Romance，我要做梦，可是不能了。电车太噪闹了，本来是苍青色的天空，被工厂的炭烟布得黑濛濛了，云雀的声音也听不见了。缪塞们，拿着断弦的琴，不知道飞到哪儿去了。那么现代的生活里没有美的吗？那里，有的，不过形式换了罢，我们没有 Romance，没有古城里吹着号角的声音，可是我们却有 thrill，carual intoxication，这就是我说的近代主义，至于 thrill 和 carual intoxcation，就是战栗和肉的沉醉。"①

简言之，在刘呐鸥和施蛰存看来，文学的现代性问题乃是生活经验本身的现代性问题，题材和经验是否"现代"决定了文学是否"现代"。戴望舒的诗观却与此截然相反。

在戴氏看来，问题不在于题材和经验"现代"与否，而在于诗人如何书写自己的题材和经验。早在施蛰存辑录而成的《望舒诗论》中，戴望舒就毫不含糊地否定了题材和经验的决定性作用，把问题转移到了诗人处理题材和经验的技巧上：

> 象征派的人们说："大自然是被淫过一千次的娼妇。"但是新的娼妇安知不会被淫过一万次。被淫的次数是没有关系的，我们要有新的淫具，新的淫法。

戴望舒明确指出："不必一定拿新的事物来做题材（我不反对拿新的

---

① 刘呐鸥：《致戴望舒函二通》，载孔另境编：《现代作家书简》，花城出版社 1982 年版，第 266—267 页。

事物来做题材），旧的事物中也能找到新的诗情。"①"诗的存在在于它的组织。在这里，竹头木屑，牛溲马勃，和罗绮锦绣，贝玉金珠，其价值是等同的。"②

抛开现代性文学史知识学藩篱内的"现代""浪漫""后现代"等狭隘的主义之争，从古典性与现代性两大思想装置的宏观视阈来看，真正切合现代性思想的显然是戴望舒，而非认定戴氏"不够现代"的刘呐鸥和施蛰存。在古典性思想世界里，"诗"的源泉乃是诗人之外的"天道"或者"自然"，写诗就是摹仿或承载这个早已经存在于世界之中的"天道"或"自然"。只有在将一切都纳入人的体验，并从人对世界的主体性地位出发来看待一切存在者的现代人这里，诗艺才"不再被理解为一种有灵感的模仿或者再生，而是被理解为创造"③，诗人独立制作新世界的创造。艺术的现代性，"恰恰既不在题材的选择，也不在准确的真实，而在感受的方式"，人们往往在外部寻找现代艺术，也就是寻找现代艺术的灵感，"而它只有在内部才有可能找到"④。现代人对世界的主体性地位成为现代性思想装置的核心，与诗人成为"诗"的源泉，乃是同一回事。

四、波德莱尔的影响

施蛰存和卞之琳等长期误读《雨巷》，认定戴氏"不够现代"的

---

① 戴望舒：《望舒诗论》，《现代》1932 年 11 月第 2 卷第 1 期。
② 戴望舒：《诗论零札》，载王文彬、金石主编：《戴望舒全集·散文卷》，中国青年出版社 1999 年版，第 187 页。
③ ［美］列奥·施特劳斯：《现代性的三次浪潮》，载刘小枫编：《苏格拉底与现代性》，彭磊等译，华夏出版社 2008 年版，第 38 页。
④ ［法］波德莱尔：《一八四六年的沙龙》，载《波德莱尔美学论文选》，郭宏安译，人民文学出版社 2008 年版，第 198 页。

直接原因，显然是先入为主地把李璟的"丁香空结雨中愁"当作了唯一的艺术渊源，没有注意到这样一种更为有说服力的可能：法国诗人波德莱尔的名作《给一位交臂而过的妇女》的影响——尽管刘呐鸥批评戴氏"似渐渐地迫近法国古典的精神去"的时候，已经充分暗示了这种可能。

按照波德莱尔本人的编排，《给一位交臂而过的妇女》属于描写"巴黎风光"即书写现代都市生活经验的作品。初看来，诗人写的是"我"对巴黎街头"一位交臂而过的妇女"的热切而短暂的爱情，但本雅明（Walter Benjamin）独具慧眼地指出，诗中真正的主角乃是熙熙攘攘的都市大众。尽管大众在波氏笔下并未正面出场，而是一直处于匿名状态，"然而它却在整体上决定了这首诗，就像一只行驶的小船的航线由风而定"，"一个裹在寡妇面纱里的陌生女人被大众推搡着，神秘而悄然地进入了诗人的视野"①，在诗人胸中点燃了爱情的火焰。

匿名的都市大众对《给一位交臂而过的妇女》的决定性作用，主要体现为如下两个方面。第一，作为数量庞大而模糊不清的背景性群体，匿名的大众以自己混乱无序的熙熙攘攘，把这个身穿重孝的妇人从匿名中"托出"，使之成了一个与众不同的独特形象，点燃了诗人熊熊的爱情火焰。但熙熙攘攘的无个性匿名大众在把这位身穿重孝的妇女"托出"为与众不同的爱的对象、猛然推到诗人面前的同时，又以同一的熙熙攘攘，裹挟和推动着她迅速向着数量庞大而又模糊不清的大众、向着无个性的匿名状态消逝。"消逝的丽人"意象，在凸显大众"托出"性力量的同时，又生动地展现了"归闭"性的一面。这位街头偶然邂逅的陌路丽人，反过来因其即将重新"归闭"于大众匿名状态的消逝性，而变成了令人震颤的美，一种永远不可重复的现

---

① ［德］本雅明：《发达资本主义时代的抒情诗人》（修订译本），张旭东、魏文生译，生活·读书·新知三联书店 2007 年版，第 144—145 页。

代性之美。"去了！远了！太迟了！"这一系列带有强烈动作性的感叹，以及"来世""永远"等词语，清晰而生动地表现了"消逝的丽人"带给诗人的强烈震惊。本雅明正是在这个意义上指出："……这首诗探讨的不是市民生活中人群的作用，而是人群在充满情欲的人的生活中的作用。初看这个作用仿佛是消极的，其实不然。诗人不但没有躲避人群中的幽灵，相反，这个令他着迷的幽灵正是这个人群带给他的。"①

第二，数量庞大而模糊的都市人群的匿名性，同样裹挟和推动着诗人，为诗人作为一个无所事事的游荡者提供了庇护。借助于大众匿名性的庇护，诗人一方面可以安然而热烈地向交臂而过的陌生妇女尽情地燃烧自己强烈而炽热的情欲，窥视那饰着花边的裙裳下"宛若雕像的小腿"，"畅饮销魂的欢乐"。都市大众之匿名性的庇护，构成了诗人与这位交臂而过的妇女之间"电光一闪"的强烈爱情得以发生和持存的本源性基础，使诗人从一个无所事事的游荡者，迅速转化为一个充满了对陌生人的情欲的被震惊者，经历了从爱情的顶峰到冰冷的谷底的内在体验过程。在现代都市中，交通和通信的发展，把大量人口汇聚在一起的同时，他们又被分割成了彼此互不渗透的世界，由此"提供各种机会和冒险，使城市生活益发富于刺激性，让年轻人及涉世未深者感到它特别有诱惑力"②。波德莱尔在"巴黎风光"中体验到的，显然就是这样一种"特别的诱惑力"，诗人"对大众的体验远不是一种对立的、敌视的因素，相反，正是这个大众给城市居民带来了具有强烈吸引力的形象"③。

综合"消逝的丽人"意象和处于匿名状态的都市大众两者来看，

---

① ［德］本雅明：《发达资本主义时代的抒情诗人》（修订译本），张旭东、魏文生译，生活·读书·新知三联书店 2007 年版，第 62 页。

② ［美］R.E. 帕克等：《城市社会学》，宋俊岭等译，华夏出版社 1987 年版，第 42 页。

③ ［德］本雅明：《发达资本主义时代的抒情诗人》（修订译本），张旭东、魏文生译，生活·读书·新知三联书店 2007 年版，第 145 页。

波德莱尔《给一位交臂而过的妇女》一诗的要旨，可以这样来概括：在模糊不清的都市大众之匿名性的庇护下，诗人大胆地向一位不期而遇的陌生女性表达了自己最强烈的爱情，但大众的匿名性在把这位陌生女性与众不同的魅力呈现在诗人眼前的同时，又裹挟着她消逝在匿名状态中，只给诗人留下了强烈的震惊和永恒的期待，使得这种强烈的情感体验始终只是一种不及物的自我体验，未能同对象发生直接关联。而唯其不及物，唯其"消逝着"，这种体验也就越是强烈。

五、现代性的欲望生产机制

回过头来看，《雨巷》的情节、场景和体验，完全可以视为《给一位交臂而过的妇女》的"中国版"：诗人在雨天黄昏模糊性的庇护下，向一位素不相识的陌生女性表达了自己最强烈的期待和最痴情的召唤，但这位美丽的爱的对象从身边擦身而过、消失在雨天黄昏的模糊性之中，只给诗人留下了无尽的惆怅和哀怨之情。由于诗人一开始就把和陌生女郎的相逢设定为自我的内部的一种期待，诗人的情感体验因此没有也不必要和现实发生直接的对象性关联，而是继续保持在自身之内，期待着下一次的同样的相逢。可以说，除了把庇护性因素从都市大众转换为雨天黄昏之外，两首诗的核心情节和情感体验模式完全一样。

已经为研究者注意到了的《雨巷》和《给一位交臂而过的妇女》的"惊人的相似"[1]，比通常想象的要复杂得多。戴望舒在震旦大学时，"课堂里读拉马丁、缪塞，在枕头底下却埋藏着魏尔伦和波特莱

---

[1] 余志平：《〈雨巷〉与〈给一位交臂而过的妇女〉之比较》，《孝感学院学报》2007 年第 7 期。

尔"①，动手翻译了不少法国象征主义诗歌作品。20世纪40年代后期，他又不顾左翼文人的批评，从《恶之花》中选译24首，结集为《恶之华掇英》出版，并撰写了辩护性的《译后记》，高度赞扬和肯定了波德莱尔的价值。作为翻译家的戴望舒翻译数量最多、翻译活动持续最长的就是波德莱尔，这充分说明，波德莱尔一直是戴望舒最熟悉，也最倾心的法语诗人。

可以说，道生、魏尔伦给《雨巷》带来的是当时备受称道、后来却屡遭误解的音乐性，波氏《给一位交臂而过的妇女》带来的则是内在情绪的现代性。《雨巷》中反复出现的"丁香"意象，也可以从波氏影响的角度作出解释：为了抹去摹仿和借鉴的痕迹，戴望舒有意识地迎着波德莱尔，走向了相反的方向，用浓郁的中国古典意象，淡化、稀释直至掩盖了《给一位交臂而过的妇女》的阴影。

在这个意义上，《雨巷》的中国古典性传统，实际上是被波德莱尔的现代性因素发明和激活的，绝非诗人以自己熟悉的古典诗歌传统为出发点，把陌生的西方现代性因素纳入既有的知识和经验模式的结果。发明和想象出古典传统的只能是古典传统之外的现代人，诗人之所以为诗人的创造性，就在于用陌生的异己性元素，激活并重新组织既有的知识和经验系统，而不是把一切新奇和陌生的元素常识化、把现代性传统化。

施蛰存在评价《雨巷》上的失误，在于过分夸大了音乐性的成分，未能看到戴望舒最为重视的内在情绪之现代性。卞之琳则以李璟《浣溪沙》的名句"丁香空结雨中愁"为出发点，根据过去决定未来的传统时间结构，把《雨巷》误读成了前者的稀释白话版。而事实上，在未来引领并决定一切的现代性时间结构中，问题恰好应该倒过来：为了稀释和掩盖波德莱尔《给一位交臂而过的妇女》影响，戴望

---

① 施蛰存：《〈戴望舒译诗集〉序》，载《戴望舒译诗集》，湖南人民出版社1983年版，第2页。

舒发明和激活了"丁香空结雨中愁"的意义,把古典传统带进了个人的现代性创造行动。没有这种属于未来时态的陌生的异己性因素对传统的激活和重组,个人的创造性空间就只能消失在传统秩序永无休止的延续和扩展之中,现代新诗也就不可能出现。

厘清《雨巷》之古典色彩的发生机制后,不仅黄昏雨巷朦胧而模糊的氛围之于《雨巷》的作用、数量庞大而模糊不清的都市人群之于《给一位交臂而过的妇女》的作用豁然开朗,"结着愁怨的姑娘"与波氏"显出严峻的哀愁"的妇女之间的精神关联,也随之清晰地呈现了出来。再从细节上说,波德莱尔的"从她那像孕育着风暴的铅色天空一样的眼中",浑身颤动地"畅饮销魂的欢乐和那迷人的优美"的高峰体验,和《雨巷》对女郎"太息一般的眼光"的反复书写,也明显存在着摹仿和借鉴关系。

最重要的是,只有从《给一位交臂而过的妇女》的影响这个角度,才能解释一直怀着强烈期待的诗人为何在"丁香女郎"走近自己而且满怀哀怨地投过来太息一般的眼光的时候,却又只是在沉默中看着她消失在雨巷黄昏的模糊和朦胧之中,"消了她的颜色,/她的芬芳,/消散了,甚至她的/太息般的眼光,/她丁香般的惆怅"。从古典性的"求之不得,辗转反侧"、以"有情人终成眷属"为最高目标的立场来看,这是《雨巷》最令人困惑的谜团。而换个角度看,却是戴望舒最具现代性气质的地方:生活在个人私密空间里的现代人,借助于公共空间和私人空间的划分,已经把爱情从传统的生活共同体之内的公共事件,变成了只和个人体验有关的不及物事件。对都市里的现代性游荡者来说,"爱并非得不到满足,而是本来就不需要满足"①。葛飞指出的"《雨巷》情调"大量出现在新感觉派小说家笔下的问题,也可以循着同样的思路得出合理的解释:《雨巷》和新感觉

---

① [德] 本雅明:《发达资本主义时代的抒情诗人》(修订译本),张旭东、魏文生译,生活·读书·新知三联书店 2007 年版,第 145—146 页。

派小说，表达的均是以都市生活经验为基础的现代性体验。穆时英对作为 pierrot 的戴望舒的欣赏，充分说明了这一点。

我们看到，戴望舒、刘呐鸥、穆时英等不约而同地都采用了相同的模式，把个人和现代都市的生存论关系，书写成了与身份暧昧而弥漫着情欲气息的"陌路丽人"之间的关系。张英进敏锐地发现，新感觉派作家的"城市叙述一开始，可以说是为了捕捉街上'逃逸的'女人"[1]。但这个追逐"逃逸的"女人的现代性游戏，表面上虽然以男性人物的被压扁、被挤出、跌落而为穆时英所说的 pierrot 而告终，但却完全不适合从性别研究的角度来阐释。

事实上，这是个典型的现代性游戏。《雨巷》以及弥漫着《雨巷》情调的新感觉派小说，也和波德莱尔的《给一位交臂而过的妇女》一样，是把都市当作一种捕捉不到的爱的对象来体验的，在不期而遇的逃逸着的"陌路丽人"身上，寄托对城市的爱和向往。而"陌路丽人"，也唯有作为"逃逸的"的不在场之物，保持并逗留在熙熙攘攘人群中的消逝性状态中，才能在导致诗人的追逐始终得不到满足的同时，又反过来诱惑和激发新一轮的追逐，形成一个完整而连续的欲望再生产机制。

这既是《雨巷》的秘密，也是整个现代性机制共同的秘密。现代性条件下的物质生产，已经从满足人类的需求（need），转向了迎合现代人既无法满足又根本上不需要满足的欲望（want）。根本就不需要也无法满足的欲望，成了现代性最隐秘最核心的动力学原则。在此这个欲望动力学原则的支配下，"资产阶级除非对生产工具，从而对全部社会关系不断进行革命，否则就不能生存下去"[2]。歌德创造的浮士德，必须永远足不停步地追求新的目标，永远不能说出"停下来"，才能成为资产阶级"原人"。同样地，"现代主义必须永远挣扎，但

---

① ［美］张英进:《中国现代文学与电影中的城市》，秦立彦译，江苏人民出版社 2007 年版，第 185 页。

② 《共产党宣言》，人民出版社 2018 年版，第 30 页。

却不可获得十分成功；过了一段时间之后，为了不获得成功，又必须挣扎"①。德里达的书写，则必须挣脱所指的束缚，成为一种"永远带来更多书写"、永远不会终结的不及物的"更多的书写"②。

　　而我们的戴望舒，也就必须在《雨巷》里，在雨的哀曲里，永远"希望"，希望逢着"一个丁香一样地／结着愁怨的姑娘"。而不能像《梅雨之夕》的施蛰存那样，回到家里，对妻说了谎。

---

① ［美］欧文·豪：《现代主义的概念》，刘长缨译，载袁可嘉编：《现代主义文学研究》（上），中国社会科学出版社1989年版，第170—171页。
② 参见段从学：《"什么后现代，而且主义"》，载孙文波主编：《当代诗》第4集，文化艺术出版社2013年版，第200—203页。

第九章 《悼念一棵枫树》的自我救赎

一、一首"透明"的诗

牛汉的《悼念一棵枫树》，是近乎完全"透明"的一首诗。一方面，是诗本身的"透明"：通篇上下没有隐晦曲折的表达，词语、意象和诗行无不以最原始的样态和含义，一目了然地裸露在那里，没有歧义、无须解释。它就是这样。另一方面，是作者本人已经不止一次站出来，对创作背景、写作动因等问题做了详细交代和说明，把这首诗放置在了众所周知的透视装置里。从内到外，《悼念一棵枫树》就是《悼念一棵枫树》，一切都已经被"看透"，没有什么需要解释的了。剩下的，似乎就是在既有结论和常识的引领下，为之寻找"好诗"的理由和根据了。

按照这种为"好诗"寻找理由和根据的思路，《悼念一棵枫树》（以下简称《枫树》）之所以打动人的原因，一开始就被归结在了它的艺术特色上。《枫树》刚一发表，评论家沙鸥就在热情洋溢的赞誉之余，从形象鲜明完整、结构严密、感情深沉浓烈、意境阴郁深远、语言清新精炼五个方面，全面总结了它的艺术特色。[1] 后来者的种种

---

① 沙鸥：《凝固的泪珠——读牛汉的〈悼念一棵枫树〉》，载吴思敬编：《牛汉诗歌研究论集》，时代文艺出版社 2005 年版，第 13 页。

论述和赏析，细节上虽有突破或出入，但总体思路一脉相承，没有什么大的变化。

诗的主题呢？根据牛汉的自述，《枫树》的写作，是受到了绿原一句话的直接触动：

> 向阳湖的清晨特别清静。"嗞啦，嗞啦……"，听到了不远的地方大锯解树的声音，这不祥的声音仿佛充满了整个空间。起床后，我对绿原说起这锯声，他不加思索地喟叹道："一个生命又倒下了。"这就是我那首《悼念一棵枫树》的诗在心灵中萌动的开始。①

绿原和牛汉都是 20 世纪 40 年代影响很大的"七月派"诗人，他们的诗歌风格和诗学观念上多有互通和交叉之处，在湖北咸宁向阳湖的"五七干校"接受"改造"时，又是极为亲密的朋友。作为《枫树》一诗最初的、也是最直接的催生者，诗人绿原的说法，显然具有他人无法取代的权威性：

> 这是一首象征诗，它象征着那个特殊时期一个个无辜被害的革命烈士的死，象征着千百万人民对他们的沉痛而愤怒的悼念。②

按照某种不成文的约定，确定了主题思想、归纳出艺术成就之后，对一首诗的解读也就完成了。剩下的，就是在不同的场合——

---

① 牛汉：《没有形成诗的札记·〈悼念一棵枫树〉的萌生》，载《学诗手记》，生活·读书·新知三联书店 1986 年版，第 154 页。

② 绿原：《活的诗——〈温泉〉代序》，载吴思敬编：《牛汉诗歌研究论集》，时代文艺出版社 2005 年版，第 21 页。《温泉》（上海文艺出版社 1984 年版）是牛汉 20 世纪 80 年代复出后的第一部诗集，《悼念一棵枫树》收入其中。

尤其是学校课堂上——重复其主题思想和艺术成就，最终让一首诗从一首诗变成我们"诗知识"的一部分，消失在无休止的人类知识增长链中。

《枫树》之所以"透明"，是不是因为我们仅仅是在阅读关于《枫树》的知识，而没有真正进入"这首诗"呢？

二、结构与节奏

知识的增长不等于智慧的增长。关于《枫树》的知识，在某种意义上可能恰好阻碍了我们对《枫树》"这首诗"的阅读和理解。从逻辑上说，关于一首诗的知识，只能描述性地告诉我们"这首诗"有什么样的一些特征，而不能告诉我们"这首诗"是什么。存在不等于存在者；关于一棵小草的知识不等于一棵小草；拥有关于一首诗的知识也绝不等于理解了"这首诗"。

理由很简单。关于一首诗的知识，只能在"这首诗"已经摆出来、成为固定对象之后，才可能被我们抽象和归纳出来。而理解一首诗，却不能停留在结果上，不能站在"这首诗"面前来观察、分析和归纳。我们必须进入内部，从源头开始，在词语、意象和气息引导下，体会和触摸"这首诗"从无到有、从开始到终结的过程。只有在这种"入乎其内"的过程中，才能让一首诗从僵死的结果复活为一个鲜活的生命过程。理解一首诗，就是放弃我们顽固而僵死的自我，进入另一个生命、体验另一种生命的过程，在突破自我中寻找丰富自我、改变自我的可能。面对牛汉这样的诗人，面对《枫树》这样"透明"的作品时，更是如此。

就诗本身来看，我们可以把《枫树》理解为这样一个由远及近、再由近入远的过程。"在秋天的一个早晨"，诗人首先在远离枫树的地方，和"几个村庄"、周围的山野、山野中的草木等一起"听到了，感觉到了／枫树倒下的声响"。一种巨大的震颤和悲哀，驱使着诗人向着这棵已经倒下了的枫树急切却又沉重而迟缓地奔过去。急切，当然是出于对枫树命运的焦虑和关心。沉重和迟缓，则是不愿意相信枫树已经被伐倒的事实，不忍心看见枫树被伐倒的样子。这种不愿也不忍的心情，让诗人把急切的焦灼变成了沉重的伤痛，变成了走近那已经倒下了的枫树时的迟疑和缓慢。

焦虑和关心，让诗人迅速抛开一切，把所有的感觉都集中在了枫树上。而因不愿和不忍而来的迟缓，则让诗人在奔向枫树的过程中，敏锐而又痛苦地注视着与之有关的一切：

> 家家的门窗和屋瓦
>
> 每棵树，每根草
>
> 每一朵野花
>
> 树上的鸟，花上的蜂
>
> 湖边停泊的小船
>
> 都颤颤地哆嗦起来……

一个以枫树为中心，关联着周围每棵树、每根草、每一朵野花的世界，由此而被呈现出来，构成了一个亲密的生存整体。但令人痛心的是，这个亲密的生存整体却是以枫树被伐倒、以死亡和消失的方式，才第一次呈现在我们的面前。唯其如此，它曾经的亲密性也就更令人痛惜，更加显示为一个巨大的悲剧性存在。

——这里顺便说一句，我认为"是由于悲哀吗？"这行诗，其实是多余的败笔。最初的版本将它单独作为一节，尤其显得刺眼。从语义上看，事实就摆在那里，它提出的问题根本就不需要回答。这个预先设定了答案的问题，其实是把这个亲密生存整体"颤颤地哆嗦起来"多样而丰富的含义单一化了。它如此明显地从诗人的角度来要求和推测一切，其实是把刚刚以死亡和消失的方式呈现出来的亲密整体，再一次压缩到了人的世界里。从整首诗的感情节奏上看，它其实非常突兀地跳出来，打断了由急切和迟缓两种反应交织而形成的厚实而强大的情绪流。牛汉曾经说过，冯雪峰、曾卓等都批评过他不少诗作总是"差那么一点"而难以再往前跨一步进入"完美的境地"的问题，承认自己有时候确实对技巧和形式存在偏见，对诗意锤炼不够，存在"没有去尽非诗的杂质"①的问题。"是由于悲哀吗？"这突兀而多余的一问，在我看来就属于《枫树》"非诗的杂质"。

回到《枫树》上来。在急切和沉重的迟缓两种情绪交织而成的复杂心情的推动下，越来越接近枫树的诗人，首先嗅到了枫树散发出来的清香。这飘忽的清香，证实了诗人不愿、也不忍承认的残酷事实：枫树已经被伐倒，生命气息正在消散。芬芳的清香，袒露了枫树贮蓄在生命内部令人意想不到的美。这种在死亡中才袒露出来的美，进一步强化了这棵枫树之死的悲剧性。正因为这棵枫树比我们通常认为的还要美，它的死亡也就越加令人悲伤。"芬芳/使人悲伤"的理由，就在这里。

循着令人悲伤的芬芳，诗人最终来到被伐倒的枫树面前，近距离凭吊这美丽的生命：

> 枫树直挺挺的
> 躺在草丛和荆棘上
> 那么庞大，那么青翠
> 看上去比它站立的时候
> 还要雄伟和美丽

---

① 牛汉：《差一点》，载《学诗手记》，生活·读书·新知三联书店1986年版，第136—137页。

正如芬芳的清香更加凸显出枫树之死的悲剧性一样，被伐倒的枫树以它的庞大、它的青翠、它的雄伟和美丽，再一次为自己的死亡增添了浓厚的悲剧性。而我们的诗人，也最终完成了由远及近地感受和观察枫树之死的过程，最终站在了被伐倒的枫树面前。

接下来，我们分明看见诗人失魂落魄地徘徊在被伐倒的枫树周围，整整三天，看着这美丽的生命一点一点被分解，感受着一个巨大世界无可奈何的消失。在诗的后半部分，诗人一方面继续追踪着枫树本身，关注着这个美丽的生命如何用"亿万只含泪的眼睛／向大自然告别"，用它"凝固的泪珠"和"还没有死亡的血球"，向世界发出最后的抗议、最后的呐喊。令人痛心而无奈的是：这告别、这抗议、这呐喊，本身却又是枫树的生命走向死亡、走向消失的见证。在这一点上，诗人自始至终紧紧扣住在消失和死亡中呈现枫树美丽、枫树的美丽昭示消失和死亡的悲剧性这个张力结构，把视野从远处的山野，一点一点地最终推进到了只有近距离的凝视才能看见、才能体会到的枫树"还没有死亡的血球"。这个由远及近的过程，也是一个由外部一点一点渗到枫树内部、细致入微地展示其所有的美丽、用生命的美昭示其消失和死亡之巨大悲剧性的过程。

另一方面，在紧紧抓住枫树本身、以其生命之美昭示消失和死亡的巨大悲剧性的同时，诗人又反过来以枫树为中心向外拓展，揭示了这棵枫树与周围世界的亲密关联。枫树被伐倒，湖边的白鹤失去了栖息之所，远方的老鹰失去了家园。在《枫树》之前，牛汉写过一首《鹰的诞生》，其中这样描述鹰的筑巢习惯，"江南的平原和丘陵地带／鹰的窠筑在最高的大树上，／（哪棵最高就筑在哪棵上）"。据此，我们完全有理由相信，这棵被伐倒的枫树既然是湖边山丘上最高大的一棵，鹰的巢穴必定会筑在上面。"还朝着枫树这里飞翔"的老鹰，必定是来凭吊它消失了的家园——甚至，是怀着巨大的愤怒和痛苦，前来寻找失散了的亲人。

这一点，我们可以从牛汉在咸宁向阳湖"五七干校"时期留下的一则诗学笔记中得到印证。这则题为《长颈鹤为什么沉默地飞》的笔记这样写道：

> 黎明前后，常常听到嗖嗖的声音，划过静穆的天空。出门仰望，就会看见一只只雪白的长颈鹤急速地从远方飞回来，村边几棵枫树上有它们的窠，雏鹤呱呱地叫个不停。天空急飞的白颈鹤一声不叫，只顾奋飞，我最初不明白，它们为什么一声不叫，沉默地飞多么寂寞。后来晓得它们的嘴里都衔着小鱼，还有几滴湖水。[1]

枫树已经被伐倒之后，还习惯性地"朝着枫树这里飞翔"的白鹤，无疑就是曾经在枫树上筑巢、哺育过一代又一代幼小的生命的白鹤，就是在这棵枫树的巢穴里长大，长大成为母亲、成为父亲的白鹤。它们的家园，它们的生命记忆，随着枫树倒下而消失了，永远地消失了。

一棵枫树不是孤零零的一棵枫树，它是白鹤的家、老鹰的家，是无数生命赖以栖息的生活世界。它的死亡，因此也就不是一棵树的死亡，而是一个世界的死亡。诗人对枫树之死的痛惜，和对伐树之举的控诉，最终被同时推向了顶峰：

> 村边的山丘
> 缩小了许多
> 仿佛低下了头颅
>
> 伐倒了
> 一棵枫树

---

[1] 牛汉：《没有形成诗的札记·长颈鹤为什么沉默地飞》，载《学诗手记》，生活·读书·新知三联书店 1986 年版，第 157 页。

　　伐倒了
　　一个与大地相连的生命

　　诗人既是在悼念一棵枫树，一棵青翠、雄伟而美丽的枫树，更是在悼念一个美丽而鲜活的生命的死亡，一个亲密生活世界的毁灭。

三、悼念枫树与复活自我

　　枫树已经被伐倒，被肢解成宽阔的木板，永远地消失了。诗人痛心疾首的悼念，在某种意义上也就变成了自言自语，变成了只有对人类来说才有意义的行为。这就是说，牛汉之所以悼念这棵被伐倒了的枫树，想要"写几页小诗，把你最后的绿叶保留下几片来"，其实是为了唤醒自我，把生命中的某种感情复活并保存下来。所以，在梳理完整首诗的内在结构和写作节奏后，我们还得回到诗人身上来，看看《悼念一棵枫树》究竟唤醒了诗人怎样的情感体验？这种情感体验能不能在我们身上发挥同样的作用？

　　我们从"悼念"这个词开始。正常情况下，悼念的对象不言而喻都应该是人。而且，往往还不能是随随便便的任意一个人，而必须是某个做出了较为重大历史贡献的人。通俗地说，就是"大人物"或者"重要人物"。村上的阿猫阿狗死了也要开个追悼会的习俗，并未形成风气，就是这个道理。再往前一点，我们可以在私人情感的领域，把悼念的对象扩展到一部分动物身上。比如某个同学心爱的宠物不幸死了，他搞点私人化和个性化的悼念活动，一般人虽然可能会觉得"有点那个"，但大致也还能理解他的感情。但这种对动物之死的悼念，绝不能从私人领域扩大而为公共事件。原因就是"悼念"这个词，有它自身约定俗成的严肃性，不能因个人好恶而随意滥用。把植物、把一棵枫树当作悼念对象，确实令人难以理喻。

再说了，统计学数据无可置疑地表明，我们这个世界上随时都有人在死去。对绝大部分人来说，死亡因此早已成了不再会引起任何关注的符号和数据。动物的死亡、植物的死亡，那就更是无须关心、根本不可能被我们看见的事。牛汉为什么要"悼念一棵枫树"的死亡呢？为什么只有牛汉才为这棵枫树写下了悼词？

对这个问题，我们必须遵循诗人的指引，彻底抛弃"通过 X 表现了 Y"的流行思路。我们都知道，诗人牛汉最讨厌的就是"通过（某首）诗表现了什么"这种逻辑，"它把诗的语言降低到奴隶的地位，仅仅当成一种工具"，活生生地扼杀了语言和诗人的平等互动关系。① 写诗不是表达一个已经摆在那里的观念或世界，而是创造一个新的生命、新的世界。诗人与诗相互发明，相互给对方以生命。牛汉再三强调："谈我的诗，须谈谈我这个人。我的诗和我这个人，可以说是同体共生的。没有我，没有我的特殊的人生经历，就没有我的诗。""如果没有碰到诗，或者说，诗没有找寻到我，我多半早已被厄运吞没，不在这个世界上了。诗在拯救我的同时，也找到了它自己的一个真身（诗至少有一千个自己）。于是，我与我的诗相依为命。"②

诗人说得很清楚，《悼念一棵枫树》就是悼念一棵枫树。"我当时并没有想要象征什么，更不是立意通过这棵树的悲剧命运去影射什么，抨击什么。我悼念的仅仅是天地间一棵高大的枫树。我确实没有象征的意图，我写的是实实在在的感触。这棵枫树的命运，在我的心目中，是巨大而神圣的一个形象，什么象征的词语对于它都是无力的，它也不是为了象征什么才存在的。"枫树的死亡，本身就是独立

---

① 晓渡：《历史结出的果子——牛汉访谈录》，载刘福春编：《牛汉诗文集》第 5 卷，人民文学出版社 2010 年版，第 901—902 页。

② 牛汉：《谈谈我这个人，以及我的诗》，载《梦游人说诗》，华文出版社 2001 年版，第 1 页。

自足的事件，一个应该为之哀悼、为之"写几行诗"、把它"最后的绿叶保留下几片来"的事件。个中原因，首先当然是牛汉不止一次在回忆中谈到过的这一棵枫树，和诗人在特殊历史时期发生的血肉关联。从1969年9月到1974年12月，诗人被迫在咸宁向阳湖从事最繁重的劳役，"浑身的骨头（特别是背脊）严重劳损，睡觉翻身都困难"。为着减轻身体劳损的痛苦：

> 那几年，只要有一点属于自己的时间，我总要到一片没有路的丛林中去徜徉，一座小山丘的顶端立着一棵高大的枫树，我常常背靠它久久地坐着。我的疼痛的背脊贴着它结实而挺拔的躯干，弓形的背脊才得以慢慢地竖直起来。生命得到了支持。我的背脊所以到现在（年近70）仍然没有弯曲，我血肉地觉得是这棵被伐倒了20年的枫树挺拔的躯干一直在支持着我，我的骨骼里树立着它永恒的姿态，血液里流淌着枫叶的火焰。

特殊历史关联铸造成的生命感，让牛汉在枫树被伐倒之后，"几乎失魂落魄，生命像被连根拔起"。写诗悼念这一棵枫树，就是为了不让"它的伟大的形象从天地间消失"，"把它重新树立在天地间"。①

这一棵枫树长成了牛汉的骨骼，化成了牛汉的血液。它被伐倒了，诗人生命的一部分就死亡了、消失了。写诗悼念这一棵枫树，保存它的伟大形象——请注意"伟大形象"四个字的重量感——"把它重新树立在天地间"，就是让死亡的骨骼重生、让消失的血液复活，把它们重新树立在天地间。这是我们理解牛汉何以要郑重地"悼念一棵枫树"，感受汩汩流淌在诗里的沉痛感的入口和起点。

---

① 牛汉：《一首诗的故乡》，载《梦游人说诗》，华文出版社2001年版，第36—37页。

四、"自然之死"的生命意蕴

但是，我们又不能简单地满足并止步于牛汉这种特殊历史情境中的个人经验。这样做，等于取消了我们自己的独立性和创造性，把阅读和理解僵化成了复制和转述诗人相关陈述的机械行为。更致命的是，它把诗人降格成了生活在个人有限的喜怒得失里的自私之徒，一具被个人经验和情感束缚了的僵尸。诗歌，也因此而变成了传达个人情感经验的工具。

我们已经看到，即便在诗与诗人的关系维度上，牛汉也极力反对把诗歌和语言当作工具，自始至终在强调诗歌拯救诗人、给诗人带来新生命的积极意义。事实上，一首诗之所以能够从作者转移到读者、从诞生的历史语境转移到阅读的历史语境，恰好就在于它超越了作者有限的个人情感，创造了一个更为阔大的生活世界。为此，我们必须超越诗与诗人的关系这个入口和起点，在《悼念一棵枫树》诞生的历史语境中，进一步思考它的社会历史意义。即追问这样一个问题：在当时特殊的中国社会历史语境中，《悼念一棵枫树》究竟创造出怎样一个新的生活世界而"拯救"了诗人。

为了避免重复文学史教材的老生常谈，这里不再详述《枫树》的创作背景，而只是立足于理解问题的必需性，把当时中国的社会历史语境提炼为这样两点。第一，以对待政治敌人的"革命态度"，把整个世界当作改造和征服的对象，肆无忌惮地把人类的暴力施加到大自然身上，从而造成了自然生命大规模的死亡。枫树的死亡，就是自然生命大规模死亡的一个例子。第二，包括牛汉在内的大批文化人，被当作"牛鬼蛇神"，强行送到咸宁向阳湖"五七干校"从事繁重劳役，身心饱受折磨，其目的就是为了改造其思想。用我们熟悉的话来说，前者是如何对待客观世界，后者则是对待人类自身的基本态度。

通常情况下，人们都会根据它所涉及的对象，把这两种基本态度割裂成互不相干的两个领域。而事实上，这两种基本态度乃是同一回事。人类自古以来就生活在地球上，生活在我们"这个世界"里，但把自己当作改造世界和征服世界的主体来看待，却是近代以来才逐渐明确起来的现代性态度。人类并非天生就是改造世界和征服世界的主体。相应地，世界也并非天生就是客体、就是人类改造和征服的客观对象。只有在对世界采取改造和征服性的"革命态度"的地方，人类才变成了主体。同理，也只有在人类成为改造世界和征服世界的主体的地方，世界才从世界变成了客体、变成了客观世界。作为主体的人类和作为客体的客观世界，事实上都是同一种"革命态度"的产物。主观和客观的统一，其实就统一在这种"革命态度"里。

"革命态度"笼罩一切，支配一切。这，就是《枫树》诞生的历史语境。在这历史语境中，对自然的改造和征服越彻底，也就越是要求一个个活生生的人变成改造自然和征服自然的主体，变成单一可控的行动功能——用牛汉的话来说，就是从人变成"劳动力"。改造世界和征服世界，就是改造人类和征服人类的同义词。自然生命大规模的死亡，因此而必然伴随着人类大规模、大数量的死亡。

问题不仅如此。逻辑上，只有首先将丰富多样的人改造成主体、改造成单一可控的行动功能之后，才有可能展开改造自然和征服自然的行动。对人的改造因此而占据优先地位，变成了先于改造自然和征服自然而展开的行动。时间上，牛汉等大批"牛鬼蛇神"，就是在被打入另册、从活生生的人变成各式各样的"分子"之后，才被强行送到向阳湖，在监督下从事改造自然和征服自然的繁重劳役，以此"改造思想"的。

牛汉从改造世界的革命者变成了被改造的"分子"；向阳湖从自然性存在，变成了被改造和被征服的客观世界；作为"分子"的牛汉来到了向阳湖；作为"客观世界"的向阳湖进入了牛汉的生活。向阳湖在毫无节制的主体性暴力肆虐下的死亡，触动了牛汉的诗思。诗人回忆在咸宁向阳湖从事改造自然和征服自然之"革命"时的情形说：

> 大自然的创伤与痛苦触动了我的心灵。由于圩湖造田，向阳湖从一九七〇年起就名存实亡，成为一个没有水的湖。我们在过去的湖底、今天的草泽泥沼里造田。炎炎似火的阳光下，我看见一个热透了的小小的湖沼（这是一个方圆几十里的湖最后一点水域）吐着泡沫，蒸腾着死亡的腐烂气味，湖面上漂起一层苍白的死鱼，成百的水蛇耐不住闷热，棕色的头探出水面，大张着嘴巴喘气，吸血的蚂蟥逃到芦苇秆上缩成核桃大小的球体。一片嘎嘎的鸣叫声，千百只水鸟朝这个刚刚死亡的湖沼飞来，除去人之外，已死的和垂死的生物，都成为它们争夺的食物。向阳湖最后闭上了眼睛……十几年来，我第一次感到诗在心中冲动。①

直观而言，就是诗人看见了向阳湖的死亡，鱼类、水蛇等自然生命大规模的死亡，从而触动了诗思。这种诗思的真实含义是：向阳湖从作为被改造和被征服的"客观世界"，转化成了活生生的有机生命，转化成了鱼的生活世界、水蛇的家园、蚂蟥和水鸟的栖居之地。大自然的创伤与痛苦——具体说就是向阳湖的死亡，让牛汉从"革命态度"的束缚中挣脱出来，开始以人、而不是以主体的眼光来看待大自然。被当作"客观世界"的向阳湖，在牛汉的眼里变成了鲜活的生命世界。对枫树之死的沉痛悼念，就是在这种把大自然当作生命世界来对待的奠基性态度中生发出来的。

但在这里，我们绝不能将《悼念一棵枫树》理解为居高临下地垂怜被伐倒了的枫树，把牛汉看作是大自然的拯救者和解放者，绝对不能。

---

① 牛汉：《对于人生和诗的点滴回顾和断想·诗又在心中冲动》，载《学诗手记》，生活·读书·新知三联书店 1986 年版，第 23 页。

前面说过，改造自然和征服自然的前提是对人的改造和控制，大自然成为"客观世界"的前提是人类成为主体。只有在预先自觉或不自觉地接受了"革命态度"的支配和束缚，从活生生的个体生命变成了单一可控的主体的地方，大自然才从鲜活的生命世界变成了有待改造和征服的"客观世界"。世界成为"客观世界"和人类成为主体，乃是同一枚硬币的两面。现代人通过把世界设置为"客观世界"而建构了人类之于"客观世界"的主体性神话，以此掩盖自身同样处于"革命态度"的支配和束缚之中，同样生活在待改造和征服的"客观世界"之中的事实。世界越是成为"客观世界"，人类也就越是成为主体，越是更深地陷入"革命态度"的支配和束缚之中，越是从活生生的个体生命变成单一可控的主体。"这也就是说，对世界作为被征服的世界的支配越是广泛和深入，客体之显现越是客观，则主体也就越主观地，亦即越迫切地突现出来，世界观和世界学说也就越无保留地变成一种关于人的学说，变成人类学"①，人类也就越是被牢牢地束缚在单一可控的主体性地位上，越是与鲜活的生命世界相隔绝开来。

因而反过来说，也只有在世界从"客观世界"转变成生命世界的地方，现代人也才会挣脱"革命态度"的支配和束缚，从单一可控的主体转化为自由生动的生命个体。诗人牛汉也才会由"分子"复活而为"一个人"。

这种转化是如何发生的呢？一方面，是在"革命态度"将自身设定为世界的标准和尺度、"革命战士"和"正常人"变成了同义词的特殊历史语境中，作为"分子"的牛汉却被剥夺了"革命战士"的资格，从"正常人"的社会秩序里被剥离出来，进入了直接面向大自然、与大自然打交道的生存维度。这种被剥夺的特殊经验，为牛汉挣脱"革命态度"的支配和束缚提供了可能；另一方面，是大自然通过

---

① ［德］马丁·海德格尔：《世界图像的时代》，载《林中路》（修订本），孙周兴译，上海译文出版社 2004 年版，第 94—95 页。

将自身展现为鲜活丰富的生命世界而唤醒牛汉，引领着牛汉脱离"革命态度"的支配和束缚，最终完成了对诗人的"拯救"。牛汉说的诗歌拯救了诗人，"我与我的诗相依为命"，其实就是这个意思。

每个人来到世界上，就不可避免地要和大自然、和人类社会、和他自己打交道。任何一个人，都必然同时在人与自然、人与社会、人与自身等不同生存维度上，以不同的方式绽现自己、丰富自己，才可能成其为自由生动的生命个体。"革命态度"对人的支配和束缚，就在于它把人与社会的关系准则，而且仅仅适用于部分特殊人群的关系准则，强行放大为普遍性的生存原则，施加到人与自然、人与自身等完全不同的生存维度上，最终把自由生动的生命个体，扭曲成了单一可控的人类主体。被剥夺了"革命战士"资格，从"正常人"变成了"分子"的牛汉，在直接面对大自然——具体而言就是向阳湖——的时候，实际上也就是在早已被严重扭曲了的人与社会这个生存维度之外，获得了重新发现大自然、发现自己的机会。

牛汉回忆说："那时我失去了一切正常的生存条件，也可以说，卸去了一切世俗的因袭负担，我的身心许多年来没有如此地单纯和素白。我感到难得的自在，对世界的感情完整地只属于自己，孤独的周围是空旷，是生命经过粉身碎骨的冲击和肢解后获得的解脱。"诗人由此真切地触摸到了大自然的生命的脉动："我觉得一草一木都和我的生命相连，想通。我狂喜，爆发的狂喜！没人管我，我觉得自己就是天地人间的小小的一分子。"从社会历史领域的另类"分子"而成为"天地人间的小小的一分子"，牛汉豁然间恢复了个体生命的自由与灵动。"我的生命有再生之感"，他郑重宣告说。①

很显然，这种解放感和再生感仍然局限在诗人一端，没有触及大自然对诗人的拯救问题，尚不足以构成"我与我的诗相依为命"的整

---

① 牛汉口述，何启治、李晋西编撰：《我仍在苦苦跋涉——牛汉自述》，生活·读书·新知三联书店 2008 年版，第 181 页。

体生存论关联。必须将同时发生在大自然一端的变化，即大自然将自身展现为生命世界的情形纳进来，才能真正理解牛汉在咸宁向阳湖时期的创作，理解牛汉何以要"悼念一棵枫树"。

鉴于前面已经谈论到了这个问题——在某种意义上，这一讲的所有论说，都是围绕着这个问题展开的——我们这里就直截了当地揭示出答案：大自然以死亡和消失的方式，将自身展现为生命世界，引领着牛汉脱离"革命态度"的支配和束缚，最终"拯救"了诗人。纯粹的大自然本身是匿名的，因而也就谈不上"客观世界"或"生命世界"的区分。只有在遭遇人类之处，大自然才从匿名中显现而为大自然，进而，也才有了"客观世界"或"生命世界"之类的划分。而人类，也才能通过对大自然的划分，或者把自己确立为单一可控的主体，或者把自己确立为自由生动的生命个体。所谓的人类创造自身，也就是这个意思。

从"革命战士"的角度来看，向阳湖的消失乃是圩湖造田的"革命事业"的伟大胜利。向阳湖消失得越快、越彻底，就越能激发"革命战士"的主体性豪情，越能证明"革命事业"的正当性。但对牛汉来说，却完全是另一回事。死亡是生命世界所特有的事件。"客观世界"不会死亡。"向阳湖最后闭上了眼睛"，恰好说明此前的向阳湖是有眼睛的生命。"死亡的腐烂气味"，恰好说明这一切是生命在肆无忌惮的人类暴力面前的大规模死亡。诗人瞩目于自然生命大规模死亡、进入并逗留在死亡阴影中的过程，就是从"革命态度"的支配和束缚中挣脱出来，将自身确立为自由生动的生命个体的过程。自然生命的死亡越是呈现得触目惊心，诗人距离"客观世界"也就越远，也就越深入到生命世界内部，他的生命也就越自由、越丰富、越生动。

回到《枫树》一诗上来：被伐倒的枫树，以死亡的形式将自身揭示为"一个与大地相连的生命"，一个丰富生动的生命世界——白鹤的家、老鹰的家、无数生命的栖居之所。诗人失魂落魄地徘徊在被伐倒的枫树周围，沉浸在他的芬芳之中、查看他的青翠美丽、感受他凝固的眼泪、聆听没有死亡的血球的呐喊的过程，就是摆脱"革命态度"的支配和束缚、离开"客观世界"而进入生命世界的过程，就是从单一可控的主体复活为自由生动的生命个体的过程。枫树以自身的死亡，引领着牛汉完成了从单一可控的主体到自由生动的生命个体的复活，"拯救"了牛汉。

牛汉悼念这一棵枫树，也就不再是惋惜一个有价值的"客观世界"的消失，不再是因为一部分生命之死而发出的自私者的哀叹。这种悼念，实际上是对大自然的感激、对世界的感激、对"拯救"了自己的另一个生命的感激。也只有在这里，在对枫树的感激之中、在对世界的感激之中，牛汉才彻底摆脱了将世界当作有待征服和改造的"客观世界"、当作敌人来对待的"革命态度"的支配和束缚。

世界从"客观世界"转化为"生命世界"之处，也正是牛汉从无休止地向他者索取有价值之物的贪婪攫取者复活成为一个高尚的人、一个"第一义的诗人"之时。一个人在多大程度上把世界当作"生命世界"来对待，他就能在多大程度上获得生命的自由与生动。《悼念一棵枫树》的写作，因此而成了主体从给定的结构中挣脱出来、重新获得自由与生动的历史实践。

第十章 《乡村茶馆》的生存建筑学

一、"女性诗歌"的得失

提到翟永明，一般人的本能反应就是"女性诗歌"。紧接下来，是"女性意识""黑夜""女人"等为数不多的几个派生词语。相当一段时间以来，读者和理论界首先是沾沾自喜、进而是满足于来回摆弄这寥寥几个"关键词"，来谈论她的诗歌甚至相关的艺术随笔创作。而且可以肯定的是，这种状态还将循着巨大而慵懒的习惯性轨辙，持续着自我重复的"简单再生产"，虽智者不能移。毋庸讳言的是：以诗人早年的创作实绩，和她为之展开的阐释与自我辩护为基石的这个阅读和阐释装置，不仅成功建构了翟永明作为"诗歌英雄"的女性主义诗人形象，而且让"女性诗歌"从暧昧的匿名状态，以"天下女人一般黑"的集团冲锋姿态，迅速"浮出历史地表"，变成了再也不可能视而不见的当代文学史风景。

在这个意义上，"女性诗歌"这个庸常而惯性十足的"简单再生产"装置，也并没有完全失去它的历史合理性。巨大而源源不断的"初级诗歌人口"，以及由此而来的教育市场对"入门指南"的巨大需求，也将会继续订购并最终消耗它的出品。而曾经的先锋和"诗歌英雄"，也因此可以继续安然享受着当年投入的文化资本循着"颠倒的市场逻辑"带来的回报。翟永明自己对"女性诗歌"并非无关紧要

190

的补充、修正和改写，以及 20 世纪 90 年代中后期以来的创作，在据说是谁都无法抗拒的市场逻辑面前，或者被湮没在越来越浮泛的消费泡沫之中，或者被解读为面目可疑的资本运作，一种弥散在反对、质疑等家族姿态中的自我重复与文学史记忆术，一种精心营造"女性诗歌"的可持续发展道路的市场策略。

或许是老早就已经敏锐地觉察到个人言说在庞大而芜杂的中国特色社会主义诗歌文化市场面前的无效，翟永明在把她的诗歌读者定位于"无限的少数人"的同时①，似乎也日渐习惯并越来越深地沉入了个人写作的匿名状态。其自我阐释和自我辩护，也随之变成了一种只对诗人自己以及理想中"无限的少数人"才有意义、才能听得见的喃喃自语，再也没有了早年为"女性诗歌"作整体性抗辩的急迫和焦灼。不无嘲讽意味的悖论，也就在这里——如果先锋意味着被误解、被市场大众冷落的孤独的话——翟永明也只有在这里，才真正成了先锋诗人，一个似乎只关注写作对个人的有效性，执着而平静地筑造着无限丰富的生活可能性的智者。

个人的孤独、世界亘古的沉默、时间、很快来临的黑暗……这些人类永恒的宿命境遇，仍然是翟永明"现实中的现实"。但她"诗歌中的现实"，却早已经悄然发生了变化。②题材、语言方式、意象和形式等，都发生了决定性的转化。③而在这一切背后，是诗人从一个处心积虑地思考着如何逃离世界的失败者，变成了生活乐园的建筑者。厘清与中国先锋诗歌的共谋，进而从吵吵嚷嚷绵延数百年的世界性现代主义先锋文学机制中退出来后，翟永明，成了真正意义上的先锋。

我们选择的《乡村茶馆》，或许算不上她后期诗歌的"经典"或

① 翟永明：《献给无限的少数人》，载《纸上建筑》，东方出版中心 1997 年版，第193—195 页。

② 关于这两种"现实"的划分，参见翟永明：《诗人离现实有多远?》，载《女儿墙：翟永明散文》，鹭江出版社 2010 年版，第 44 页。

③ 翟永明：《面向心灵的写作》，载《纸上建筑》，东方出版中心 1997 年版，第196—198 页。

"代表作"。诗人编订带有"经典化"意味的《翟永明的诗》里，就找不到它的影子。但在我看来，《乡村茶馆》是我们透视翟永明前后期诗歌写作方式转换的最佳窗口。《静安庄》里惊慌失措的逃离与反抗，转化成了建筑生活乐园的冷静和舒缓，作为翟氏后期诗歌元话语的"建筑学"经验，在这里得到了最清晰、最完美的诠释。

二、作为参照的《静安庄》

简便点说，《乡村茶馆》乃是翟永明第二次书写乡村"现实"。第一次，不用说就是大名鼎鼎的《静安庄》。那座至今仍然矗立在那里、令人望而生畏的黑色庞然大物。对我们来说，两者体量和风格上的鲜明反差，恰好构成了《乡村茶馆》的便捷入口。

在1985年的《静安庄》里，诗人被"早已存在"的话语秩序不由分说地"安顿在朝南的厢房"，强行纳入一个集疯狂、溺婴、杀戮等罪恶于一体的死亡之乡。但诗人凭着自己强大的死亡本能与黑夜意识，自始至终和沉默的死者站在一起，最终成功逃脱了"静安庄"无处不在的巨大阴谋和杀戮。离开了"静安庄"，"静安庄"依然在那里，"我"依然在这里。"距离是所有事物的中心／在地面上，我仍是异乡的孤身人"，诗人如是总结自己"进入—反抗—逃离"这个罪恶之乡的精神冒险说。

这部长诗，据说潜隐着翟永明早年知青生活的创伤记忆。"静安庄不过是文革时代广大农村的缩影。她的感受是当时知青的普遍感受"，只是她远远比"一般人深刻、复杂、玄奥得多"[1]。但正如诗人

---

[1] 李晓琳：《翟永明的"疾病"意识》，转引自翟永明：《翟永明诗集》，成都出版社1994年版，第255页。

所说的那样，生活中的现实和诗歌中的现实乃是两种不同的事物，《静安庄》里的"现实"，显然也不可能封存在中国"文化大革命"时期一个叫作"静安庄"的村庄里。按照诗人挖掘个人经验以揭示人类命运的普遍主义诗学逻辑，《静安庄》理所当然地被评论家朱大可敏锐而准确地诠释了出来："一个濒临死亡的种族的庞大寓言。"弥漫着罪恶、阴谋和死亡的"静安庄"，按照其本性展开而为超时空的种族话语，召唤并"绞杀"一切进入其中的个体生命。诗人与"静安庄"的关系，因此而"面临严重的二重困难：在它的外面阅读并诘难它，或者，进入它并成为其中的角色"，成为无处不在的罪恶与阴谋的一部分。翟永明的意义，就在于以精神分裂为代价，凭借着独特的死亡意识深入其中，又最终成功地逃离"静安庄"，成了"静安庄"罪恶本质的亲历者和见证人①。

这个孤独的个人"进入—反抗—逃离"罪恶之乡"静安庄"的故事，实际上是翟永明当时反复讲述的个人如何以"黑夜意识"对抗强大而邪恶的既存话语秩序这个母题的又一次讲述。从"第一月"开始，到"第十二月"结束的循环时间结构，把"我"与"静安庄"之间的关系，固定成了一个没有时间性的空间关系：个人与强大而邪恶的外部世界之间的永恒对立。《女人》组诗的《结束》提出的问题——"完成之后又怎样？"——在这里得到了最终的也是唯一的回答："十二月"之后是"第一月"，结束就是开始。在时间的循环中，"进入—反抗—逃离"，也就成了永恒的宿命。

"我"与"静安庄"之间的这种对抗性关系，实际上是翟永明早期诗歌的核心母题，是诗人面对世界的基本姿态。尽管这种对抗大多笼罩在"女性诗歌"的面具之下，被粗线条地简化成了女性与男性——我戏称为"女阶级与男阶级"——之间的对抗，但正如诗人所

---

① 朱大可：《饥馑的诗歌》，载《燃烧的迷津》，学林出版社 1991 年版，第 46 页。

说，"它们仍然包含了强烈的对现实"① 的关注。

放大点看，这种对抗，并非翟永明个人独有，而是 20 世纪 80 年代中国先锋文学共同的态度和姿态。热衷于简单地在时间链条上做代际划分的人们，早已在进化论神话的暗中帮助下，急不可待地把从"朦胧诗"到"第三代诗人"的时间过程，叙述成了一个巨大的断裂带、一次意义非凡的文学史突变。身为"第三代诗人"的翟永明，也曾利用这个面目可疑的当代文学史故事，表明了自己和以"社会和公众的发言人"的身份来反抗"制度对人性的压抑"②，对抗异己性外部世界的"朦胧诗"传统的决裂。

抛开短短的三五年时间能否造成一次真正的文学史裂变的理论问题不谈，仅就事实而论，翟永明的不少"女性诗歌"作品，明显留下了北岛的影子。《女人》组诗中的《瞬间》，尤其是其开篇第一节，从语句到意象，就很难说与北岛"献给遇罗克"的《结局和开始》以及《宣言》两诗毫无关系。诗人"看穿一切却愿分担一切"，试图以"一个冬天，一个巨大的黑夜"（《女人·独白》），即所谓内心的"黑夜意识"，来反抗外部世界的压迫和侵蚀的生存姿态，也分明与孤独地站在世界外面、单枪匹马向世界发起挑战的"北岛式"受难—浪漫主义英雄姿态，保持着高度一致——最低限度，是一种谱系学意义上的"家族姿态"。作为一种先锋潮流的"女性诗歌"之所以招致众多的模仿者，以至于迅速泛滥成翟永明自嘲的"天下女人一般黑"，实际上也和一切文学史上的同类现象一样，不是因为表达了某种深邃而复杂的观念，而是因为切合了共时性的普遍观念。

翟永明这种个人与充满敌意的外部世界之间的对抗性姿态，实际上是世界范围内的现代主义文学共同的姿态。在这种现代性的对抗姿

---

① 翟永明：《诗人离现实有多远?》，载《女儿墙：翟永明散文》，鹭江出版社 2010 年版，第 56 页。

② 翟永明：《诗人离现实有多远?》，载《女儿墙：翟永明散文》，鹭江出版社 2010 年版，第 46 页。

态中，一方面，是世界被固置在主体之外，僵化成为巨大而邪恶的存在；另一方面，则是诗人在"烈士意识"的支撑下，僵化为一个空洞的代言人、一个干枯的现代性符号。前者的典型表征，就是我们刚刚分析过的那座被诗人命名为"静安庄"的庞然大物。而后者，则导致了本来意在逃离"邪恶世界"的绞杀，追求流动、丰富和无定形自由的诗人，被牢牢钉在"反抗者"——当然也是"正义者"——的位置上，僵化成了一个无生命的符号。世界是世界，诗人是诗人。写作和思考，并没有带来任何新的意义。《女人》组诗中的《荒屋》，不仅可以看作是《静安庄》初级微型版，而且可以视之为诗人与世界之关系的早期宣言：

> 我来了　我靠近　我侵入
> 怀着从不敞开的脾气
> 活得像一个灰瓮
>
> 它的傲慢日子仍然尘封未动
> 就像是它是荒屋
> 我是我自己

　　世界在"我"之外，"我"在世界之外。世界是令人恐怖的邪恶之物，"我"是对邪恶世界充满了恐惧和不信任之感的孤独的存在。这，就是翟永明早期诗歌最基本的生存结构。

　　20 世纪 90 年代之后的诗人，则"更从容地在现实生活中进进出出，对现实的场景有了更强烈的感受"[1]，写出了《乡村茶馆》这样迥然不同于《静安庄》的作品，彻底挣脱进而反过来改写了个人对抗世

---

[1]　翟永明：《诗人离现实有多远?》，载《女儿墙：翟永明散文》，鹭江出版社 2010年版，第 56 页。

界这个奠基性的现代性生存结构。

三、"建筑"与"栖居"

首先的，当然也是最直观的原因，就是 20 世纪 90 年代以来中国当代社会现实发生了根本性的转化。为了便于说明翟永明诗歌中的问题，我们姑且把这个转变，简单地称为社会权力从简单禁止的压制型，到禁止—引诱相结合的混杂生产型的转变。

通俗点，可以称之为"革命不是请客吃饭"的暴力压制到"革命就是请客吃饭"的转变。先锋诗歌那种简单的二元对抗结构，显然已经不可能对 20 世纪 90 年代以来的中国社会现实再产生什么有效的影响了。反抗当然还在持续，但语境却悄然发生了变化。如果说，在压制型权力网络中，"艺术就是反抗"、就是对现存正统秩序的愤怒攻击的话，那么，在生产型权力网络中，问题恰好被颠倒了，"反抗就是艺术"，对现存正统秩序的愤怒攻击被有效地接纳为现存正统秩序的一部分，被美学化、艺术化——甚至成为后者大力张扬的一种有利可图的事业。"艺术就是反抗"，意味着艺术最终的和最高的目标乃是语言和作品之外的行动。

"反抗就是艺术"则意味着行为的符号化和审美化，被权力网络规约、反转和解读为纯粹的艺术事件，一种仅仅在语言和作品自身范围才能得到呈现、才能被接纳的话语实践。翟永明不止一次地谈论过的"行为艺术"，为这个在"市场化"面具下完成的权力和艺术形态转型提供了最好的说明。一切都艺术化、一切都审美化了。而"艺术"，也就在这种任由宰割的泛化中，走向了死亡。她在《周末与几位忙人共饮》中说：

　　有人在讲：一次行为

　　——如今"艺术"的全部涵义

　　我就看见　一只手

　　剖开羊的全身

　　一半冰冻

　　一半鲜活

　　"艺术"　让我看见羊的命运

　　翟永明敏锐地意识到，无论是反抗现存正统秩序为特征的现代性先锋艺术装置，还是由同一装置派生出来的拥抱"市场化"欲望和符号生产机制，拥抱"审美现代性"，都难以面对复杂而诡异的中国当代社会现实。《潜水艇的悲伤》一诗在几种"写法"之间游移，实际上就是翟永明对现代性写作装置的疏离和质疑。权力运作机制变了，"现实"也随之发生了根本性变化。"碎银子哗哗流动的声音"支配着一切，改变了"现实"的性质和面目。一边是鲜红的海鲜，一边是国有企业的烂账；一边是邻国的经济萧条，一边是眼前的小姐妹趋时的妆容；一边是迪厅重金属、酒精、营养、高热量等令人热血贲张的事物，一边是越来越沉重的无力感和无方向感……在禁止与诱惑并存的权力运作机制制造出来的"新现实"面前，翟永明被迫循着《静安庄》个人对抗世界的现代性装置，选择了自我幽闭以拒绝和反抗外部世界——尽管已经意识到了"还这样写"的无能为力：

　　从前我写过　现在还这样写：

　　都如此不适宜了

　　你还在制造你的潜水艇

　　它是战争的纪念碑

　　它是战争的坟墓　它将长眠海底

　　但它又是离我们越来越远的

> 适宜幽闭的心境
>
> 正如你所看到的：
> 现在　我已造好潜水艇
> 可是　水在哪儿
> 水在世界上拍打
> 现在　我必须造水
> 为每一件事物的悲伤
> 制造它不可多得的完美

很显然，翟永明这种无奈的自我幽闭，实际上仍然局限在个人对抗世界的现代性生存结构之内，并没有从"女性诗歌"那种"在你的面前我的姿态就是一种惨败"（《女人·独白》）的宿命困境中挣脱出来。问题正如翟永明自己意识到的那样，除了"造好潜水艇"之外，诗人还"必须造水"，还得"为每一件事物的悲伤／制造它不可多得的完美"，的确是一种"诗歌写作的宿命"。但这种宿命并非是令人绝望的消极之物，而恰好是诗歌写作之必要性的证明，"这种悲伤，从一开始就被我认为是一种绝望；现在我感到其实它是一种坦然"①。

在这种坦然背后——或者说促成了从绝望到坦然之转变的，是诗人对个人与世界之关系的"重新发现"。个人对抗世界的现代性生存姿态，意味着个人天然地享有支配、控制和随心所欲地"改造"世界的特权。狂飙突击的凯旋，乃是个人的欲望和要求在世界身上得到了不折不扣的贯彻和充分的满足。自我幽闭的感伤和哭泣，则是受到了阻碍和挫折。时间性的存在者，即海德格尔所说的"终有一死者"，因为价值意义上的天赋特权，而获得了支配和改造世界的主体性地

---

① 翟永明：《诗人离现实有多远?》，载《女儿墙：翟永明散文》，鹭江出版社2010
年版，第56页。

位。一句话,把丰富而开阔的世界强行纳入个人体验,从有限的个人
主体性的角度来对待,就是个人对抗世界的基本含义。

但20世纪90年代之后,翟永明逐渐抛弃了这种自私的个人主
体性立场,"重新发现"了个人与世界之间的关系。真正的问题,并
不是现成的(因而也是空洞的)个人和现成的(因而也是僵死的)世
界之间应该如何的问题。空洞的主题和现成的世界之间,唯一真实
的是肉身性的"我们",这,才是问题的关键。既没有一个已经完成
的"世界"摆在我们面前,也没有什么主体性的"个人"可以作为生
活的根据。只有在筑造自己的"世界"的过程中,"个人"才成其为
"个人"。而"世界",也只有在被不可重复的"个人"以不同的方式
筑造之际,才成其为"世界"。

真正的问题,乃是肉身性的"我们"如何通过筑造个人的世界而
成其为自己,就像诗人在《周末与几位忙人共饮》中写的:

> 我们都是沙子 存在
> 才是水泥 甜蜜的生活
> 充满肉身的肥美
> 三者足以引导怎样的经验?

换言之,我们既不可能像积极浪漫主义者设想的那样,通过革命
和牺牲创造一个"黄金世界"而让肉身性的个体生命获得幸福,把
沙子转化成"肉身的肥美";也不能作为消极浪漫主义者,在怀才不
遇的感伤中幻想"黄金世界"到来之后,再开始"甜蜜的生活",直
接融入永恒的存在之流。两大幻想,前者积极而革命,后者消极且
反动,却有一个共同的出发点,那就是把肉身性的个人当作了沙子,
当作了被世界所决定和制造的僵死之物,世界的性质和状态,决定
了——或者说就等于个体生命的性质和状态。

而事实上,个体生命之为个体生命,就在于他们彼此之间无法相

互替代、永远不可能同质化的千差万别。任何时代，任何一种"时代性质"，都无法也不可能消除个体生命之为个体生命的丰富性和生动性。个中奥妙，就在于肉身性的我们绝非僵死而干枯的沙子，只能被动地等待水泥的吸纳或拒绝；而是天然充斥着生命活力，能够自己创造自己"甜蜜的生活"，创造自己独一无二的生存形态的行动者。

过去的"先烈"没有权利和能力决定今天的我们应该如何和事实上如何生活。同理，今天的我们也没有权利和能力决定将来的人们应该如何和事实上如何生活。即便同样是在今天，在看起来如此共同而整一的"同时代"，也没有任何一个他者能够决定我们自己应该如何和事实上如何生活。作为他者的我们自己，也不可能决定别人应该如何和事实上如何生活。

一个人的生活世界，以及他自己的生存形态，乃是由他的行动创造的一个独一无二且永远不可重复的事件。永远令人唏嘘不已的生之悲凉，根源于此。永远令人惊叹不已的生之绚丽，同样根源于此。

和我们一样，诗人也是作为"一粒沙子"，偶然地来到"现实世界"上的。但诗人之为诗人、我们之为我们，却不是由对任何人来说都毫无差别的"现实世界"决定的。我们参与、分享和创造不同的生活经验，造就了"我们"之间千差万别的个人化生存形态。对"现实世界"的不同理解，以及由这种理解而来的写作活动，才是诗人之为诗人的关键之所在。翟永明说："对诗人来说，他的写作一直面对两种现实，一个是现实中的现实，一个是诗歌中的现实。现实中的现实让他观察生活，诗歌中的现实让他和与生活保有一定的距离。这是一个问题，但不是一个矛盾的问题，这两种现实加在一起，就是诗的秘密。""诗歌中的现实，是一种记忆的现实。或者说，它是经过记忆重新整合后而呈现的现实。"①

---

① 翟永明：《诗人离现实有多远?》，载《女儿墙：翟永明散文》，鹭江出版社2010年版，第46、48页。

正是在这种通过记忆对现实进行重新整合的过程中，也就是在她的写作过程中，翟永明才为自己创造了一个充满了个人记忆、想象与激情的"诗性世界"而成为诗人，为自己创造了"现实世界"之中的栖居之所。"即使在实践领域，人也并不生活在一个铁板事实的世界之中，并不是根据他的直接需要和意愿而生活，而是生活在想象的激情之中，生活在希望与恐惧、幻觉与醒悟、空想与梦境之中。"①写诗，因此而不是简单的复制甚至逃避现实，而是一个以人类共同的"现实世界"为基础筑造诗性的"生活世界"，一个创造个人丰富多彩且不可替代之生命形态的生存论事件。

而且，这种创造不是一次性完成的或者可以终结于某一部作品的事件，而是随时随地发生着。正如我们日常呼吸，不会也不可能因为一次性吸入数量足够巨大的空气而"完成"和"终结"那样。"完成之后怎样？"的问题之所以永远不可能得到回答，就在于它只能发生在写作之外，发生在生命的虚空之外。在大地上，在"现实世界"中，每个人必须自己创造自己的诗性"生活世界"，创造自己的栖居之所和不可替代的生命形态，这一境遇，曾经被沉浸在现代性进化论时间神话里的乌托邦主义者视之为必须克服的人类宿命。

翟永明也曾经这样看，这样写。但现在，问题不一样了。翟永明说："在近作《潜水艇的悲伤》中，我表达了一种对于诗歌写作的宿命。这种悲伤，从一开始就被我认为是一种绝望；现在我感到它其实是一种坦然。"②

> 现在我必须造水
> 为每一件事物的悲伤

---

① [德] 恩斯特·卡西尔：《人论》，甘阳译，上海译文出版社 1985 年版，第 33—34 页。

② 翟永明：《诗人离现实有多远?》，载《女儿墙：翟永明散文》，鹭江出版社 2010 年版，第 56 页。

> 制造它不可多得的完美

这的确是我们的宿命，我们共同的"现实世界"。但也唯有在这个"现实世界"中，"为每一件事物的悲伤／创造它不可多得的完美"，我们也才能创造自己，创造自己独一无二且不可替代的生之完美。生存的责任，在这里；生命的绚丽，也在这里。

带着这份坦然，翟永明来到了《乡村茶馆》。

四、建筑生活的乐园

1985 年的《静安庄》里，"第一月"到"第十二月"周而复始的循环预示着人类亘古的生存境遇。1996 年的《乡村茶馆》，同样隐喻着诗人与自古如此的"现实世界"之间的生存论关联。以消费者和旁观者的身份来到乡村的翟永明，和周围的芸芸众生一起，"一小时的茶园，／独占一小时的春风和气"，经历一个短暂的时间，筑造并享用自己小小的生活世界。时间的长短和"现实世界"本身的空间大小，并不影响这"一个慵懒的下午"的存在特质。没有什么能够保证或者决定作为沙子的我们与作为存在的水泥之间，会有怎样一种必然或确定的关联。唯一确定的事实是：每个人所能够体验和分享的，就是这"一小时的茶园""一小时的春风和气""一个慵懒的下午"——如前所述，此乃我们必然的"现实世界"，终有一死者之为终有一死者的命运。

事实正如诗人看到的那样，"一天的存在与一小时的虚空／同样为零。一个下午的方式／维系着一生的努力"。一杯"茶水彻底变白"，名曰一个下午实则仅一个小时的时间在我们身边流逝的过程，虽然如此之短，但同样是生命消逝的过程。黄昏到来，"云很慢，而太阳

很快 / 把一段时间吞噬"。毋宁说，《乡村茶馆》里的这"一个下午"，正是因为其短，因为其如此迅速地消逝在黄昏、消逝在黑暗之中，才反过来如此准确而尖锐地道出了我们在"现实世界"里的真实境遇。这就是：我们来到这个唯一的"现实世界"，获得一个短暂的时刻，呼吸，享乐，又很快悄然离去，消逝在黑暗中。

在这个意义上，诗人在"对一个黑夜开始的恐惧"的推动下，"赶在日落前"、赶在黑暗降临之前，"将眼前的一切建筑成最后的乐园"的努力，也就有了两方面的含义。第一，从个人写作编年史的意义上，它延续并呼应了早期诗歌中的"黑夜意识"，表明了诗人一以贯之地思考和书写的问题之所在。第二，面对"黑夜"这个持续不变的思考和书写对象，诗人宣告了一种新的写作姿态的诞生：建筑生活的乐园。前者的"不变"，才使后者成为"变"，让翟永明的创作有了诗歌意义上的前后期之分。

面对不同的对象而采取不同的姿态，实际上只是不同的事件相互之间的空间关系。只有面对同一对象而采取了不同的姿态，才能被称为一个事物的转化或发展。大多数时候，我们谈论的发展或创作分期实际上并非同一事物的发展，严格说来只能算是归属在同一个诗人名下的不同事物的空间分类。

问题是，写诗何以能够"将眼前的一切建筑成最后的乐园"？不仅如此，依照完整的表述，翟永明的原话是："我疲倦的眼睛将眼前的一切建筑成最后的乐园。"就是说，还不是写诗，而仅仅是眼睛的行为，即"看"。仅仅是"看"，仅仅是作为旁观者坐在乡村茶馆的某个位置上，"凝视这人和树的距离"，何以就能够"将眼前的一切建筑成最后的乐园"？"看"能够改变"现实世界"吗？

为了理解这个问题，我们不妨暂时抛开《乡村茶馆》，看一看翟永明早期诗歌如何书写"看"。《女人》组诗的开篇之作《预感》如是写道：

穿黑裙的女人黧夜而来
她秘密的一瞥使我精疲力竭
我突然想起这个季节鱼都会死去
而每条路正在穿越飞鸟的痕迹
貌似尸体的山峦被黑夜拖曳
附近灌木的心跳隐约可闻
那些巨大的鸟从空中向我俯视
带着人类的眼神
在一种秘而不宣的野蛮气息中
冬天起伏着残酷的雄性意识。

我一向有着不同寻常的平静
犹如盲者，因此我在白天看见黑夜
婴儿般直率，我的指纹
已没有更多的悲哀可提供
脚步！正在变老的声音
梦显得若有所知，从自己的眼睛里
我看到了忘记开花的时辰
给黄昏施加压力

藓苔含在口中，他们所恳求的意义
把微笑会心地折入怀中
夜晚似有似无地痉挛，像一声咳嗽
憋在喉咙，我已离开这个死洞

　　如前所述，翟永明早期一以贯之的主题，是个人与充满了敌意的外部世界之间的尖锐对抗。对抗的前提，乃是个人已经生活在这个充满了敌意的世界里，被这样或那样的令人恐惧之物包围了。《预感》

里的"被看"，就是这种生存感觉的直接表达。

作为在大地上、"在世界之中"的存在者，每个人在"看"的同时，也必须"被看"。只有在"看"与"被看"的交织、在与他者和世界的交往中，个人才成其为个人。个人之为个人，就在于他置身于这种作为世界结构而无处不在的"看"与"被看"之中。正是这个无论在时间上还是生存逻辑上都优先于个体生命的世界结构，才让个人成为个人。在此基础上，才有可能进一步派生出诸如主体性、人的异化、孤独的个体之类的问题，以及更次一级的主义与主义、问题与问题之间的纷争。现代人的问题，就在于忽略了让个人成为个人的"看"与"被看"的世界结构，认定个人乃"世界之外"的天启式存在，反过来牢牢抓住虚幻的"个人"，以这个事实并不存在的幻象来对抗事实性的"现实世界"，从而陷入"被看"、被充满了敌意的外部世界所包围的恐惧之中。

也就是说，不是事实性的"现实世界"本身，而是作为观念之物的天启式"个人"幻象，让现代人陷入"被看"的恐惧，让我们的生活世界变成充满敌意的"外部世界"。

"被看"的恐惧，扭曲了《预感》里的"现实世界"。由于这种恐惧，山峦变成了"貌似尸体的山峦"而"被黑暗拖曳"；由于这种恐惧，身边的灌木也才有了隐约可闻的"心跳"；由于这种恐惧，天空中的飞鸟也才成了巨大且"带着人类的眼神"俯视着"我"的存在。翟永明很清楚，事实性的"现实世界"不会也不可能为偶然的个体生命改变自身，而只会永恒地存在于其自身所是的自然状态，"宇宙中的一切事物都比人类更长久"，我们只不过是偶然来到这个世界的匆匆过客，"只有宇宙间的事物永存"①。"现实世界"中的事物不可能也不会因为我们偶然的到来或闯入而改变，变成威胁或"窥视"着我们的特殊存在。

---

① 翟永明：《请听万物倾诉》，载《纸上建筑》，东方出版中心1997年版，第150页。

令人恐惧的不是事实性的"现实世界",而是对"现实世界"的恐惧情绪。"犹如盲者"而拒绝面对"现实世界"的诗人,虽自诩为"在白天看见黑夜"的智者,事实上却自始至终被自己内心的恐惧情绪包围着,一直生活在与"现实世界"毫无绝缘的内心世界里。世界只是一个幻象,一个从来没有被诗人"看见"过的影子。正如翟永明承认的那样,在《预感》里,诗人自始至终只"看见"了自己,"从自己的眼睛里/我看到了忘记开花的时辰/给黄昏施加压力"。最终,诗人以自我折磨的方式反抗和拒绝的,其实也只是自己。拒绝"现实世界",也就是拒绝接受自己,把自我变成了枯干的僵死之物。

是的。"看"不能改变"现实世界"。写诗也不能改变"现实世界"。但拒绝"看"、拒绝"现实世界"也就是拒绝接受自己,把自我变成枯干的僵死之物的事实告诉我们:"看"不是要改变"现实世界",而是改变我们自己,把自己从宇宙间偶然的过客,建构成灵动鲜活的生命个体、建构为无可替代的唯一者。写诗,也并非要改变"现实世界",而是以"现实世界"为根基来建筑诗性的"生活世界"——如前所述,人类并不是生活在事实性的"现实世界",而是生活在诗性的"生活世界"里,生活在自己的想象和激情里。

在这个意义上,上文引述过的翟永明这段话——"对诗人来说,他的写作一直面对两种现实,一个是现实中的现实,一个是诗歌中的现实。现实中的现实让他观察生活,诗歌中的现实让他和与生活保有一定的距离。这是一个问题,但不是一个矛盾的问题,这两种现实加在一起,就是诗的秘密。"——其准确含义,显然应该是:

> 对诗人来说,他的写作一直面对两个世界,一个是事实性的"现实世界",一个是想象性的"词语世界"。事实性的"现实世界"让他观察生活,想象性的"词语世界"让他和生活保持有一定的距离。这是一个问题,但不是一个矛盾的问题,这两个世界加在一起,就是诗性的"生活世界"。

把自己的随笔集命名为《纸上建筑》的翟永明，早就领悟了写诗的秘密：在"现实世界"和"词语世界"之间，建构自己的"生活世界"，把个人的生存建构成虽然只一次但却无可替代的生存事件。

> 当我写作时，我在纸上建造我的内心的存在，某种信仰在起作用。我着手写我相信或不相信的一些词语。或者说，我建造空无一物的实体。叙述在几个层面上展开，对空间的领悟与参与，渗透在我的写作之中。一个朋友给我写信时说："你的诗似乎正在成为一座剧院，读者进去了，被吸引，但又不得不跟这保持距离。"重要的是，戏本身就是建筑的一部分。①

五、超越事物的本身之美

在漫长的准备性清理之后，让我们回到具体的文本上，看看翟永明在《乡村茶馆》里如何施展其词语建筑学，建筑自己诗性的"生活世界"。

诗人的第一步，亦即其全部的奠基性工作，乃是坦然置身于"现实世界"之中，"看见"万物各是其所是的事实性状态，进入"现实世界"。《乡村茶馆》给人的直观印象是"写实"，即实实在在地描写和叙述诗人在成都本地某乡村茶馆度过的一个下午，从所见到所感，都充满了具体明晰的物质感。诗中所叙之"事"、所见之"物"，都能找到相应事实性的"客观对应物"。趁着天气晴好，偕三五好友

---

① 翟永明：《诗人离现实有多远?》，载《女儿墙：翟永明散文》，鹭江出版社 2010 年版，第 153 页。

"坐在河边茶园里",在"本地口音和异国语言"的包围中,"分享本地音乐的庸俗唱腔/分享一个乡村淡季的慵懒阳光",度过一个缓慢而闲散的冬日下午,似乎不是《乡村茶馆》这首诗告诉我们的"故事",而是翟永明及其好友确有其事的一次真实"经历"。

"水稻和田埂""远方竹林里的柴屋""一个古老的长嘴铜壶"之类意象,似乎也不是《乡村茶馆》这首诗里的词语性存在,而是翟永明及其好友曾经光临过的那个乡村茶馆里看得见、摸得着的物质性存在。相应地,"茶园里的三个乡村女人"在编织毛线衣物、"成对的鸭子飞了开去"、"有人弯腰掐草/有人低头饮茶"之类的生活场景,则是迄今仍然随处可见的乡村生活经验,而且可以复制或还原成为眼前的真实存在。

一言以蔽之,似乎不是诗人构思和写作,而是成都本地某个实实在在的河边"乡村茶馆"在支撑和建构着《乡村茶馆》。诗人的全部行为,就是"看"和"听",并忠实地复制其所见、转述其所闻。不仅语言和诗人的写作行为因此而变成了"透明的存在",更重要的,是诗人自己也成了"乡村茶馆"的一部分、成了风景。

套用卞之琳的诗句就是:既是"看"风景的人,同时又是"被看"的风景。不是诗人作为"看"风景的人而发现,而"看见"了"乡村茶馆"。如前所述,作为事实性的存在、在翟永明到来之前就已经在那里了的"乡村茶馆",在翟永明离开之后依然会在那里,静静地等待着新的顾客。一如"现实世界"在我们之前以及在我们之后都将在那里,等待着接纳和孕育新的生命。同理,也不是作为"被看"的对象,诗人才进入"乡村茶馆",成了风景。

问题不在"看"风景者身上,也不在作为"被看"之风景的客体身上。"看"总是作为对某物的"看"而出现,"被看"也总是作为被某人"所看"的状态而现身。问题的核心,乃是联结主体和客体的"看"这一行为本身。正如以拒绝"被看"在扭曲事物,"在白天看见黑夜"(《女人·预感》)的同时扭曲和封闭了自己一样,在《乡村茶馆》中，翟永明实际上是通过"看见"万物各自是其所是的自然状态而解放自己，把自己成了自由的存在。

在"看"与"被看"、在"看风景的人"与"风景"的自由转换中，各自是其所是的万物成了诗人赖以建筑生活乐园的基础——大地和质料。而诗人，则成了自由穿行和出入在万物之间，选取这样或那样的质料，从这样或那样的角度来建筑自己的生活世界、建构自己丰富多样生活形态的个体生命。进入"乡村茶馆"，也就是进入我们自己的生活世界。

也就是说，在《乡村茶馆》里，翟永明建筑诗性"生活世界"的第一步，包含着这样三个方面的内容：返回事实性的"现实世界"，返回作为前提和根基的大地；"看见"万物各是其所是的自然状态，获得作为准备性存在的质料；解放自己，让自己成为建筑自己生活乐园、建构自身存在的自由存在。有必要再次强调的是：正像"第一步"也不是时间意义上的"第一步"，而是作为奠基性前提和大地的"第一步"那样，这三个方面的内容并不存在线性时间链上的先后关系，而是同时并存且相互关联的三个侧面。

理论上说，在迈出其奠基性的第一步，在事实性的"现实世界"中"看见"万物是其所是的自然状态之际，翟永明就已经成了诗人，成了能够自己解放自己、创造自己诗性"生活世界"的人。接下来，写诗还是经营白夜，写新诗还是旧诗，做一名"纸上建筑设计者"①还是实实在在的建筑行业从业人员，甚至就什么也不做，度过一个无所事事的下午，只是流动中的"生活世界"之具体形态与样式的差别罢了。诗人既可以做这样的选择，也可以做那样的选择。可以此时此地选择这样，而彼时彼地则选择那样。"现实世界"只有一个，而"生活世界"却繁如恒河沙数且变幻无穷，奥秘就在这里。

但既然翟永明选择了现代汉语新诗，我们面对的乃是《乡村茶

---

① 翟永明：《作者自白》，载《纸上建筑》，东方出版中心1997年版，第5页。

馆》而不是什么别的文本，我们就还得循着诗人的步伐，看看在事实性的"现实世界"中建立基础、获得质料和成为自由的建筑者之后，翟永明如何在倾听、观察、想象和语言的层面上，也就是在"写诗"的技术性层面上，展开她的词语建筑学。可以说，直到这里，我们才进入现代汉语新诗意义上的阅读。在此之前，我们实际上一直是在生存论的意义上谈论诗性，谈论"诗（歌)"。

前面已经说过，全诗开头四行，即第一章第一节，既是一个叙述性的总体交代，又是个人与世界之间的生存论隐喻。

> 一小时的茶园
> 独占一小时的春风和气
> 一下午的慵懒
> 凝视着人和树的距离

说它是叙述性的总体交代，是因为它高度凝练地点出了《乡村茶馆》的根由和事件的基本轮廓。说它是生存论隐喻，则是我们在前面已经说得很清楚，诗人来到某乡村茶馆，短短的停留之后又恋恋不舍地离去、隐入黑暗之中这一事件，正是我们与"现实世界"之间的生存论关系的一个缩影。

必须指出的是：这里所谓的隐喻，并不是说这种生存论关系是不真实的、虚幻的。恰好相反，我们与"现实世界"之间的生存论关系，就是隐喻性的。现代人的迷误，就在于把这种关系理解成了实体性的存在，从而把人变成了由事实性的"现实世界"主宰和决定其命运的僵死之物，坚信"旧社会把人变成鬼"，而"新社会把鬼变成人"。在这种迷误的支配下，个人要么是"万恶旧世界"里的有罪之物，要么是等待着进入"美丽新世界"的过渡性存在，一个空洞现在时的、而且是可自由代入和抽取的符号。

《乡村茶馆》的意义，就在于从这个实体性的现代性迷思中挣脱出来，重新确立了个人在"现实世界"里的真实性，由此而开始了在隐喻空间里自由地展开自己、建构自己"生活世界"的生存论境域。我们先是来到，尔后又离开"现实世界"，隐入世界黑夜，这是事实性的真实。翟永明先是来到，尔后又离开"现实世界"，隐入乡村的黄昏，同样是事实性的真实。但正因为我们与"现实世界"之间的关系是隐喻性的，我们才能在给定的时间境域里，自由地创造自己的"生活世界"，人类整体也才能因个体生命彼此不可替代的自由创造而获得不可穷尽的丰富性。

个体生命之为个体生命的根源，就潜涵在这种诗性的自由创造行为本身——而不是作为结果的创造物之中。就是说，不是因为在事实性的"现实世界"中创造出了一个诗性的"生活世界"，并且拥有这个诗性的"生活世界"之后，我们才获得了自己的自由存在；而是说，创造诗性"生活世界"的行为，就是创造我们的自由存在，使得个体生命成为个体生命的行为。生命的自由本质，就是创造"生活世界"的行为本身。这种自由的创造，贯注在生命的每一个时刻、每一个角落，使得生命的每一个时刻、每一个角落，都可以因这种自由的创造而成为饱满丰盈的独特存在。

自由的根源不在于作为结果的创造物。相应地，创造"生活世界"，也就不是要改造甚至彻底根除眼前的"现实世界"、创造崭新的未来"理想世界"，而在于如何想象和建构自我与"现实世界"之间的隐喻性关系。明乎此，我们就不难理解《乡村茶馆》的词语建筑学何以会从听开始，且通篇集中在听、看、想三个基本动词上。

刚入题，翟永明就以听为发端，通过"玛利亚的妹妹"一词，设定了《乡村茶馆》的词语建筑学原则。那就是以声音带动实体，把在场和不在场、本地和异国、空虚和实在等不同事物聚为一体，组合成一个触手可及、清晰而真切、同时却又以包容不在场之物和虚空的方式超越了眼前实在性的生活场景。

这个词语的前半部分"玛利亚"，一望而知是典型的欧美文化符号。语言学上，它属于以语音为中心的表音符号系统。文化上，则明显与《圣经》及其宗教文化传统有着不言而喻的内在关系。在"本地音乐的庸俗唱腔"的包围中，单单是"玛利亚"这个发音，就足以标示出本土和异域、国内和国外的巨大差异性空间的存在。作为一个完整的词语，"玛利亚的妹妹"作为在场者，还明白无误地昭示了不在场的"玛利亚"的存在。也就是说，"玛利亚的妹妹"一词，前半部分是以虚见实，以简单的三个音节召唤了一个同时囊括了文化、地理、心理等多重复杂要素的巨大空间；后半部分则以实涵虚，把眼前的"妹妹"和远方的"姐姐"也就是和另外一个空间里的"玛利亚"，联结成了一个亲密的整体性存在。

以虚见实和以实涵虚两个基本原则，交互贯穿了翟永明的《乡村茶馆》，浸透了诗人的听、看、想。"另外一个城市"标出了眼前的"这个城市"；说"那里"意味着叙述者的"这里"；"那里看不到蔬菜 / 也没有水稻和田埂"，巧妙地点出了"这里"的诗人所"看见"的一切——蔬菜、水稻和田埂。同理，只有预先站入非本地的高雅位置，才能听见"本地音乐的庸俗唱腔"。长久习惯于另一种饮食的干净与清淡之后，才会有"不习惯本地饮食的不洁和浓烈气味"而"病容满面"的问题。"这里没有时间 / 慢，是本地节目"的意思是：在那里，在另一个世界里，时间就是一切，快则成了人人习以为常的事情。

建筑不是现代人习以为常的"改造"，而是在个人与"现实世界"之间，想象和设置一种隐喻性的生存论关系。和实体之物联系在一起的建筑活动相比，翟永明的"写诗"，她以听、看、想为基本动词的词语建筑学，更是隐喻性的，也即更能够体现建筑之源初含义的行为。建筑物必须是实体，但这个实体必须在置身于虚空之中的同时，又把虚空纳入自身内部，成为实体中的虚空。我们看到，诗人在召唤不在场之物、为"乡村茶馆"的建立设置外部空间的同时，又巧妙地展开，把眼前的实在之物区分开来，使之成为彼此独立的存在，以此建立整体性内部空间，将"乡村茶馆"设置成为包容各种不同事物的亲密"生活世界"。

这种设置的第一种方式，是通过细密的"看"，将表面看来并无区别的同一之物析为完全不同的事物，发现并敞开物与物之间的差异性。第一章第五节：

> 整个下午 一个老人
> 用一个红色的塑料桶
> 打捞掉进河里的棋子
> 另一个老人打捞红色塑料桶
> 在一条肮脏的河里

表面看，这里的时间是高度同一的"整个下午"，人物都是"老人"，事件为相同的"打捞某物"，地点则同是"在一条肮脏的河里"。但事实上，恰好是这种表面上的高度同一性，反过来极富戏剧性地衬出了两者的根本性差异："一个老人 / 用一个红色的塑料桶 / 打捞掉进河里的棋子"，另一个老人则在"打捞红色塑料桶"。

"红色塑料桶"这个醒目的意象，显然不是诗人精心构造的结果，而是诗人敏锐地"看见"日常生活中细小但却实实在在的偶然经验。之所以这么断言，是因为在接下来的第三章中，随着时间的渗入，上述两件完全不同的事物之间的差异越来越大，最终显示出了其为非同一之物的本然面目。

> 被风推动着 棋子越漂越远
> 红色塑料桶沉到河底
> 浪花怎样卷动着它们
> 岸上的人怎样打捞着它们
>
> 成对的鸭子飞了开去

　　　　许多人驻足此地　　观看

　　　　一个不会下沉的棋子和

　　　　一个誓不罢休的老人

　　关于时间如何渗入以及翟永明如何把时间转化成了"乡村茶馆"内部的空间性存在的问题，后面还要专门分析。这里接着来看《乡村茶馆》设置内部空间的第二种方式，那就是以某个共同的事物为联结点，将不同的事物彰显为不同的事物，以此将"乡村茶馆"建造为一个疏朗而错落有致的透明性存在。由于共同的联结点，不同的事物被诗人召唤和聚集在一起，但这个共同的联结点在召唤和聚集的同时，恰好又照亮了不同的事物之所以不同的差异性。"这儿，也在准备圣诞节的欢乐"，恰好因"也在准备圣诞节"，而在"这儿"和"另一个世界"之间划分出了巨大而辽远的空间。"本地口音和异国语言"在"交谈着同一件事情"的时候，也才愈加显出其为差异性的"本地口音和异国语言"。

　　作为联结点的同一之物宛若一堵墙。墙以其在空无中的矗立，隔断并生产出了诸如内与外、上与下之类的空间。但矗立和隔断同时又是一种聚集，即将诸如内与外、上与下之类的空间聚集到墙身上，变成了以墙为中心的内与外、上与下。墙的建立，即诗人选取的同一之物越精巧，这种区分和聚集就越加鲜明有力，事物与事物之间的空隙就越大，彼此之间的透明性也就越强，也就越是能够沐浴在阳光下并反过来将更多的阳光保存在其内部。"乡村茶馆"，也就越是因此而成为"生活世界"鲜活生动的《乡村茶馆》。

　　质言之，诗人通过听和看捕捉了同一之物，建立了某种共同的基础，但这并不是要扭曲或遮蔽，而是为了彰显和照亮事物之间的差异性，使之如其所是地显现并保持为不同的事物。石块越是显现并保持其为石头，就越有力量成为建筑物的有机组成部分。木头越是显现并保持其为木头，也就越能够作为木头而成为建筑物的内在环节。大地越是显现并保持其为大地，也就越是能够作为大地而成为支撑和承受着建筑物的大地。

在这里，我们实际上已经触摸到了"乡村茶馆"中设置空间的第三种形态，也即翟永明词语建筑学的核心奥秘：通过召唤和聚集而使万物显现并保持在其自身是其所是的自然状态。阅读《乡村茶馆》的时候，我们不得不把问题拆分为不同的侧面，在时间顺序里逐次分析和理解它们，但作为一种空间性的"生活世界"，翟永明对"乡村茶馆"的领悟实际上是共时性和整体性的。其设置内部空间的三种形态，因而并没有时间上的先后问题，而是彼此相互依存的共时性整体。正是这种相互依存的共时性，才使得它们成为不同的形态。"第三种形态"之所以是翟氏词语建筑学"核心"，根据就在这里。

事物被召唤和聚集在"一个乡村茶园的视野"周围，构成了作为翟永明"生活世界"的"乡村茶馆"，但并没有被这种召唤和聚集，没有被翟永明的听、看和想，扭曲而为"新事物"。恰好相反，事物正是因为保持在是其所是的自然状态，保持在其为陌生和新奇之物的差异性和多样性之中，才引起了诗人的关注，成为诗人听、看和想的对象。反过来，诗人越是把事物当作陌生和新奇之物，则听、看和想也就越持久，"乡村茶馆"也就越是显现并保持为诗人的"生活世界"。以第二章的"看"为例：

> 茶园里的三个乡村女人
>
> 拿着三团毛线
>
> 一团粉红　一团翠绿　一团鹅黄
>
> 她们永不厌倦针线活计
>
>
> 为什么编织？她们不知道
>
> 为什么选择这样鲜艳的色彩？
>
> 她们也不知道

为什么在潮湿阴郁的冬天里

不停地编织　变幻着花样

她们永不知道

玛利亚的妹妹看得目不转睛

就全诗而论，这一章，尤其是其中的"看"，最能体现《静安庄》和《乡村茶馆》之间，亦即诗人早期风格和后期风格之间的根本性差异。为方便计，我们首先来澄清一下相关的问题和文本。

明眼人不难看出，这里的"三个乡村女人""三团毛线"，以及一粉红、一翠绿、一鹅黄的"三种颜色"，未免来得太巧、太富于戏剧性了一点。说得再苛刻点，从"三个乡村女人"这个明显带上了确定性色彩的词语开始，诗人实际上就已经偏离了"看"的位置，开始移情到了"被看"的对象，即"三个乡村女人"身上。不仅三个女人"被看透"为"乡村女人"，而且她们的"不知道"也成为诗人所"知道"的事实。这显然就不是"看"，而是预先把事物置入某种透视装置的结果。

这个透视性装置，实际上就是翟永明关于女性命运和女性艺术的思考。根据诗人的标注，《乡村茶馆》的写作时间是"1996 年 1 月 8日"。同年"6 月 10 日"，诗人写出了《编织和行为之歌》。仅标注写于"1996 年"的《三美人之歌》，具体写作日期不详，但从收入诗集时的编排顺序来推测，应该与《编织和行为之歌》相去不远。宽泛点说，这三首诗都是翟永明同时期的作品。根据写作时间和诗篇的具体内容，《乡村茶馆》第二章里的"三个女人"和"三种颜色"，显然也和《三美人之歌》一样，带有浓厚的元素性和象征性。《三美人之歌》从中国古代孟姜女、白蛇传等神话传说中获得灵感，提炼出面具式的"三个女人"，她们

　　一个穿红

　　一个着白

　　一个周身裹满黑色

　　并肩而行

通过语言和舞台艺术渗透在人类，尤其是中国女性的生存命运中，成为关于女性生存、生育与爱情等元素性命运的象征。

　　而《乡村茶馆》里"三个乡村女人"手拿线团"不停地编织"，且"变幻着花样"的场景，更是明显来源于《编织和行为之歌》。根据诗人的说明，这首诗的灵感源于爱尔兰女艺术家凯西·普伦德盖斯特在第 46 届威尼斯双年展上的获奖作品："她的作品包括她用手缝制的两个布枕头，上面用英文和中文写着'孤独'二字。此外，她使用纯白毛线编织了一件婴儿毛衣，在衣服下她放装了一个小马达，使毛衣一伸一缩，类似心脏在跳动。展方称她作品的获奖理由为：'以精练、敏锐和抑扬的单纯，表现了她诗样的语汇'。"翟永明由此而将她的作品与花木兰的"当户织"、苏若兰的编织"回文锦"联系起来，写出了《编织和行为之歌》。诗人解释将三者联系起来书写的理由说："因为她们都是女艺术家，也因为她们的作品都与编织有关。"[1]在凯西·普伦德盖斯特的"艺术品"，在后现代艺术视野中，"是什么使得三个女人手脚不停"地编织的问题，豁然间有了答案。"唧唧复唧唧 / 木兰当户织"的编织活动，不仅是日复一日地从事人类生存必需品生产的单调与沉重，更是一种独特的女性艺术，一种溶解在日常生活之中以至于当事人自己也遗忘了的艺术：

　　她们控制自己

---

[1] 参见翟永明：《编织和行为之歌》"自注"，载《十四首素歌》，南京大学出版社 2011 年版，第 152 页。

把灵魂引向美和诗意

时而机器，时而编针运动的声音

谈论永无休止的女人话题

还有因她们而存在的

艺术、战争、爱情——

换言之，中国女性的编织行为固然有其屈从于身体必需性的一面，但她们却以精心选择的颜色"变幻着花样"，借助于不同的图案和样式表达自己的关于"美和诗意"的理解，让作为生活事件的编织行为变成了她们感悟和体验事物的方式之一，变成了艺术。翟永明深有感慨地说：

> 女性艺术家在制作自己的作品时，经常会选择一种带有大量手工操作过程的工作方式。古今中外，莫不如此。想想"木兰当户织"，还有制作"回文锦"的古代女性，她们将自己的天赋化为日常生活状态，将自己的感情和悲喜化于无形。她们从未想过自己的技艺也是一种隐性的艺术，是一种源自原始的艺术本能，也是女人的成就。的确，女性艺术源远流长的编织和手工行为，涵盖着她们一以贯之的女性特质和感情。但长期以来，这都被认为是一项没有价值的劳动。①

澄清《三美人之歌》与《编织和行为之歌》两个相关文本之后，《乡村茶馆》的第二章也就清楚了。要而言之，这里的三个女人、三个线团和三种颜色，都带有元素性的意味，是对传统女性艺术与命运进行高度抽象和提炼而成的符号化——对热爱京剧的翟永明，或许应

---

① 翟永明：《编织和行为之歌》，载《天赋如此——女性艺术与我们》，东方出版社2008年版，第57页。

该说是脸谱化——表达。三个女人之所以被固置为"乡村女人"，根源就在这里。诗人之所以知道她们的"不知道"，根源同样在这里。

就全诗而论，第二章的前三节可以算是一个抒情性的片段，是整个"乡村茶馆"里一段幽深曲折的回廊，一个供人低徊沉思的角落。所以，诗人很快从这种移情入物的出神状态中抽身回来，把一切还原成了令人惊奇的差异性存在：

> 玛利亚的妹妹看得目不转睛

三个乡村女人编织毛线这一事实，对玛利亚的妹妹、编织者自己和诗人三种不同的观察者来说，显然是完全不同的事物。在编织者自己，这是日常生活，就是编织——鲜艳的色彩和变幻无穷的花样，并不影响其为编织。在诗人看来，这既是生活，又是艺术，更是女性历史命运的象征。对玛利亚的妹妹而言，则是一种令人惊奇的事物，一种以其不可理解的陌生性而吸引着旁观者的"风景"。

"写诗"，或者说诗人的词语建筑学之所以能够超越事实性的"现实世界"里，建筑诗性"生活世界"的根据，实际上就在这里。在我们的听、看、想中，僵死的事实性的存在变成了不同的事物，变成了生活、艺术或者"风景"，变成了流动着的存在。绿茵茵的蔬菜从植物和食物变成"风景"，托出了一个宁静的乡村茶园。弯腰掐草的人，在从事日常劳作的同时，变成了乡村茶园里的风景。诗人听到、看到和想到的越多，事物与事物之间的空间也就越丰富，"乡村茶园"也就越是能容纳更多的空隙，折射出更多的阳光。反过来，这种多样性也就越加能够衬托出事物本身的单纯明净，越是能够让事物显现并保持在是其所是的自然状态。

六、分叉的时间及其个人呈现

　　到目前为止，我们的阅读和分析一直集中在诗人如何让事物显现并保存在是其所是之自然状态以设置"乡村茶馆"内部空间的问题上，暂时悬置了时间问题。但事实上，不仅建筑者本人，而且整个"乡村茶馆"都处在时间的侵蚀之中。正是因其沉浸在时间的流动性之中，"乡村茶馆"才成了空间性的存在，成了诗性的"生活世界"。为此，在追随着事物的褶皱和层次、理清完成"乡村茶馆"的空间形态之后，我们还必须回过头来，探讨《乡村茶馆》如何以不同于《女人》《静安庄》等早期作品的方式处理时间主题，化解了"完成之后又怎样"的时间焦虑。

　　翟永明不仅从事创作，更挟着敏锐的艺术感觉和独特的符号优势介入一般文化批评领域，她对作为现代性话语根基的时间问题的思考和处理，实际上是非常明确的。既体现在本土与西方之类的宏大叙事上，也贯穿了个人生存的内在瞬间。前者是一个一目了然的对抗性结构，诗人熟练而精巧地运用"本地"和"玛利亚的妹妹"两个符号，把问题转化成了"另一个世界的节日"和"本地节目"，即快与慢之间的对抗。

　　由于"玛利亚的妹妹"本身的稚拙和单纯，再加上被诗人从"另一个世界"中抽取和剥离出来，置入成都本地的"乡村茶馆"，所以这种对抗毫无悬念地以"本地节目"大获全胜而告终：

　　　　"这里没有时间

　　　　慢，是本地节目"

　　　　慢，带走一切聚敛

　　　　慢，获得自身节奏

慢，使生活疏密一致

慢，增加生命的密度

很显然，尽管顶着成都"乡村茶馆"的面目，并且还不动声色地挪用了本地人津津乐道成都之"慢"①，但这种对抗仍然陷入了中国／西方、现代／反现代的简单化窠臼。如果问题这么简单、这么轻松的话，那就是作为后现代消费话语的成都之"慢"战胜了西方的"快"，中国本土的反现代性文化资源，战胜了西方的现代性话语霸权。

对作为诗人的翟永明来说，就是某种现成之物战胜了时间焦虑，而不是写作，不是想象和建构"乡村茶馆"的词语建筑学战胜了时间焦虑。再往深处说，这个中西对抗的宏大叙事处理的是历史—文化时间，而诗人自己所要面对的，实际上是个体性的生存时间问题。所以，即便翟永明通过对"乡村茶馆"的想象和建构，最终抵达了对中国／西方、现代／反现代等宏大叙事领域，我们也必须克制住宏大叙事的诱惑，回到最原初的问题上来：听、看、想等诗性的词语行为，究竟如何把空洞的现代性时间，改写成了"具有自身节奏"的个体生存时间。

不过，这个宏大叙事也并非毫无用处。它至少提醒了我们：在不同的历史—文化语境中，时间是以不同的形态存在的。从过去经由现在而向着未来匀速流逝着的直线式时间，实际上不是时间本身，而是一种时间观，一种只有对现代人来说才理所当然的生存感觉。中国古代的循环时间观以及无时间性的佛教文化，就曾以完全不同的时间观，孕育和催生了自己的文明形态。就是说，人是有时间性的动物这

---

① 在《关于白夜的一次现场报道》中，翟永明曾借友人之口，道出了事实上早已不复存在的成都之"慢"："成都真是一个奇怪的城市，如果把它比作一个人，它就是一个人的战争，它一个人在反对全世界，全世界都在忙，只有它一个人在闲。全世界都在往前跑，只有它一个人想要掉在后面。"见《女儿墙：翟永明散文》，鹭江出版社 2010 年版，第 320 页。

个无可更改的事实，并不能最终决定人类的命运，反而由此催生了人类以不同的方式来反抗个体生命之时间性的努力，孕育了丰富多姿的文明类型。

现代性时间观以及相应的生存感觉，也只是人类理解和应对个体生命之时间性问题的一种努力、一种可能。现代性历史—文化观，相应地，也只是文明类型之一种，而非全部，更不是人类文明本身。现代人的迷误，就在于把线性时间观当作了时间本身，把自己所特有的时间观和生存感觉，当作了人类理解和反抗个体生命之时间性的唯一可能。殊不知这样做的结果，是取消了人类理解和反抗个体生命时间性的可能，把时间性等同于时间本身，把人类变成任凭时间摆布的僵死之物。

理由很简单：面对个体生命的时间性这样一个无可更改的事实，有且只能有一种选择，实际上就等于毫无选择。时间性直接成为时间，成了我们的日常宿命。事实性的"现实世界"决定了——也就是取消了——我们诗性的"生活世界"。

在这个意义上，《乡村茶馆》借"玛利亚的妹妹"的眼光，"看见"并呈现"一个乡村茶馆的各类静态"的努力，实际上也就是生产并守护不同时间类型、寻找理解和反抗时间性的个人化努力。我们已经看到，这种努力的第一步，是通过召唤和聚集事物、设置事物内部空间的形式，在流逝着的现代性时间轴线上，筑造了一个词语性的"乡村茶馆"，开辟了从空间化静态的角度来看待事物、想象和理解个体生存时间性的可能。

随着"乡村茶馆"的空间性展开，单一、直线式的现代性时间被事物带动起来，变成了附着在事物身上的存在，变成了事物完成自己和展开自己的过程。乡村茶馆的"一个下午"，因其同时容纳各种不同的事物而成为指向和速度各异的自我展开和自我完成的基础和舞台。打捞红色塑料桶的老人，因"红色塑料桶沉到河底"而完成了一个徒劳无功的下午。用红色塑料桶打捞棋子的老人，则随着"棋子的越漂越远"和自己的"誓不罢休"而行进在一个无法预料的时间过程里。"成对的鸭子飞了开去",时间因此而被这突如其来的事件打断、分叉,节外生枝地展开了一个鸭子渐飞渐远、最终消失在视野之外的过程。"有人弯腰掐草",按照自然和农事的节奏,生活在乡村的日常劳作里。"有人低头饮茶",作为"看风景的人"(借卞之琳《断章》语)而沉浸在休闲的"慢时间"里。

换个角度,时间在事物的带动下,分叉并以不同的速度展开而为不同的形态和事件的过程,也就是现代性线性时间被引入空间性的"乡村茶馆",被分割,分割后又被组合为"乡村茶馆"之有机成分的过程。进入"乡村茶馆",就是循着其空间结构,"看见"并经历各种时间形态如何完成自身。作为空间性之物的"乡村茶馆",因此而成了建构、容纳并守护诸种时间的"时间博物馆"。

不特如此,翟永明还进一步通过将自己置入"乡村茶馆",成为其中"被看"、被观察的风景和事物的方式,开辟了一个更幽微、更复杂的内在空间。"我"成为风景,成为"乡村茶馆"的一部分,不仅如前述诸种事物那样,将时间带动并卷入"乡村茶馆",展开为看风景之"我"的一段"慢时间";更重要的是,这个"我"在看风景的同时——这个"同时",仍应从空间结构的角度来理解——又把自己当作风景来"看",在事物与事物之间的空间之外,展开了"乡村茶馆"的另一种空间,即事物内部的空间。在这个事物的空间里,时间进一步符号化和词语化,变成了可以折叠、收藏,而后又在不同维度上随意展开的事件:

　　　　低眉垂眼之间
　　　　我在想一些
　　　　关于空间的问题
　　　　关于喷气式飞机改变距离的问题
　　　　想一些故人　一去不复返的消息

　　想一些说大——则大到无限

　　说小就小到眼前一粒茶叶的问题

　　想一支知青之歌

　　想一部怀旧电影的插曲

　　按照现代性线性时间逻辑，时间才是席卷一切、改变一切而又最终完成一切的场所。万物只有在时间终结之处，才能彻底挣脱因历史的扭曲而形成的这样那样的幻象，显现出它的本来面目。而在这里，在"事物的空间"里，我们却看到了另一番景象，看到了我们心目中的时间在诗人的词语建筑学中被还原为事物的时间性之后的样态及其重新展开的多种可能。

　　就像墙在同时承担隔断和敞开两种功能之际成为墙一样，"事物的空间"在解构现代性线性时间、将其还原为事物的时间性的同时，还将事物还原成了时间性的，即有生命的事物。在诗人的听、看、想中被召唤和聚集起来的事物，因此并没有像我们想象的那样，被切割、僵化为"乡村茶馆"的零碎片段，只能依赖于"乡村茶馆"的整体性存在而获得自己的生命和意义。恰好相反，事物只有呈现并保持在是其所是的自然状态之中，才能作为建筑质料而进入"乡村茶馆"，成为其中的有机成分。无生命之物的叠加只能造成更多的无生命之物。包括诗人之"我"在内，各种事物只有作为时间性之物而成为"乡村茶馆"的一部分，整个"乡村茶馆"也才会是一个弥满了生活气息的生命整体。

　　这就是说，"事物的空间"不仅作为"乡村茶馆"的一部分，作为其内部空间之一种而分解、容纳和重组了现代性线性时间，将其还原成了事物的时间性。更重要的是：这种还原本身又是将事物从现代性线性时间的遮蔽和束缚中解放出来，使之成为时间性的存在的拯救与保护之举。在自身的时间性中，事物以包容诞生与死亡、开端与终结、切割与重组等异质元素的方式承担自己的命运，并在这种承当中将自己展现并保持为有生命的存在。

不同于时间的是，时间性是包括人类在内的宇宙万物自身的宿命。宿命的意思，不是说只有在克服了时间性之后，包括宇宙万物才能从这样的束缚或那样的扭曲中解放出来，成为自身。能够被克服的东西，绝不是宿命。宿命的真实含义是：唯有在时间性之中，唯有作为时间性的存在，万物才成为万物，才成为有生命的存在。进而，也才能够对自身的存在发出诸如"完成之后又怎样"之类的追问，并因随着这种追问陷入迷误而成为僵死的无生命之物。同理，也才能够从迷误之中赎回自己，重新回到时间性的宿命之中，把自己展现为一个能够建筑自己诗性的"生活世界"以承担自身命运、守护自身存在的自由生命。

只有陷入了迷误，把自身从时间性的自由生命置换为无生命之物，把生命当作事实性的"现实世界"来塑造或决定的僵死存在之后，才会有"之前"或"之后"的划分，进而产生在某个时间之域中会"怎样"的问题。作为自由生命，就只有如何把自身建筑并保持为时间性的存在，如何理解自身的时间性宿命以建筑诗性"生活世界"的问题。正是通过这种建筑活动本身——而不是建筑的结果——时间性的我们才进入世界，在有限的时间里拥有了无限开阔而自由的存在。《乡村茶馆》的一个下午，也才成了诗人翟永明的"一个下午"，成了自由生命的呈现与见证：

>　一杯水与我如此贴近
>　一天的存在与一小时的虚空
>　同样为零。一个下午的方式
>　维系着一生的努力

第四编
新诗的"内"与"外"

第十一章　中国新诗的国家想象

在"未来才是一切"的现代性条件下，不是所谓的"传统本身"而是对未来的期待和想象，引导着我们建构出"现代中国"，进而"发明"了"现代中国"的传统。在此之前，并没有一个"自古以来"就在那里的"中国"摆在面前，供我们自由咏叹、随意抒情。明乎此，就没有必要在"传统／现代"之间来回折腾。真正的问题是：在介乎其间的过渡时代里，我们怎样想象和"制造"民族国家，重构个人与"现代中国"的生存论关联？

这个问题，实际上是安东尼·吉登斯所说的人类社会从过去时态的实在经验引导，向未来时态的抽象系统引导转换的一个重要组成部分。即便冒着大幅度简单化的风险，将话题限定在本尼迪克特·安德森（Benedict Richard O'Goman Anderson）所说的"印刷资本主义"如何想象和"制造"现代民族国家的问题上，仍然面临着"印刷资本主义"清单不断扩大、比重不断降低的"现代文学"越来越不足以阐明相关问题的困境。而中国新诗，似乎又是"现代文学"当中"资本"色彩最淡、"制造"现代民族国家的生产能力最弱的一环。

不过，我们的目标既然不是全面深入的历史梳理，而只想借助于一些或许不够系统的典型案例揭示出问题之所在，引起进一步的关注和讨论，则"资本"色彩淡薄的中国新诗或许更能切近抽象系统的基本特质，避开社会历史经验实在论思路的干扰。为此，本书索性就从最抽象的地图开始，以闻一多、中国诗歌会和抗战时期的艾青等为线索，粗枝大叶地尝试着清理一下抽象的地图学知识如何引导和塑造我们的想象力，让我们"看见"了民族国家的整体形象，并据此反过来重新建构个人与"现代中国"的生存论关联，澄清我们讨论相关问题的现代性前提。

一、以身体为中心的"天下"模式

"人总是倾向于把他生活的小圈子看成是世界的中心，并且把他的特殊的个人生活作为宇宙的标准。"[1] 所以很自然地，以自我为中心，从周围的切身经验出发，逐次向外延伸，也就成了古代中国知识人想象和建构"天下"秩序的基本方式。[2] 众所周知的《国语·周语》"五服"说——"邦内甸服，邦外侯服，侯卫宾服，蛮夷要服，戎狄荒服"，《周礼·夏官·职方氏》的"九服"说——"方千里曰王畿，其外方五百里曰侯服，又其外方五百里曰甸服，又其外方五百里曰男服，又其外方五百里曰采服，又其外方五百里曰卫服，又其外方五百里曰蛮服，又其外方五百里曰夷服，又其外方五百里曰镇服，又其外方五百里曰藩服"，就是这种基本方式的经典表述。帝王的身体在哪里，哪里就是"天下"的中心之所在。李白脍炙人口的"地转锦江成渭水，天回玉垒作长安"（《上皇西巡南京歌》），就发生在这个以

---

① ［德］恩斯特·卡西尔：《人论》，甘阳译，上海译文出版社 1985 年版，第 20 页。

② 有必要再次予以说明的是，站在近代欧洲内部来考察古代中国的知识人，往往认定这是中国所特有的想象和建构世界秩序的方式，"中国"一词，甚至被特别凸显出来，成为这种倾向的可笑标签。但事实上，欧洲同样也经历了从"欧洲中心"的世界秩序到同质化世界秩序的现代性转变。在此之前，欧洲知识界同样也生活在这种带有人类学本体性质的虚幻而充满了荒诞气息的"欧洲中心"世界里。法国历史学家雅克·勒高夫的《中世纪西欧与印度洋：一方梦想天地》（［法］雅克·勒高夫：《试谈另一个中世纪：西方的时间、劳动和文化》，周莽译，商务印书馆 2014 年版）一文，对此有精彩论述。

帝王身体为中心的"天下"模式里。① 不同的封建王朝，各有自己的"南京""东京"，也是同一模式的历史产物。儒家理想中的"修身、齐家、治国、平天下"，同样是暗中复制这个模式，表达了从个人身体出发来想象和建构"天下"秩序的"内圣外王"政治理想。

历史当然不可能按照理想范式发生和展开。理想范式之所以为理想范式，就在于它从来没有也不能成为历史，并因此反过来不断诱惑着一代又一代的形而上学追随者，生产着随之而来的"头盖骨碎片"。也不能说这种想象和建构"天下"秩序的方式自建立以来就一成不变。② 但总体而言，只有在"现代中国"同质化的"世界"观占据支配性地位后，中国知识界才摆脱了这种想象方式。

二、新诗的"建国问题"

我们看到，早在 1898 年，皮嘉祐就在启蒙通俗作品《醒世歌》中表达了新式知识分子在世界地图（包括地球仪）引导下"看见"的"新中国"形象："若把地球来参详，中国并不在中央。地球本是浑圆物，谁居中央谁四旁？"但直到 1936 年，穆木天仍然对中国新诗表示了强烈的不满。在他看来，诗人们仍然没有摆脱小市民的个人感情天地，挣脱公式主义、形式主义的束缚，创造出合乎其理想的《我们的诗》：

---

① 沈祖棻分析说，长安本在渭水之滨，玉垒是成都附近的山，锦江则是流经成都的水，但随着"上皇"唐玄宗的到来，天回地转，"所以锦江也就成为渭水，玉垒好比长安"，成都也就俨然而为长安，锦江随之一变而为渭水了。参见沈祖棻：《唐人七绝浅释》，河北教育出版社 2003 年版，第 47 页。

② 为了论述问题的方便，本文暂不涉及古代性"天下"模式的历史复杂性，将其最大限度地简单化为一个未来凸显现代性"民族—国家"的核心特质而临时设定的"反射镜"。这种简化带来的双向遮蔽，也暂时一并悬置。

我们应该是全民族的回声，

洪亮的歌声要震动禹域，

全民族危亡的形象，

要一一在我们心中唤起。

我们的诗，要颜色浓厚，

庞大的民族生活的图画，

我们的诗，要声音宏壮，

是民族的憎恨和民族的欢喜。

　　1943 年，朱自清的《爱国诗》也表达了同样的意见。一方面，他高度赞扬了闻一多，说"抗战以前，他差不多是唯一有意大声歌咏爱国的诗人"；另一方面，又对抗战新诗缺乏关于"理想的中国"的书写和创造表示不满，号召诗人们表现抗战之外，更"创造一个新中国在他的诗里"。[①] 也就是说，在朱自清眼中，包括闻一多、穆木天等人在内的诗人，都未能在中国新诗中创造出"理想的中国"形象，中国新诗的"建国问题"仍然是"未完成的现代性"工程。

　　《我们的诗》的空洞和粗糙，使穆木天的呼吁很自然地遭到"美学正确性"的排斥，变成了漫画式的反讽。但如果不把它当作一首诗来欣赏，而是当作一篇诗学论文来阅读的话[②]，穆木天与朱自清之间，其实并不存在鸿沟。在《爱国诗》之前，朱自清还撰写了《诗与建国》，专门讨论新诗如何参与"抗战建国"视野、创造中国自己的"现代史诗"的问题。文章的前半部分是理论探讨，后半部分赞扬杜

---

① 朱自清：《新诗杂话·爱国诗》，载《朱自清全集》第 2 卷，江苏教育出版社 1996 年版，第 357—358 页。

② 陈惇、刘象愚两人就认为，这首诗和穆木天的不少诗作，都是"诗体的诗论"，不是通常意义上的诗歌作品。参见陈惇、刘象愚：《编后记》，载《穆木天文学评论选集》，北京师范大学出版社 2000 年版，第 465 页。

运燮刚刚发表的《滇缅公路》，认为这首诗在艺术上虽然还有欠缺，但代表了抗战新诗正确的努力方向，不失为书写建国题材的"现代史诗"代表作。朱自清特地标举出来，用以赞扬《滇缅公路》的关键词，同样也是"全民族"①。

这里不是要绑架朱自清来替后者解围。穆木天本人就曾有过不少浑身上下洋溢着"美学正确性"的象征主义诗作，留下了《谭诗》等主张"纯粹诗歌"的论文。在我看来，两人对中国新诗未能抓住"全民族"形象和感情的不满，以及由此而发出的期待和号召中，隐含着一个共同的现代性"倒转"。简化到极致，这个"倒转"就是我们所说的传统经验实在论引导和现代性抽象系统引导机制之间的转换问题。

三、实在经验与抽象知识

正如上文所说，以个人身体为中心，逐次向外延伸以想象和建构"世界整体"，并不是简单的思想类型，更不是现代线性时间轴线上的"先进／落后"问题。对大地上的人类来说，这是一种再自然不过的认知模式，属于维科（Giambattista Vico）所说的人类认识论公理之一。②用今天的眼光来看，"中心清晰而边缘模糊"的古代中国"天下"模式，显得那样不可思议地充满了"中国特色"，但它实际上不过是以立足于大地上的观察者为中心，"仰以观于天文，俯以察于地理"（《易·系辞上》）的认知能力随着空间距离的增长而减弱的自然结果。在欧洲，直到18世纪晚期，通常的地图上标识出来的

---

① 朱自清：《新诗杂话·诗与建国》，载《朱自清全集》第 2 卷，江苏教育出版社 1996 年版，第 352—354 页。

② ［意］维科：《新科学》，朱光潜译，人民文学出版社 1987 年版，第 97 页。

内容，仍然局限于那些外在的即人类眼睛能直接感受到的内容，或者具有特别重大军事和政治意义的现象①，与泰国学者东猜·维尼察古（Tongchai Winichakul）发现的同一时期的泰国地图别无两样，表征的也还是循着"双眼视线的角度"②，通过逐次向外的水平延伸所能"看见"的"世界整体"形象。

理论上，就像通过对个别经验完全、充分的归纳，我们终将能够得出普遍有效的真理一样；循着这个以帝王身体为中心逐次向外延伸的空间链条，人类同样能够穷尽地球表面，依靠实体地点与实体地点之间的相对位置，建立起自己的"世界整体"。但人类身体的自然属性，决定了个别归纳到普遍真理之间总是横亘着永远无法弥合的鸿沟。只有闭上眼睛，冒着"致命一跃"的认识论风险，把从有限的归纳中获得的结论强行当作充分归纳获得的结论接受下来，我们才能拥有自以为是的"普遍真理"——事实上的"相对结论"。同样的，帝王的身体和王朝实际上所能有效控制的范围，决定了只有放弃对精确性的要求，我们才能建立起自以为是的"世界整体"。用今天的"世界观"来衡量，这样的"世界整体"，充其量不过是一块相对较大而且往往非常脆弱而不稳定的"地方性"空间而已。但正如人类总是习惯于把历史性的"相对结论"当作"普遍真理"那样，生活在古代"地方性"空间里的人们，总是大胆而放肆地相信自己掌握了"世界整体"，而且认定自身的生活世界恰好就是"天下"的中心。

直到现代性降临之后，这一切，才发生了根本性的"倒转"。

具体而言，阿伦特所说的三大开端性事件中的两件，即美洲的发现和对整个地球的开发，以及望远镜的发明和一种从宇宙角度来看待

---

① [德] 阿尔夫雷德·赫特纳：《地理学——它的历史、性质和方法》，王兰生译，商务印书馆1986年版，第355页。

② [美] 本尼迪克特·安德森：《想象的共同体——民族主义的起源和散布》（增订版），吴叡人译，上海人民出版社2011年版，第167—168页。

地球自然的新科学的发展 ①，是促成这个根本性"倒转"的根源。除此之外，在吉登斯的视野中不甚重要的世界地图 ②，在本文的论阈中也是不可或缺的环节。综合阿伦特、吉登斯两人的相关分析，就是：望远镜的发明，提供了一种从宇宙学的角度而不是从地球上的观察者身体出发来看待我们的生活世界、勾勒和描绘真正意义上的"世界整体"图像的可能。借助这个地球之外的功能性观测点，人类摆脱了观察者身体属性的限制，运用现代透视法，以抽象的——从实在论的角度来看并不存在——经度和纬度之间的固定关系，而不是以实体性的地点与地点之间的相对关系为坐标，绘制出了今天的我们习以为常的世界地图。

美洲的发现，则证实了根据对未来可能性的想象勾勒出来的"图像符号"，在引导人们发现相应的"真实世界"方面的巨大成功。西方探险家的成功，改变了在既有实在经验的支撑下探寻"新世界"的进展缓慢而效率低下的传统途径，证实了在对未来的想象建立起来的抽象系统引导下探寻"新世界"的有效性。它在普通大众中，激起了对未来"新世界"的广泛而持久的热情，把对未来抽象系统——具体而言就是航海图、现代地图等"图像符号"——的崇拜和信任，推向了无以复加的程度。③ 价值的天平，从过去时态的实在经验，彻底倒向了未来时态的抽象知识。过去的实在经验不重要了，未来的抽象知识才是一切。在这个意义上，本雅明发现的"经验的贫乏"，可以说是"未来才是一切"的现代性态度最终完成之后的日常生活形态。

---

① ［美］汉娜·阿伦特：《人的境况》，王寅丽译，上海人民出版社2009年版，第199页。

② ［英］安东尼·吉登斯：《现代性的后果》，田禾译，译林出版社2000年版，第17页。又，本章所说的对抽象系统的信任问题，采纳的也是吉登斯的相关论述及分析框架。

③ 今天来看，美洲的发现是一次"错误的发现"，由此激发出来的对未来新世界的广泛而持久的热情，更是充满了复杂而吊诡的历史变数。这里大而化之，很大程度上是未来方便行文，而不是分析其历史进程。

　　而是否信任漂洋过海传播到中国的现代世界地图，也就成了是否信任未来时态抽象系统的问题。利玛窦（Matteo Ricci）不得不在中国传统士大夫的压力下，修改西方通行的世界地图，以便让中国出现在"山寨地图"中央的做法，① 最典型地反映了以过去时态的实在经验为支撑展开的"天下模式"的压倒性胜利。上文引述的启蒙通俗诗作《醒世歌》则清晰地表明：在皮嘉祐这里，作为抽象符号的地球仪和世界地图，已经变成比日常生活经验更值得信赖也"更真实"的存在。从实在论的角度看，时至今日，"若把地球来参详"这样的事件，仍然只是极少数专业人员才能拥有的"真实"经历。皮嘉祐的《醒世歌》因而不是从"真实"的日常经验，而是从信赖的抽象专业知识中引发出来的。高度抽象的符号系统和现代性科学知识，引导了作者的想象力，发明了个人的"真实感情"。

　　鲁迅曾在《理水》中刻画了一位无聊的"八字胡子的伏羲朝小品文学家"的可笑形象。其无聊、其可笑，就体现在他那不知所云的荒唐言论之中："吾尝登帕米尔之原，天风浩荡，梅花开矣，白云飞矣，金价涨矣，耗子眠矣，见一少年，口衔雪茄，面色有蚩尤之雾……哈哈哈！没有法子……"② 辛辣的反讽，尤其是"吾尝登帕米尔之原"一语，恰好反过来说明：在晚清以来的新式知识分子中间，从现代地图上的抽象地点出发来想象世界，已经成为一种"现代得那么俗"的套路。金天翮署名"壮游"的《国民新灵魂》中的这段话："吾登昆仑之山巅，溯黄河之流域，求吾神圣祖宗黄帝之遗烈，风后力牧之余勋。战胜蚩尤，驱除蛮族，扩张势力，以偏树吾都兰民族之旗，虽残碑碎瓦，蔓草荒烟，而鬼雄犹啸，风马时来，龙驾帝服，须髯戟张，短缩三千年之时间，影响去人，若是其未远也；然吾国民之魂，乃不

---

① ［意］利玛窦、金尼阁：《利玛窦中国札记》，何高济等译，中华书局 1983 年版，第 6 页。

② 鲁迅：《故事新编·理水》，载《鲁迅全集》第 2 卷，人民文学出版社 2005 年版，第 390—391 页。

可得而闻矣。"①在当时普通读者、在《文化偏至论》的作者眼中，显然不可能像《理水》中所写的那样荒唐可笑。我们看到，尽管"吾尝登帕米尔之原"一类滥调早就遭到了《理水》的嘲讽，穆旦仍然在《合唱二章》中固执地请求"让我歌唱帕米尔的荒原"。

说到底，这不是传统实在论意义上的"真实"问题，而是中国现代新诗"想象中国"的诗学范式和动力学源头的现代性转换问题。具体说，就是作为抽象系统的地图如何取代传统的实在经验，引导我们建构"现代中国"的整体形象，持续不断地生产出"真实"的爱国主义感情的问题。

四、从地图上"看见"中国

回头来看穆木天、朱自清的不满，就很清楚了：在他们看来，中国新诗仍然未能摆脱以身体为中心的"天下"模式，真正从现代性抽象系统的引导角度来想象和建构"现代中国"。

朱自清的批评比较明确。抗战之前，中国新诗的问题在于"跑得太快"而忽略了国家，钻进了诗人"自我"的圈子。他说：

> 辛亥革命传播了近代的国家意念，"五四"运动加强了这意念。可是我们跑得太快了，超越了国家，跨上了世界主义的路。诗人是领着大家走的，当然更是如此。这是发现个人发现自我的时代。自我力求扩大，一面向着大自然，一面向着全人类；国家是太狭隘了，对于一个是他自己的人。于是乎新诗诉诸人道主义，诉诸泛神论，诉诸颓废的和敏锐的感觉——只除了国家。

---

① 壮游：《国民新灵魂》，载 1903 年 8 月《江苏》第 5 期。

抗战以来，"我们的国家意念迅速的发展而普及，对于国家的情绪达到最高潮。爱国诗大量出现"，但大多停留在具体的实在经验上，"以具体的事件为歌咏的对象"，缺乏应有的理想色彩：

> 具体的节目太多了，现实的关系太大了，诗人们一方面俯拾即是，一方面厉害切身，没有功夫去孕育理想，也是真的。他们发现内地的美丽，民众的英勇，赞颂杀敌的英雄，预言最后的胜利，确是尽了最大的努力。但我们的抗战，如我们的领导者屡次所昭示的，是坚贞的现实，也是美丽的理想。我们在抗战，同时我们在建国：这便是理想。理想是事实之母；抗战的种子便孕育在这个理想的胞胎中。我们希望这个理想不久会表现在新诗里。诗人是时代的前驱，他有义务先创造一个新中国在他的诗里。①

穆木天的观点在很大程度上受到文体形式的限制，从"新诗"的角度看来空洞无物，只能算是标语口号的堆砌；从"诗论"的角度来看，又只能算是简单的提纲。但如果不拘泥于具体术语、不纠缠于具体历史内容的话，《我们的诗》的矛头指向还是明确的：第一是吟咏小市民的悲哀，表达都市生活的虚无感的现代派诗人；第二是内容空洞，不能真正抓住现实形象的形式主义者。合而观之，可以说，穆木天所反对的，是囿于个人情感天地、满足于在不及物的"诗文学"形式之内自言自语的"歌喉"。有了袁可嘉对公式主义感伤的批评之后，我们很容易就能看出来：个人"真实"感情的书写和表达，完全有可能在文学风气和时尚的支配下，沦为空虚的情感形式主义。文学风气和文学时尚通过自己的形式，制造和生产出了个人的"真实"感情。

---

① 朱自清：《新诗杂话·爱国诗》，载《朱自清全集》第2卷，江苏教育出版社1996年版，第356—359页。

　　至此，我们实际上可更进一步将《我们的诗》简化为：要求打破以个人"真实"情感和经验为满足的形式主义诗风，唤起"强大的民族的气息""火热的民族的意志""敌忾的民族的现实"。既然有待于《我们的诗》来"唤起"，则"强大的民族的气息""火热的民族的意志""敌忾的民族的现实"等，不用说都不是眼前的"真实"经验，而只能是未来的理想状态，即朱自清所说的理想"新中国"。反过来，朱自清一再强调的"诗人是领着大家走的""诗人是时代的前驱"等语，也在《我们的诗》里得到了更清晰的印证。

　　安德森曾把现代印尼作为"一个良好而痛苦的例证"，讨论现代地图如何渗透到群众的想象中，激发出强烈的民族感情并引导了他们持续不断地斗争，最终"制造"出了自己的民族—国家的问题。安德森强调：不是"亲眼看到"、实地"造访"这样的实在事实，而是作为抽象符号系统且来自外部的"识别标志地图"，引导了人们的想象，激发出了历史中源源不断而"真实"的民族主义感情，"制造"出了现代印尼这样的实在事实。①

　　事实上，不仅原本一片"空无人烟"的地方存在安德森所说的"无中生有"、经由地图发明和建构实在事实的问题。如上文所说，现代人在其日常生活中，事实上不可能"亲眼看到"或"造访"自己生活于其中的民族国家"整体形象"，而只有通过传统实在论意义上"不存在"的地球之外的天文望远镜赋予自己的抽象视角，才能清晰地"看见"地球、"看见"自己的民族国家。以帝王身体为中心的"王朝"政治体系，是从具体的、确定的经验事实出发，逐次向外延伸来想象和建构"天下"；同质化的现代民族国家，则是事先从地球上抽离出来，从抽象的、假定的宇宙视点出发，由外向内一步一步由大到小、由远及近、由普遍到个别来想象和建构"世界"。套用逻

---

① 　[美] 本尼迪克特·安德森：《想象的共同体——民族主义的起源和散布》（增订版），吴叡人译，上海人民出版社 2011 年版，第 171—172 页。

辑学的术语，前者是从个别到普遍的归纳，后者是从普遍到个别的演绎；前者的"中心清晰，边缘模糊"的"天下"秩序，正是个别真实可靠而迟迟未能抵达普遍真理的对应物，后者"整体形象"清晰可见却无法在普通人的日常生活经验层面得到"真实"呈现的"世界"秩序，则是结论普遍有效而大前提的可靠性缺乏充分保证的产物。社会分工越细，知识的进步和积累越多，风险也随之越来越高的现代性风险社会特征，也可以从这里得到某种程度的解释。

就像预先接受了普遍前提才能从中推出确定无疑的个别结论一样，只有将地图、地球仪之类的抽象符号作为确定无疑的"真实"存在接受下来之后，现代人才能"看见"地球、"看见"他生活于其中的民族国家"整体形象"。进而，也才能根据他"看见"的这个"整体形象"来书写自己的爱国主义感情，建构未来时态的理想"新国家"。

所以毫不奇怪的是：被朱自清誉为抗战前"差不多是唯一有意大声歌咏爱国"的诗人闻一多的爱国主义诗篇——如"有意大声"四个字所示——也和穆木天及其中国诗歌会同人"制作"的新诗歌一样，都是从抽象的概念和符号开始的。他们的民族国家"整体形象"以及相应的爱国感情，实际上都是被"地图中国"引导和"制造"出来的。唯其如此，他们也才真正从现代意义上"看见"，进而开始了创造未来时态的理想"新中国"的现代性书写。

五、从"个人的发现"到"国家的发现"

在"现代文学"已经史化了的今天，我们其实不难观察到：在如何想象和建构"现代中国"这个维度上，以郁达夫所说的"个人的发现"为标志的"现代文学"，恰好并不现代。为了方便，这里再引述一下他那早已成了常识的著名论断：

> 五四运动的最大的成功，第一要算"个人"的发现。从前的
> 人，是为君而存在，为道而存在，为父母而存在的，现在的人才
> 此晓得为自我而存在了。我若无何有乎君，道之不适于我者还算
> 什么道，父母是我的父母；若没有我，则社会，国家，宗族等那
> 里会有？①

首先很显然，郁达夫心目中的"个人"，并非通过回到自身，而
是通过取而代之、将自己提升到王朝政治体系的中心位置的方式发现
了自己。"古之临民者，一独夫也；由今之道，且顿变而为千万无赖
之尤，民不堪命矣，于兴国究何与焉。"②鲁迅的批评，刚好可以用在
这里。就是说，郁达夫虽然颠倒过来，将"个人"抬高到一切价值的
中心，取代了此前一直由帝王身体占据的位置，但并没有打破以身体
为中心逐次向外延伸的传统"天下"想象模式。

其次，在情感生成机制上，郁达夫秉承的是过去时态实在经验驱
动论，而非本书所说的未来时态的抽象符号引导论立场。"五四"新
文学中的"创作"观，以及主体"源泉"说③，在很大程度上就是通

---

① 郁达夫：《〈中国新文学大系·散文二集〉导言》，载《郁达夫文集》第6卷，花
城出版社1991年版，第260页。

② 鲁迅：《坟·文化偏至论》，载《鲁迅全集》第1卷，人民文学出版社2005年版，
第47页。

③ 关于20世纪20年代新文学中的"创作"和"源泉"论，姜涛的归纳最为精当：
"在五四新文学的理念中，'创作'二字有特别的含义，作为一种真纯的自我表现，
它不仅应超脱现实的功利，还应该是一种自发性、独创性的行为，让作者能够
沉浸其中，体验到创造性的快感。这种意识也可以转变为一种颇具浪漫色彩的
'源泉'说：文学之创造源于真挚感情的表达，那么作为源头活水的内在自我，
也应该有一种自发性的特征，它不断汲取各种养料，变得丰富充盈，在创作时
就会主动喷涌。"参见姜涛：《公寓里的塔：1920年代中国的文学与青年》，北京
大学出版社2015年版，第188—189页。

过郁达夫、郭沫若等创造社同人的鼓吹而广泛流行开来，最后反过来固定在了郁达夫、郭沫若等人的"文学形象"上。小说《沉沦》刚好可以拿过来作为郁达夫过去时态实在经验驱动论"创作"观的一次直观展示：主人公经过一次又一次的挫折，内心积压的愤懑和忧郁越来越多，最终水到渠成地流出了真挚而热烈地希望祖国"快富起来，强起来"的爱国心声。

之所以说"并不现代"，与其历史正当性、在今天的合法性、文学的艺术性之类的问题无关。① 我们的意思是：这种从挫折和屈辱经验中生长出来的耻辱型爱国感情，以及作为这种感情宿主的感伤"弱主体"，实际上并不关心也不可能参与想象和建构"现代中国"的现代性工程。他们是等待着祖国前来解放自己的"弱主体"，而不是主动参与"制造"祖国的责任型自豪主体。对他们来说，"祖国"是一个已经在那里的现成之物，而不是我们所说的有待于"现代文学"参与想象和建构的未来时态的理想的"现代中国"——"祖国"和"现代中国"两个词语，从字面上暗示了这一点。正因为是那个已经在那里的"祖国"不够强大而"害死"了自己，所以，《沉沦》的主人公才会反过来，呼吁祖国"快富起来，强起来"，以母亲或父亲的身份去解放像自己一样"受苦"的女儿们。

闻一多当然也有《洗衣歌》这样表达国人在海外遭遇的屈辱经历的作品，但仅昙花一现。在称赞"爱国的诗人"闻一多的时候，朱自清其实并没有把《洗衣歌》当作爱国诗来看："他歌咏爱国的诗有十首左右；《死水》里收了四首。"结合上下文来看，《死水》里的"爱国诗"，显然只能是《一个观念》《发现》《祈祷》《一句话》四首。四首诗中，都贯穿了理想的"咱们的中国"与眼前的实在经验之间的紧张关系，并且用理想的观念重新组织"咱们的中国"的历史，创造

---

① 笔者曾在《〈沉沦〉中国的个人、欲望与民族国家》（载《现代中国文化与文学》第17集，巴蜀书社2015年版）一文中，对上述问题作过分析，可参看。

出了拥有"五千多年的记忆"(《一个观念》)，由尧舜、孔子、庄周、凤凰、泰山、大江黄河之类庄严宏伟的符号交织而成的"伟大民族"(《祈祷》)。朱自清明确指出，闻一多"这种抽象的国家意念，不必讳言是外来的，有了这种国家意念才有近代的中国"[1]。这里，尤其是"有了这种国家意念才有近代的中国"一语，再清晰不过地表明了朱自清在新诗与"建国"问题上的立场。

如果像抛开"诗必有韵"一样，抛开文学必须"形象化"的趣味正确性问题的话，同时期的《七子之歌》《我是中国人》《回来了》《爱国的心》《长城下之哀歌》等集外诗作，反而更能说明闻一多爱国诗的现代性特质。这些作品总的说来都不是浪漫主义意义上的"创作"，不是过去时态的实在经验积压而导致的非如此不可的"涌现"，而是为了有意识地鼓吹国家主义而集中"制作"而成的。如果不是因为发起组织了大江会、创办了《大江》季刊的话，上述爱国诗篇完全有可能以另一种面目出现，甚至不一定会出现。《大江》结束后，闻一多再也没有了同类作品，这可以看作中国现代文学史上屡见不鲜的"刊物办人""刊物生产作品"的又一个例证。"有意大声"四个字，说的就是这层意思。

以前文所引安德森所说的"亲眼看到"、实地"造访"为标准的话，闻一多笔下的"中国人""长城""七子"等，都不是已然存在的"实体"，而是不折不扣的"想象"之物。《发现》的呐喊"这不是我的中华"、《长城下之哀歌》里的"这堕落的假中华不是我的家"等语，也一再表明：闻氏所爱的"中华"——如朱自清指出的那样——并不是已经摆在眼前的"实体"，而是一个"美丽的谎"、一个抽象的"观念"(《一个观念》)。

这绝非故意要在大白天闭上眼睛，无视中国自身悠久的历史和

---

[1]　朱自清：《新诗杂话·爱国诗》，载《朱自清全集》第2卷，江苏教育出版社1996年版，第357、358页。

文明，简单地把"现代中国"归结为从"空无人烟"的地方"无中生有"地建构出来的存在；而是说，作为闻一多所说的拥有"五千年的记忆"（《一个观念》）的存在，中国同样面临着从过去时态实在经验引导的"古代中国"向未来时态抽象知识引导的"现代中国"转换的"建国"问题。不满于眼前的"实在"事实，转而千方百计寻求"制造"一个文明富强的理想"新中国"，从来就是晚清以降现代新式知识分子梦寐以求的核心目标。对眼前"实在"事实的不满，催生了对未来"应在"状态的向往；理想中的"应在"，反过来强化了对"实在"状态的不满。两者相互发明、相互激荡，搅乱了"天下"秩序，迅速而强烈地把拥有"五千年记忆"的"古代中国"，卷入了以"应在"规范和宰制"实在"的现代性大潮，将国家变成了有待完成的"人工制品"。[1]

六、"地图中国"参与建构"现代中国"

如前所述，爱国诗人闻一多所爱的，绝不是眼前的"实在中国"，而是理想的"咱们的中国"（《一句话》）。站在未来时态"理想中国"角度来看，眼前的"实在中国"更像一个令人感到恐怖的噩梦（《发现》）、"一沟绝望的死水"（《死水》）。而噩梦，反过来促使诗人更加强烈地向往着未来的"理想中国"，期待着"晴天里一个霹雳 / 爆一声：/'咱们的中国'"（《一句话》）。两种情感，互为因果，相互激荡，构成了诗人强烈爱国情感的生产性装置。

在《发现》里，诗人其实是自己为自己设置问题和演出舞台，

---

[1] ［美］列奥·施特劳斯：《现代性的三次浪潮》，丁耘、彭磊等译，载刘小枫编：《苏格拉底问题与现代性》，华夏出版社 2008 年版，第 34 页。

"追问青天，逼迫八方的风"，"拳头擂着大地的赤胸"，一而再再而三的"追问"，只不过是为了捧出那早已准备好的结论："你在我心里！"在普通读者看来，这样的"写法"，难免有"作秀"的成分，不那么自然。但对闻一多来说，这里的"心"，自有其"形象化"的诗性源头。这就是《爱国的心》里揭示出来的抽象符号"地图中国"与诗人的"心"之间的形象化关联：

> 我心头有一幅旌旆
> 没风时自然摇摆；
> 我这幅颤抖的心旌
> 上面有五样的色彩。

> 这心腹里海棠叶形
> 是中华版图底缩本；
> 谁能偷去伊的版图？
> 谁能偷得去我的心？ ①

　　能指和所指之间的结构性断裂，决定了语言和"实在"之间永远不可能获得同一性。所谓的"形象化"，不是符号与实在之间，而是符号与符号之间的相似性。"海棠叶形"的"地图中国"形象，从物理性质上看，确实很"像"人体的心脏。但不要说乡村民众，即便对同时代的旧式知识分子来说，这种"像"也不可能是习惯性的联想。如果必需，显然只能通过查询、阅读对他们来说非常生涩且毫无乐趣的相关"科学知识"，才能理解或回答两者之间何以会"像"。只有在闻一多这样从小接受新式教育、"校园生活"就是其"日常生

---

① 　要说明的是，由于历史的原因，闻一多这里以及下文穆旦等人所说的海棠叶形或者心形的"地图中国"形象，与我们今天熟悉的俗称雄鸡形的中国地图有所不同。

活"的新一代科学"理念人"身上，这种"像"才有可能成为"自然"的、不假思索的"形象化"反应。"上面有五样的色彩"，更是今天早已经不复存在的历史产物，而非传统实在论意义上的"实在"事实。

作为抽象符号的"地图中国"，正是在这种情形之下，成为激发和源源不断地生产闻一多爱国感情的知识媒介，让诗人"看见"了事实上不可能也不曾"亲眼目睹"的中华民族的整体形象。他的《七子之歌》，实际上是根据抽象的"地图中国"发明了整体性的"中国形象"，进而将整体与部分的关系附会到母亲与子女之间的血缘关系上，"制造"出了爱国主义——确实有点"主义"——感情。写台湾的"我们是东海捧出的珍珠一串"，广州的"东海和硇洲是一双管钥／我是神州后门的一把铁锁"，等等，可以想见都是身居美国的诗人面对着"地图中国"反复推敲得出来的词句。

一定要强作归纳的话，让诗人得以超越个人身体的观察能力的限制，从以"实在"经验为根基的"天下"想象模式中挣脱出来，"看见"了"现代中国"的整体形象，可以看作是"地图中国"在打破束缚、"解放"诗人想象力、激活现代新诗社会文化功能方面所发挥的功效——再简单粗暴点说，就是"反传统"的功能。

不过，正如我们反复强调的那样，在"未来才是一切"的现代性机制里，"反传统"也只能从对未来的积极性想象这个角度才能得到恰当的理解。仅仅有"实在"经验事实的压迫，并不足以催生"反传统"的行动。"取而代之"，也是摆脱眼前压迫的一种更合乎人性的"自然"反应。中国历史上的无数次的"王朝"更替充分证明了这一点。在"五四"新文化人的历史图景中，不是"实在"事实的压迫，而是"应在"的未来理想目标，催生了打破束缚的"反传统"；不是因为简单的不满而打破，而是为了根据未来的理想目标重新"发明传统"而打破，这才是"反传统"得以发生的根据。至于历史有没有按照逻辑展开，那是另一回事。但我们必须承认这样的事实：重新"发明传统"，乃是"反传统"的逻辑前提。

　　所以很自然地，"地图中国"在打破空间限制、让诗人"看见"了事实上不可能"亲眼看见"的"现代中国"清晰而具体的整体形象的同时，也打破了时间限制，把中国历史变成了闻一多心中的"五千年底记忆"，变成了可以根据理想的"新中国"模型来重新整理和组织的抽象符号。收入诗集《死水》的《祈祷》和集外的《我是中国人》，一问一答，刚好为我们提供了诗人如何根据未来的理想目标，重新组织"五千年底文化"，发明中国——即"现代中国"——历史的最好例子。

　　《祈祷》是问，但一唱三叹的低徊婉转，却又明明白白地托出了早已蕴藏在诗人心里的"理想答案"。这个"理想答案"导致了困惑和"问题"，又给定了最终的"答案"。诗人真正要问的是：理想的"中国人"、理想的中华民族，究竟应该什么样？一个拥有"尧舜的心""荆轲聂政的血"，拥有"河马献来的馈礼""九苞凤凰的传授"的智慧，拥有"戈壁的沉默""五岳的庄严"，而"大江黄河又流着和谐"等品质的"中国人"，显然不可能是具体鲜活的生物个体，而只能是理想"中国人"，即闻一多心中伟大而庄严的民族形象。所以毫不奇怪的是，诗人问的是"谁是中国人"，但要求却是"请告诉我这民族的伟大"。

　　或许是因为《祈祷》本身已经包含了"理想答案"，《我是中国人》也就成了多此一举的蛇足，被闻一多排除在《死水》之外。但对我们来说，诗人亲自撰写的这个长篇"理想答案"，更能够说明"地图中国"如何打破了时间限制，让闻一多得以从容自如地组织自然事实、神话传说、历史人物等元素，为"现代中国"建构出了辉煌灿烂的"五千年底历史"。我们都知道，"海棠叶形"中国版图，不是一开始就凝固了的存在，而是历史的产物。《我是中国人》却倒过来，根据"海棠叶形"的中国版图所赋予的眼界，开始了"理想答案"的书写，认定地球最高处的"帕米尔便是我的原籍"，将只有在现代地理学——而且是来自欧洲的现代地理学知识——中才能辨认出来的"亚洲大陆""昆仑山坡""广漠的太平洋"等符号,当作了"中国人"一开始就拥有的本源性存在,"黄帝底神明血胤"。"海棠叶形"的现代中国版图,干脆点儿说,是闻一多《爱国的心》"凿空"了中国历史中无数次王朝更替带来的变化,把"五千年底历史"变成了免受历史事实干扰或污染、可以任由诗人支配的纯粹"空洞时间"。

在此基础上,诗人才得以回过头来,"遗忘"了令人不愉快的杀戮、暴君、投降等历史存在,精心挑选"优美的风俗""五岳一般的庄严正肃""春云的柔和,秋风的豪放",以及孔子、庄周、尧、舜、黄帝、神农等,在"海棠叶形"的画布上自由挥洒①,创造出了"中国人",也就是"五千年底历史"铸造而成的中华民族光辉灿烂的伟大形象:

> 我们是一条河,一条天河,
> 一派浑浑噩噩的光波——
> 我们是四万万不灭的明星,
> 我们的位置永远注定。
>
> 伟大的民族!伟大的民族!
> 我是东方文化底鼻祖,
> 我的生命是世界底生命,
> 我是中国人,我是支那人!

闻一多其实非常清楚,这里的"中国人",既不是眼前的"实体",也不是历史中的真实存在,而是"将来五千年底历史"大舞台

---

① 顺便说一下,注意闻一多作为画家的"专业身份"以及他的唯美主义美术趣味,或许有助于我们更好地理解他面对"地图中国"的想象方式和写作姿态。

上的主角，是未来的理想"中国人"。但这个根据"地图中国"给定的眼界和想象方式建构出来的理想"中国人"，却清晰地指示了"现实中国"和"理想中国"之间的鸿沟之所在，成为现代爱国主义情感的生产性机制，成为中国新诗想象和建构"现代中国"动力源泉。

七、想象和建构现代中国的方式

在讨论"海棠叶形"中国地图与人体生理之"心"的相似性问题的时候，我们已经看到：所谓的"像"无关乎符号与实体，而是取决于诗人对符号系统的熟悉和信赖程度。对不熟悉、更不信赖现代地图的旧式知识分子来说，这种"像"根本就无从谈起。但在长期浸淫于新式学校、抽象的科学知识就是"日常生活"的闻一多这里，这种"像"，与古人所说的"俯拾即是，不取诸邻"(司空图《诗品》)一样，完全就是一种不假思索的"自然现象"。穆木天们关于"全民族的危亡的形象""庞大的民族生活的图画"的书写，也应该抛弃"亲眼目睹"的传统经验论立场，放在这个层面上来考察。

他们笔下的"现代中国"整体形象，实际上也是被"地图中国"发明出来的。马甦夫的《中国》，完全可以看作是对闻一多的模仿和因袭。"我们要在人类的前头诞生""唱起赞歌来歌颂你的新生"等诗行里的时间意识，显然就是从《我是中国人》那"将来五千年底历史"中脱胎出来的。故所以《中国》不仅同样致力于重新组织和发明"古文明国"的辉煌，而且在具体的意象、用语等方面，也与闻一多"有意大声"制作的诗篇暗通款曲：

是的！祖国：

你有三千多年的春秋，

太阳与星球就是你最久的亲友。

亚细亚广漠上的你，你所拥有的河流——

是和尼罗河恒河的金光相互辉映过

那万里长城，那贯通南北的运河……

却是你古文明国最有力的歌颂！

是的！祖国：

你有五岳的壮观，

你有那天然屏障的昆仑，

你有旷野，有伟大的平原，

有灌溉田园三大河流的水量，

在地球的经纬度上

你也沾有最温暖的阳光。

在和宇宙自然时间比拟中夸耀悠久的历史、诉诸自然地理环境、精心挑选意象以建构"祖国"庄严形象等方面，后出的《祖国》并没有逾出《我是中国人》的轨辙。《七子之歌》那种罗列"地图中国"上的实有地点的手法，也被中国诗歌会同人发扬光大，变成了一种普遍性的手法。蒲风《我迎着风狂和雨暴》《钢铁的海岸线》，田间的《给战斗者》就是其中典型。

很显然，我们不能忽视甚至有意识地"遗忘"掉"中国新诗"的历史前提，简单地从诗歌艺术的角度来看待这种模仿和因袭。我们看到，不仅马甦夫、蒲风、田间等现实主义诗人，公认的现代主义诗人穆旦的《赞美》《合唱二章》，唯美主义诗人汪铭竹的《中国与海》[①]，等等，也都没有逾出闻一多的轨辙。再往后说，悠久的历史、壮丽的

---

① 关于《中国与海》一诗的分析，可参见段从学：《中国·四川抗战新诗史》，中国文联出版社 2015 年版，第 75—77 页。

自然地理环境、精心挑选意象筑造"祖国"的伟大与庄严，不也就是通行的爱国主义教育的基本内容吗？

只能说，闻一多"发明"的想象和建构"现代中国"的基本范式，本身就植根于由多重因素、多元动力交织而成的"现代中国"总体历史进程，是一种带有历史普遍性的文学书写。在"现代中国"的整体形象已经被"地图中国"牢牢固定下来之后，包括中国现代新诗在内的整个中国"现代文学"，显然不可能舍此而另外"发明"自己的"中国形象"。再者，新式教育的推广和普及，也越来越多地把包括地理学在内的现代科学知识，变成了新诗写作者们共同分享的"日常生活"经验，进一步巩固和放大了闻一多"发明"的书写范式的普遍效用。

在这个意义上，层出不穷的模仿和因袭之作，恰好表明了以"地图中国"为引导的想象和建构"现代中国"书写模式的完成。唯其已经完成，它也才变成"中国新诗"尤其是穆木天及其中国诗歌会同人"新诗歌"之"新"的无意识前提，使得他们沿着未来抽象知识引导的方向，彻底颠倒了传统实在论立场，把能够"亲眼看见"的个人生活世界和切身经验，也变成被抽象知识再次"发明"或重新组织而成的对象。

我们看到，在闻一多笔下，"家乡"和"祖国"是完全不同的范畴。"祖国"是现代性抽象知识体系里的范畴，是在"地图中国"的引导下想象和建构出来的。"家乡"，则是传统实在经验论里的范畴，是以切身经验为基础"描绘"出来的、个人可以"亲眼看到"的存在。《故乡》的创作和发表时间，与《我是中国人》等爱国诗前后相差无几，无论从哪方面来说都是同一时期的作品，但写法完全不同。如前所述，爱国诗里的意象，都是根据未来"理想中国"的标准精心挑选出来的非"实体"性质的存在。而《故乡》，完全是眼前的"现实生活"里能够触摸到的真实之物，比如第四节：

> 我要探访我的家乡，我有我的心事：
>
> 我要看孵卵的秧鸡可在秧林里，
>
> 泥上可还有鸽子的脚儿印"个"字，
>
> 神山上的白云一分钟里变几次，
>
> 可还有燕儿飞到人家堂上来报喜。

以及第十节，即最后一节：

> 我要看家乡的菱角还长几根刺，
>
> 我要看那里一根藕里还有几根丝。
>
> 我要看家乡还认识不认识我——
>
> 我要看坟山上添了几块新碑石，
>
> 我家后院里可还有开花的竹子。

但在中国诗歌会同人这里，"故乡"也和"祖国"一样，变成被未来时态抽象知识尤其是被"地图中国"重新"发明"出来的符号体系。杨骚以八股笔调"硬写"出来的《福建三唱》，为我们提供了一个生动的例子。

这首诗其实也是自问自答，根据早已经准备好的"标准答案"而"喂给"相应的问题，最终通过表面是二人对话实则唱独角戏的方式，把诗人不可能"亲眼看见"的存在和眼前的"故乡"糅在一起，转化成"地图中国"里的抽象符号。诗中真正发挥作用的，其实是将虚构的提问者和回答者联结在一起的"地图中国"。是"地图中国"的同一性，让诗人的否定获得了张力，以"不是"和"没有"的否定性方式将诗人的"故乡"和已经沦丧的东北铆在了一起，反过来强化了这个早已在那里的同一性前提。因为这个前提，诗人的"故乡"也变成了只有在"地图中国"这个特殊的透视框架里才能"看见"的抽象符号：

> 朋友，你问吗，我的故乡？
> 唔，我的故乡，
> 是头枕武夷山，
> 脚洗太平洋，
> 胸藏丰富的矿产，
> 颈缠闪耀的闽江，
> 呼吸要震动中原的乳峰
> 伸手好摸中原的头脸……
> 哦，我爱我的故乡！

武夷山、太平洋、闽江之类，当然可以在客观物理世界里找到对应的
"实体"，但重新将其组织成为一幅壮丽的锦绣图案的力量，很显然
来自作为抽象符号的"地图中国"。所以毫不奇怪的是，诗人最后放
弃了"故乡"的立场，坚定地把自己和那些已经沦陷的、从个人双眼
的水平视线上不可能"亲眼看见"的遥远的"国土"联系在一起，变
成被"地图中国"建构出来的整体性符号世界里的一员：

> 哦，你泉漳的子弟，
> 你福建的盐，你，
> 点燃武夷山上的森林吧，
> 点燃汉奸的狼心狗肺！

> 哦，你泉漳的子弟，
> 你福建的盐，你，
> 鼓起厦门湾中的怒潮吧，
> 淹没远东的帝国主义！

"厦门湾中的怒潮""远东的帝国主义"等，表明诗人的想象和构

思从抽象符号系统出发，又更深、更彻底地回到了以"地图中国"为中心的抽象符号系统内部。

不过，唯其已经成为普遍的无意识前提，这种"地图中国"引导的想象和书写模式，也才变成"中国新诗"内部的艺术问题。在晚清的皮嘉祐眼里还需要当作新奇的科学知识来普及和推广、在闻一多笔下还需要"有意大声"才能完成的"地图中国"形象，在中国诗歌会同人手里，逐渐变成可以从艺术的角度进行润饰和雕琢的诗歌意象。

通俗一点可以说，皮嘉祐等人用"科学眼光"看见并承认了"地图中国"的真实性；闻一多沿着前者的"科学眼光"，勾勒出了"地图中国"的诗性形象；中国诗歌会同人则不知不觉循着晚清以来中国新式教育养成的"科学眼光"，对闻一多的"地图中国"进行"诗化"处理。虽然抹去了前者的踪迹，但保留了前者的框架和画布，让"抹去"也变成一种"画布上的书写"，而非另起炉灶的新创作。

八、"地图中国"的"再身体化"

如前所述，中国新诗对"现代中国"的想象和书写，是从挣脱了以个人身体为中心的"天下"想象模式，转而从宇宙学的角度透视地球，在"地图中国"的引导下开始的。但在"现代中国"的整体形象已经被发明出来之后，问题就变成了如何遗忘起源，将其建构成"自古以来"就一直在那里存在着的自然事实。我们说的"诗化"处理，实际上就发生在这个特定历史情境里。所以毫不奇怪的是，对"现代中国"进行"再身体化"书写，将其转化为与个人切身经验密切相关的存在，也就成为对"现代中国"进行"诗化"处理的基本修辞策略。

前引杨骚的《福建三唱》里，"头""脚""胸""颈""乳峰""头脸"等词语，就已经表明：以身体为中心的古代性隐喻，已经开始覆盖在被现代性抽象科学发明出来的"地图中国"身上。在这些词语的作用之下，抽象、客观的地图学视野里的"故乡"，实际上被诗人暗中转换成了一个有生命的存在、一个从男性的眼里看到的情欲对象。戴望舒的《我用残损的手掌》同样包含着隐去起源、将"地图中国"身体化的意味。"像恋人的柔发，婴孩手中乳"等语，透露了其中隐含着的男性眼光和身体气息。"地图中国"逐步实体化，变成可以从个人身体的角度摸索或轻抚的对象之后，对"现代中国"的热爱，因此不再仅是对令人震惊的科学的"地图中国"的被动接受和承认，也不仅仅是对未来时态的抽象符号系统的信任，而是变成对个人能够"亲眼看见"甚至亲手"抚摸"之物的热情追逐。借助于地球之外的宇宙学视角才能"看见"的"地图中国"，在"诗艺术"的作用下，开始融入个人身体感觉。这是第一个方面。

"再身体化"的第二个方面，是把"地图中国"上那些不能"亲眼看到"的空洞符号转喻化，将其与地方性的物产、风景联系起来展开书写，进而大量运用借代修辞，用与个人切身经验密切相关的物产、风景等取代前者，将空洞的能指符号，转化成具体、鲜明的诗歌意象。仍然以杨骚的《福建三唱》为例。诗人在谈到吉林、奉天之类"地图中国"上的能指符号时，就已经将个人能够直接感知和触摸的农业社会物产与它们紧紧地联系在了一起：

> 朋友，你问吗，我的故乡？
> 唔，我的故乡，
> 不是吉林，奉天，
> 是福建芗江。
> 那儿没有大豆高粱；
> 那儿有米、麦、甘蔗，

> 山田、水田……
> 哦，我爱我的故乡！
>
> 朋友，你问吗，我的故乡？
> 唔，我的故乡，
> 不是热河，黑龙江；
> 是厦门，泉漳。
> 那儿没有人参、哈士蟆；
> 那儿有荔枝、龙眼，
> 岩茶，水仙……
> 哦，我爱我的故乡！

　　"地图中国"上的吉林、奉天、黑龙江等抽象能指符号，因为总是与大豆、高粱、人参等充满了浓郁农业文明色彩且与个人视觉、味觉、触觉等身体感官息息相通的意象联系在一起，而变得越来越具体、越来越圆润，最终变成"诗文学"符号体系内部的意象。

　　这里的"诗文学"内部和外部之分，当然仅仅是一个临时性的假定。事实上，这种将农业社会的物产与现代"地图中国"上的能指符号焊接在一起的做法，根源恰好不在中国新诗内部。一方面，它栖身于地理学知识随着新式教育的推广和普及而成为新诗人"日常经验"的整体历史进程；另一方面，又关联着国民政府在东北沦陷后展开的爱国教育和宣传活动。萧红提到的《东北富源图》，无意中透露了这种将农业物产与"地图中国"联系在一起的做法及其历史效果：马、羊、骆驼、鱼类、森林等具体的、与个人日常生活经验密切相关的意象，密密麻麻地挤满了东北地图，将后者从空洞、抽象的透视图像，变成了有生命的大地。①

---

① 萧红：《失眠之夜》，原载 1937 年 9 月上海版《七月》第 2 期。

　　回到中国新诗对"地图中国"进行"再身体化"书写的问题上来。田间的著名长诗《给战斗者》，可以看作是将"地图中国"与农耕文明意象联系在一起进行转喻书写最终完成的典型标志。大连、满洲里、丰台、乌兰哈达沙土、亚细亚、天津、上海等一连串的能指符号清晰地告诉我们：诗人的爱国感情，仍然是被"地图中国"激发和召唤出来的。"在血的农场上，在血的沙漠上，在血的水流上"以及"呼啸的河流呵，叛变的土地呵，爆裂的火焰呵"等诗行表明：诗人并没有"亲眼看见"传统实在论意义上的事实，自始至终都沉浸在个人激情和"诗文学"词语相互激荡、相互发明的符号世界里。

　　长诗里的"中国"显然不是"古代中国"，而是与"爱与幸福""自由和解放""希望"等现代性观念密不可分的"现代中国"。可以说，正是为了弥合这种断裂，诗人才巧妙地对其进行必不可少的"诗化"处理，以大量农耕文明意象为桥梁，将从"地图中国"里生长出来的"现代中国"和土地一样悠久而深厚"古代中国"不着痕迹地联系在一起，变成了由米粉、麦酒、燃料、烟草、白麻、蓝布等诗歌意象交织而成的日常生活世界。反过来，为了"祖国"的生死存亡而展开的抗战，也就变成夺取我们自己的生存、守护我们的日常生活世界的殊死肉搏，获得了与个人切身经验血肉相关的亲密性和迫切性。一种从身体中爆发出来的、混合了战栗与勇敢的痉挛着的激情，随着嘶哑的喊叫声不断跳跃起伏，形成了闻一多击节赞赏的"鼓的声律，鼓的情绪""疯狂，野蛮，爆炸着生命的热与力""鼓舞你爱，鼓舞你恨，鼓励你活，用最高限度的热与力活着，活在这大地上"[①]。发端于地球之外的宇宙学视点的"地图中国"，在田间这里，完全被米粉、烟草、白麻、蓝布等植根于大地上的意象所覆盖，变成飘散着农耕文明气息的"土地中国"。

---

① 闻一多：《时代的鼓手》，载《闻一多全集》第 2 卷，湖北人民出版社 1999 年版，第 201 页。

　　从结果看，这是大地和天空撕扯着的交汇，也是来自西方的现代地图学知识和漫长的农耕文明所孕育的丰产美学趣味的融合。但从源头和动力机制上看，这种融合并不是简单地重新回到"自古以来"就作为自然之物摆在那里——事实上并不存在——的大地之上，更不是"古代中国"再一次将现代性的"地图中国"纳入自己无所不包的肠胃里，消化成了"现代中国"。这种融合的基础是现代性的抽象知识体系，是对未来的想象和期待，而不是对过去的皈依。对田间来说，麦酒、米粉、白麻、蓝布之类的词语，只不过是"诗文学"符号体系里的意象。它们虽然让人联想到大地上的实物，但其意义却是被词语和词语构成的语境以及"诗文学"成规所赋予的。米和麦、蓝与白之间看似不着痕迹，但对仗工整的词语，就是"诗文学"成规的产物。更重要的是：它们并不是生长在大地上，而是随着画面的展开，应和着上文说过的大连、扬子江、黄河、天津、上海等地理学名字的急速闪现，而被诗人随手抓来、涂抹在"地图中国"上面的诗歌意象。他们的根，最终不是扎在"古代中国"的实体世界，而是深深地扎在了抽象的"地图中国"里。

　　孙犁曾坦率地表示"不喜欢"田间 20 世纪 50 年代以来的作品，认为"他只是在重复那些表面光彩的词句或形象。比如花呀，果呀，山呀，海呀，鹰呀，剑呀"，"已经没有了《给战斗者》那种力量"。[①] 事实上，《给战斗者》其实也只是在转喻轴上，沿着"那些表面光彩的词句或形象"滑动，并没有考虑到意象与实体之间的同一性问题。同样的写法，能否激起同样的阅读体验、产生同样的"审美效果"，并不仅是"诗文学"内部的问题，更涉及诗话语和非诗话语之间能否形成"家族同一性"、能否产生共鸣的问题。

　　如果说"采菊东篱下"（《饮酒》）的陶渊明、"把酒话桑麻"（《过

---

① 孙犁：《陋巷集·悼念田间》，载《孙犁全集》第 8 卷，人民文学出版社 2004 年版，第 51 页。

故人庄》）的孟浩然等古代诗人笔下的菊花、桑麻之类是他们触手可及的实体性田园风物的话，田间的麦酒、米粉、白麻等，就是诗人用自己的彩笔想象并精心描绘出来的"纸上庄稼"。它们不是生长在实体性的土地或田野上的植物，而是生长在"地图中国"抽象符号世界里的诗歌意象。其目的，也不是让读者回到或者直接面向实体性的土地，而是把抽象的"地图中国"从令人惊异的西洋科学和空洞的地理学教科书常识，想象为我们熟悉的生活世界，建构现代性的"土地中国"。

可以说，正因为"地图中国"一开始就不是传统意义上的实体性存在，才有了对其进行"诗艺术"的打磨和加工、消除其与生俱来的陌生性和抽象性、将其建构为现代性"土地中国"的必要。因为这个缘故，"地图中国"在现代新诗中逐渐脱去其"有意大声"而作的硬和粗糙、转化为圆润饱满的"土地中国"的过程，也就成了"现代中国"从历史中浮现出来并将自身确立为"自古以来"就一直存在着的"自然事实"的一个文化表征。

九、从"地图中国"到"土地中国"

全面抗战爆发后，一方面，是朱自清所说的"国家意念迅速发展而普及，对于国家的情绪达到最高潮"[1]；另一方面，则如下之琳《地图在动》所说，"侵略者为中国人民发动了地图"，"全国各地都见到地图向人们睁大了眼睛"。"向来对地图不感觉兴趣"的普通中国人，从普通家庭主妇到电报局职员，从街头的洋车夫到旧式耆宿老者，等

---

[1]　朱自清：《新诗杂话·爱国诗》，载《朱自清全集》第 2 卷，江苏教育出版社1996 年版，第 358 页。

等，纷纷将"沉睡的地图"从箱子里拿出来，把它从抽象而遥远的现代科学知识变成实实在在的日常生活经验，变成个人情感的发动机和引领者。[①] 原本只有闻一多、马甦夫、田间等完整地接受了新式学校教育、把以地图为媒介的现代性地理学知识成功地内化成了"个人视野"的现代知识分子才能看见的"地图中国"，开始大面积进入国人日常生活，改变了战时中国的"知识—情感"气候。而党政部门、高等院校、文化机构、沿海厂矿等的大量内迁以及被迫的战时流寓生活，则给包括新诗作者在内的文化人带来了空前密集的旅行经验，为他们提供了把经由学校教育等养成的"印刷知识"和眼前实实在在的"旅行经验"结合起来的可能。抽象的"印刷知识"作为行为指南，发明和引领了实在的"旅行经验"，"旅行经验"反过来消除了"印刷知识"的抽象性和陌生性。两者相互发明、相互作用，将抽象的现代性地图学眼光，变成现代新诗观察切身生活环境、现象"现代中国"的日常视域。

随着地图学视域的日常化，中国新诗对"现代中国"的想象和书写，也开始了"视域融合"的历史性转变。现代性的地图学视域在日常化中退隐成为看不见的奠基性结构，古代性的身体学视域因此而得以复活，从切实可见的"眼前"，延伸到抽象的"远方"，重新变成了诗人们想象和书写"现代中国"的基本视域。

这一点，在徐訏、艾青、郭风等人的同名作品《公路》，方敬、厂民（严辰）、孙望等人的同名作品《路》等大量以"路"为题材的诗篇中，表现得最为明显。在方敬的《路》里，眼前切实可见的景象，通过公路彼此纵横交错的物理属性，将超个人的"现代中国"整体形象呈现在了读者眼前：

---

① 卞之琳：《地图在动》，载《卞之琳文集》（中卷），安徽教育出版社2002年版，第84—85页。

你，道旁的石工，

我爱你那砸碎一块石头时的微笑，

砸呀，用力砸呀，

中国正需要宽大的公路，

正需要以集体劳动力去发展交通，

去构成一袭密密的网络，

按着津浦、粤汉、北宁……

去捕捉人类的财狼。

载重汽车的司机紧捏着喇叭。

"老乡，你也使劲抽吧！"

于是鞭哨响得更急了，

骡子也昂昂头，

徒步的新兵行列补助的前进……

前进，一切都前进着，

骡蹄，车轮，足步，

沿途压下希望的花纹，

一切都前进着，

每条路都通到胜利，

通到南京、北平、东北……

　　而修筑道路的普通石工，也因此而融入"现代中国"整体性生存之中，给砸碎石头的日常劳作带来了圣洁的光辉。

　　很显然，只有预先把"地图中国"当作不言而喻的存在，诗人才有可能超越身体学视域，将能够被"亲眼看见"的公路，与"津浦、粤汉、北宁"等只有借助于地图学视域才能"被看见"的铁路干线联结起来，去构成"一袭密密的网络"。没有后者的引领和接应，前者就只能是零散而破碎的片段性存在，最多只能通过逐次展开的水平延伸构成区域性交通网络，不可能超越身体学视域的物理限制，"通到南京、北平、东北"，成为"现代中国"整体性存在中的一个有机环节。抗战时期大面积出现的水稻、麦子、高粱、玉蜀黍之类农作物，不是栽种在古老的大地上，而是栽种在了被人为约定——也可以说是人工发明——的经度和纬度分割、又通过这种分割固定下来的"国土"上。方敬等人眼中的"路"，同样地，也不是延伸在实体性的泥土，而是延伸在"地图中国"上，延伸在以地图为媒介的现代性地理学知识视野中才能呈现并持续存在"国土"上。

现代性的"国土"被普遍而广泛地"误读"为亘古以来就一直在那里的"土地"之后，"土地中国"也就反过来覆盖在"地图中国"上，遮蔽了自身的起源和发端，利用"土地的"自然属性抹去"古代中国"和"现代中国"之间的结构性裂隙，将后者转换为和"土地"一样古老、一样自然，即"自古以来"就没有也不会发生任何历史变化的实体性存在。一般的研究者，往往也就追随着中国现代新诗和整个现代中国文学的历史步伐，认为抗战时期的新文学偏离了现代性轨辙，重新回到了"土地"和"农民"身上，[①] 遗忘了"土地"和"国土"、"农民"和"国民"之间的结构性差异。

事实上，即便在公认的最具代表性的爱国主义诗人艾青身上，也不难看出古代性身体学视域里的"土地"和现代性地图学视域里的"国土"之间结构性差异。

细读相关作品，艾青笔下的"土地"意象，实际上包含了实体性的"泥土"，和作为抽象概念的"国土"两种不同的形态。前者是循着古代性身体学视域，能够被个人感官直接把握，能被我们"亲眼看到"的地平线上的存在，其基本形态是与传统农业社会日常生活联系较为紧密的田园、旷野、山坡等实体性存在。《黄昏》《秋晨》《斜坡》

---

① 参见钱理群:《精神的炼狱——中国现代文学从"五四"到抗战的历程》，广西教育出版社 1996 年版，第 142—144 页。

《低洼地》《秋日游》《初夏》《矮小的松树林》《灌木林》《旷野》等诗的"土地"意象，均属此类。其中的《斜坡》，既体现了这类"土地"意象基本特点，又毫无保留地凸显了古代性身体学视域的作用机制，揭示了"亲眼看见"的实体性存在如何激发和引导了艾青对"土地"的想象：

> 金黄的太阳辐射到
> 远远的小山的斜坡上——
> 那斜坡刚才是被薄雾遮住的，
> 而现在，我们可以看见
> 它的红的泥土和浅绿的草所缀成的美丽的脉络了……
>
> 我想，斜坡的下面是有村庄的吧——
> 以光洁的岩石当晒场
> 也该有壮健的少妇卷上袖管
> 在铺晒着昨天刚收割的谷类吧；
> 而她的男人赤着上身挑着担
> 从那昏暗的小门口走出；
> 而她的孩子则坐在岩石的边上
> 在叫唤着她……
>
> 但这一切，从这里都是看不见的啊——
> 一条长长的丛密的杂色的林木
> 已遮去了有丰富的图画的斜坡的下部。

这首诗的主体内容虽然是"看不见"的乡村家庭日常生活景象，但这种景象显然是对过去时态生活经验的"还原"，而非对未来可能性的设计或探索。诗人想象和认定"也该有"的事物的标准，一望而知也是来源于早年的乡村生活经验。那"一条长长的丛密的杂色的林木"虽然"遮去了有丰富图案的斜坡的下部",但这种遮蔽不是隔绝,也不是放弃,而是反过来激起了诗人对自己能够"亲眼看到"的日常生活景象的热情,把诗人更深地引入了身体学视域内部。一如那薄雾的遮蔽不是抹去或清除,而是让眼前的景象变得更美丽、更生动。

《北方》《土地》《雪落在中国的土地上》《我爱这土地》《他死在第二次》等诗中的"国土",则是另一回事。虽然保持着,甚至比以往任何时候都更加鲜明地袒露了泥土的物理属性,但以下两个特征充分表明,这类作品中的泥土已经从古代性身体学视域里的"土地",变成现代性地图学视域中的"国土":第一,它已经脱离了春夏秋冬四季分明的农业时间,和自由、平等、博爱、人民等现代性观念交织在一起,变成了"复活的土地"(《复活的土地》);第二,它是预先有了确定的空间范围,再根据这个空间范围重新想象过去,组织历史而形成的抽象存在。名篇《北方》的结尾,生动地揭示了诗人如何重新发明历史、"看见"了中国"国土"的诗性过程:

> ——我看见
> 我们的祖先
> 带领了羊群
> 吹着笳笛
> 沉浸在这大漠的黄昏里;
> 我们踏着的
> 古老的松软的黄土层里
> 埋有我们祖先的骸骨啊,
> ——这土地是他们所开垦
> 几千年了
> 他们曾在这里
> 和带给他们的以打击的自然相搏斗

　　他们为保卫土地，

　　从不曾屈辱过一次，

　　他们死了

　　把土地遗留给我们——

空间性的"悲哀的国土"虚化了时间，抹去了"这土地"上曾经发生过的一切，将其变成与具体的历史经验无关的现代性"空洞时间"。在此基础上，诗人才得以反过来驰骋想象、重新发明历史、填充被虚化了的"空洞时间"，把"我们的祖先"和"我"重新组织在一起，变成人类学意义上命运共同体。羊群、笳笛、大漠等与北方游牧生活密切相关的意象，就这样在领起性的"我看见"的作用下，消失了它在历史中曾经拥有的异质色彩，变成现代性民族国家的同质性"国土"。

　　对一开始接受的就是新式学校教育的艾青来说，尽管"地图中国"视域和形象很少直接出现在诗人的笔下，但只能说明它早已经随着诗人的成长，随着中国社会的现代性进程，内化成为不言而喻的透明之物。《反侵略》《火把》等作品以及大量的国际题材诗作中，现代性地图学知识，实际上都曾作为普通的社会常识出现过，只是因为已经变成了常识，才没有引起注意。

　　如果我们把反复出现在诗人笔下的太阳和土地两个带有原型性质的意象，当作两种不同的视域和想象机制的话，问题就很清楚了：前者隐秘地取代了现代性地图学视域，让诗人看见了"国土"；后者则将诗人牢牢地锁在大地上，锁在古代性身体学视域里，让诗人看见的只能是实体性的"土地"。前者把诗人从"亲眼看见"的景象和事件中解放出来，引向"博爱　平等　自由"，引向"《马赛曲》《国际歌》"等整体性存在（《向太阳》）；后者则把诗人的身体和"亲眼看见"的大地上的生物联系在一起，引向阴沉的个体命运。

　　艾青的历史意义就在于弥合了现代性地图学视域和古代性身体学

视域之间的断裂，不着痕迹地把"地图中国"改写成"土地中国"的有机形象。在《土地》里，从中心向外逐次延伸和弥散的、个人能够"亲眼看见"的事物，在源自外部的地图学眼光的接应和牵引之下，挣脱了个别性和等级差异，形成一个亲密的同质性整体：

> 人类沿着网走成了路，
> 一条路连着一条路，
> 每一条路都通到无限去——
> 用脚步所织成的网络，
> 把千万颗心都纽结在一起；
> 从这里到天边，
> 从天边到这里，
> 幸运与悲苦呀，
> 哭泣与欢笑呀，
> 互相感染着，互相牵引着……
> 而且以同一的触角，
> 感触着同一的灾难，
> ——青青的血液沿着脉络，
> 密密地络住了它们乌黑的肉；
> 它们躺在那里
> 何等伸张自如啊……
> 被同一的阳光披盖着，
> 被同一的爱情灌溉着，
> 被同一的勤劳供养着……

这片热腾腾的现代性"国土"虽然有可以"亲眼看到"的起源，也有实体性的路作为从中心向边缘逐次延伸的纽带，但"从天边到这里"的源自地球之外的现代性地图学眼光，显然才是其中的关键。没有后者，道路就会被"亲眼看见"的大地上的事物所遮蔽，把诗人引向不可测知的阴暗之境，不可能"通到无限"、交织成为网络、"把千万颗心都纽结在一起"。再往前说，那些"平平地展开在地壳凹凸的表面"的田塍，显然也只能在现代性地图学视域中，才能看见它们"一根纽结着一根"的整体性关联。"地壳凹凸的表面"这个至今仍然没有完全常识化表述，透露了地图学知识在《土地》中的存在。

正如阿伦特指出的，只有借助于望远镜这样一件人工制品，从宇宙的角度对其整体性存在有了确定无疑的把握之后，人类才挣脱了自然条件的束缚，把地球变成一个可以全面、清晰地加以认识和分析的客观对象。"只有现在，人们才完全掌握了他凡间的居所，才把先前时代诱惑着又禁锢着人们的无边疆域尽收于一个球体当中，他熟悉它辽阔的边缘和细微的表面，就如同他熟悉自己的掌纹一样。"理由很简单，包括地球在内，任何事物一旦变成能够认识和能够测量的，就不再是不可知的和无限的了，"每一次探测把遥远的部分带到眼前，从前难以跨越的距离就缩小到了方寸之间"，变成触手可及的眼前之物。① 回到艾青的《土地》，也可以说：只有预先从地图学视域之外的"那里"出发，对身体学视域中的"这里"有了整体性的把握，一条条田塍、一条条道路才变成诗人可以准确把握和掌控的对象，变成像自己的掌纹一样可以清晰地而精确地观察到的存在。"青青的血液沿着脉络 / 密密地络住了它们乌黑的肉"，这个只有在显微镜和解剖学视域下才能被看见的景象，恰到好处地诠释了阿伦特"了如指掌"的发现，再清晰不过地表明了这样的事实：艾青的《土地》所描绘的，是从望远镜及其随之而来的地图学视域中看到的"国土"。

不仅《土地》是这样，艾青整个的现代性精神历程，实际上也是

---

① ［美］汉娜·阿伦特：《人的境况》，王寅丽译，上海人民出版社 2009 年版，第 200—201 页。

在外部眼光的引导下，从逃离故乡开始的。他回到土地、回到乡村，并不是因为放弃了最初的立场，而是因为土地和故乡在历史中改变了它们的面目，变得和都市一样繁华、一样美丽、"一样以自己的智力为人类创造幸福"（《村庄》）的结果。借用前引列奥·施特劳斯（Leo Strauss）的话来说，只有在"实在"改变了它的本来面目，变得与"应在"的理想标准相一致之后，背叛和冲突才会停止，我们的诗人艾青，才会回到他出生的地方，"用不是虚饰的而是真诚的歌唱／去赞颂我的小小的村庄"（《村庄》）。

同样地，古代性身体学视域里的"土地"，也只有接受了太阳光的洗礼、从死亡中苏醒和复活过来、变成了"国土"之后，才能成为诗人献祭的对象。而这，显然也正是全面抗战时期爱国主义动员的总体话语：通过神圣的战争，把中华民族从奴役和压迫中解放出来，成为一个崭新的"现代中国"。在这个意义上，"泥土"和"国土"两种完全不同的存在，被误认为或者不加区分地当作"土地"来阅读，就不仅仅是艾青个人诗歌艺术成熟的标志，更是中国现代新诗的现代性民族国家想象最终得到了完成的标志。

"土地中国"反过来消除了"地图中国"生硬的现代性源头之后，晚清那令人惊异的"现代中国"整体形象，最终被书写成了眼前的日常生活，变成了我们今天思考和阅读的"白色前提"。反过来，勾勒新诗想象和"制造"民族国家的历史进程，在反思中揭示出"白色前提"的存在及其发挥作用的机制，不用说也就不单纯是讨论新诗史"内部"的艺术问题了。一般读者可以把他遭遇到的现实情境当作"自古以来"就一直在那里的存在，不加区分地循着"土地中国"这个给定的历史眼光来谈论"现代中国"。但作为专业知识人，则必须超越时间的自然顺序，搞清楚我们自身的话语前提，才能搞清楚"自古以来"究竟是怎么回事，才有能力谈论"现代中国"及其相关问题。

第十二章　浪漫主义的"根源"

一、"无边的浪漫主义"

对于习惯了诸如现实主义、浪漫主义、现代主义之类文学史术语的人来说，下面的观点，多少会令人感到有些意外。根据美国社会学家丹尼尔·贝尔（Daniel Bell）在 20 世纪中叶的观察："有一种文化倾向、文化情绪或称文化运动（其杂乱、多变的性质难以用单一覆盖性术语来概括）已经持续了一又四分之一世纪，它不停地向社会结构发动进攻。对于这一文化倾向而言，最能总括的术语是'现代主义'，这是一种长期处于'先进意识'前列而在风格和感觉方面进行的不懈努力。它甚至早在马克思主义之前就开始不断攻击资产阶级社会了。"[①] 按照这种说法，拜伦、波德莱尔和艾略特，都属于现代主义的产物，是以攻击现存社会秩序为特征的现代派大师。或者，换我们熟悉的术语来说：浪漫主义不过是现代主义的历史形态之一种。英国思想史家以赛亚·伯林（Isaiah Berlin）一方面把浪漫主义的起源追溯到德国，突破了英语世界主要以法国大革命影响下的英国浪漫主义文学为研究对象的习惯性范围，提出了当时看来颇为大胆而新奇的看

---

① 　[美] 丹尼尔·贝尔：《资本主义文化矛盾》，赵一凡等译，生活·读书·新知三联书店 1989 年版，第 92 页。

法："对我来说，存在主义是浪漫主义的真正继承人。"①

越来越多的研究，早已突破了在文学艺术范围之内谈论浪漫主义的限制。罗素（Bertrand A. M. Russell）的《西方哲学史》为拜伦设立了专章，我们熟知的"消极浪漫主义"诗人布莱克（Walliam Blake）、华兹华斯（Walliam Wordsworth）和柯勒律治（Samuel Taylor Coleridge），则一直被视为存在主义哲学的先声②，应和了以赛亚·伯林的看法。怀特海（Alfred North Whitehead）的科学史著作《科学与近代世界》，注意到了英语浪漫主义诗人华兹华斯和雪莱（Percy Bysshe Shelley）对科学思想的批判，政治哲学和社会学的浪漫主义研究，发现了马克思根本上是一位浪漫主义诗人，其"浪漫派形象有意义地促成了他一生中寻求解决的根本问题的形成"，"无产阶级本质上是一种诗力（poetic force）"，"理解马克思的诗是理解马克思哲学的关键"。③刘小枫颇富才气的《诗化哲学》，率先在国内介绍德国浪漫派思潮，从施莱格尔（Schlegel）开始，不仅把荷尔德林（J.C.Friedrich Hölderlin）、诺瓦利斯（Novalis）和里尔克（Rainer Maria Rilke）等诗人，更把尼采、海德格尔和马尔库塞（Herbert Marcuse）这样的哲学家纳入浪漫派之列④。

面对这种走向"无边的浪漫主义"⑤的趋势，我们当然可以持守文学研究的习惯性藩篱，根据浪漫主义诗人给定的轴心，在"诗人—语言"两大传统范式之内，通过限定研究对象和精心梳理研究术语

---

① ［美］以赛亚·伯林：《浪漫主义的根源》，吕梁等译，译林出版社2008年版，第138页。

② ［美］威廉·巴雷特：《非理性的人——存在主义哲学研究》，段德智译，上海译文出版社1994年版，第127—138页。

③ ［美］维塞尔：《马克思与浪漫派的反讽——论马克思主义神话诗学的本源》，陈开华译，华东师范大学出版社2008年版，第6页。

④ 参见刘小枫：《诗化哲学》，山东文艺出版社1986年版。

⑤ 此乃套用国内一度流行的"无边的现实主义"之说而来，与法国学者罗杰·加洛蒂的《论无边的现实主义》（吴岳添译，上海文艺出版社1986年版）一书本义无关。

等，沿着艾布拉姆斯（M. H. Abrams）、弗莱（Northrop Frye）、保罗·德曼（Paul de Man）等人的文学内在性研究之路[①]，继续探索诗人的想象力世界和诗歌修辞的语言问题。可以想象的是，随着后现代语言哲学的渗入，这条由浪漫主义诗人自己开辟、在新批评手中走向成熟的研究道路，其潜能将会得到越来越多的释放。

不过，这种主要以英语浪漫主义诗歌为对象的内在性研究，自然也会遭遇"还原得越多，给予得越多"的现象学情境。根据精心界定的"浪漫主义文学"标准，我们"发明"了诸如屈原、李白之类的汉语"浪漫主义诗人"，也把此前公认的一些浪漫主义诗人提升到了"现实主义"的行列，甚至以"浪漫主义"和"现实主义"之间的斗争为元话语，"发明"了自己的"中国文学史""世界文学史"。凡此种种，均系内在还原之路的现象学境遇中的历史形态。事实上，严格的范围限定和术语定义等举措，只要不是意在切合既有视域和能力的要求，最终都将会循着现象学的内在还原之路，走向更为丰富开阔的存在。

在这个意义上，循着浪漫主义广阔和混杂到近乎不可定义的特征，在漫游中追溯和确定其界限和基本的历史形态，通过探寻其"根源"而寻找可能的出口，也不失为一种有意义的尝试。

二、诗与科学的对立

对古典主义者来说，诗的对立面是散文，他们的习惯是在诗和散文的对立中谈诗。对浪漫主义者来说，诗的对立面既不是亚里士多

[①]　参见张旭春：《革命·意识·语言——英国浪漫主义研究中的几大主导范式》，《外国文学评论》2001 年第 1 期。

德（Aristotle）的历史，也不是古典主义的散文，"而是物理学所特有的那种无感情色彩的客观描述"①。自华兹华斯的《抒情歌谣集序》开始，科学，以冷冰冰的事实世界为对象的现代科学，变成诗的对立面乃至头号敌人。在与科学的对立中来谈论诗，在反抗现代科学中来展示和确立自身价值和基本形态，成了浪漫主义者共同的姿态。

对正在经历工业革命的英语浪漫主义诗人来说，诗与科学的对立，既是诗人的想象力与牛顿的科学方法之间的对立，同时又是传统的有机社会与现代工业文明之间的对立。对德国浪漫派来说，科学与诗的对立，主要体现为启蒙运动以"理性"的机械分析来把握世界与诗人的想象和体验从整体上捕捉到的世界之间的对立。而在更为激进的"青年法兰西"派这里，科学与诗的对立，则演化成了革命与现存的一切之间的对立②。也许，我们还可以加上一句：在马克思这里，是无产阶级与资产阶级之间的对立。

包括文学研究在内，20世纪的人文学者，继承了浪漫主义这份遗产。俄国形式主义者把诗与科学的对立，转化成了指向事实世界的散文语言与指向自身的诗的语言之间的对立。英美新批评沿着柯勒律治的思路，进一步切断了文学语言与外部世界之间的关联，把文学研究的范围锚定在了语言之内。威廉·狄尔泰（Weilhelm Dilthey）、施莱尔·马赫（Friedrich D.E.Schleiermacher）等德国浪漫主义阐释学大师锲而不舍的努力，则把诗与科学的对立发展成了作为人文科学的基本方法的阐释学与自然科学之间的对立，为人文科学的独立发展奠定了方法论基础。英国学者 C. P. 斯诺（Charles Percy Snow）的"两种文化"论③，也可以追溯到浪漫主义开启的诗与科学的对立。不用说，

---

① ［美］M.H.艾布拉姆斯：《镜与灯——浪漫主义文论及批评传统》，郦稚牛等译，北京大学出版社 1989 年版，第 488 页。
② ［英］以赛亚·伯林：《浪漫主义的根源》，吕梁等译，译林出版社 2008 年版，第 21 页。
③ 参见［英］C.P.斯诺：《两种文化》，纪树立译，生活·读书·新知三联书店 1994 年版。

法兰克福学派在人文理性的旗帜下，对启蒙运动工具理性持续至今的批判，同样是从诗与科学的对立中派生出来的一股浪漫思潮。

很显然，浪漫主义能够在诗与科学的对立中，通过对科学持续不断的批判和攻击来展示和确立自身的存在，也就意味着两者必定处于某种共同的结构之中。社会学家丹尼尔·贝尔认为，以"现代主义"——贝尔的"现代主义"，即我们通常所说的"浪漫主义"——为主导形态的资本主义文化冲动，与资本主义经济冲动"一开始就有着共同的根源，即有关自由和解放的思想"①，两者曾经共同遵奉新教伦理精神，合力携手开拓了西方现代世界。只是在宗教文化资源走向枯竭的过程中，新教伦理日渐丧失了对资本主义文化冲动和经济冲动两者的整合能力，才使得两者日渐疏远，最终导致现代主义文化反过来变成了资产阶级自身不共戴天的敌人。考德威尔（Christopher Caudwell）立足于马克思主义生产力与生产关系的整体性，根据《共产党宣言》中"资产阶级除非使生产工具，从而使生产关系，从而使全部的社会关系不断变革，否则就不能生存下去"的断言，论证说："正如资产阶级的经济使它自己的传统不断革命化一样，资产阶级艺术也是使它自己的传统不断革命化。这种不断的革命，这种'永不安定和变动'，使资产阶级的艺术区别于一切以往的艺术"②。

逻辑上说，相互冲突的事物之所以成为相互冲突的事物，根源就在于它们的同一性特质。相反者相成，彼此对立的两端通过对立而构成整体。任何一种单纯的反对意义上的"反……"必然和它所反对的事物一起，"拘执于它所反对的东西的本质之中"③。历史上任何一种思想冲突，"正犹如对于人一样，真实的情况乃是除非他们都站在同

---

① [美] 丹尼尔·贝尔：《资本主义文化矛盾》，赵一凡等译，生活·读书·新知三联书店 1989 年版，第 33 页。

② [英] 考德威尔：《考德威尔文学论文集》，陆建德等译，百花洲文艺出版社 1997年版，第 53 页。

③ [德] 马丁·海德格尔：《尼采的话"上帝死了"》，载《林中路》（修订本），孙周兴译，上海译文出版社 2004 年版，第 231 页。

一块大地之上，否则就不可能进行战斗"①。

为此，我们就不能止步于科学与诗的对立这个次一级的话语空间，而必须更进一步，追溯两者共同的历史根源。

三、浪漫主义的边界和限度

事实上，在通常所说的文艺理论领域中，浪漫主义的对立面不是现实主义，而是亚里士多德以来的古典主义模仿论。按照这一古老的艺术理论，包括诗在内的所有艺术形式，都是对艺术之外的另一个世界的模仿。换一种说法：包括诗在内的所有艺术，均来源于艺术品之外的另一个世界。对亚里士多德来说，诗是对一个完整的行动的模仿。对柏拉图来说，诗来源于另一个更为真实也更为高级的"理念世界"。奥古斯丁以来的基督教思想，进一步熔铸了在作为人工制品的诗与神性世界的二元对立中来谈论诗的话语传统。在亚里士多德和柏拉图那里，这种二元论立场来源于神的存在比人的存在更为完善的希腊思想，而在基督教支配欧洲思想的时期，则来源于神圣的彼岸世界对世俗的世界的管辖权。

在诗与散文的区别性对立中来谈论诗的古典主义者，实际上预设了这样一个理论前提：诗与散文都是对另一个更为真实和更为高级的世界的模仿，区别在于模仿的形式不同。没有这个共同的理论前提，两者就不可能在比较中被区别开来。比较，总是意味着运用某种共同的尺度，呈现同一类事物的差异性特征。毫无共同之处的事物，无从比较。没有共同的标准，则无法比较。

---

① ［美］卡尔·贝克尔：《启蒙时代哲学家的天城》，何兆武译，江苏教育出版社 2005 年版，第 104 页。

　　但是，随着基督教思想的衰落，情况发生了变化。在神圣的彼岸世界与世俗的此岸世界的二元对立中，根据神圣世界的存在来安排和设定世俗世界生活秩序的神义论，逐渐被根据人自身的属性来安排和设定世俗世界生活秩序的人义论所取代。在这个从神义论转向人义论的现代性进程中，欧洲的文学创作也开始摆脱以神圣世界为最终根据的模仿论传统，"不再在天国寻找生活的意义"[①]，而把目光转向世俗世界。"众所周知，在意大利文艺复兴和人文主义运动中，人们对生活和世界就已经采取了一种新的态度，开始思考人的尊严，以使人从中世纪的秩序中摆脱出来；特别是艺术，现在已不再束缚于那个万全以超验为指向的中世纪秩序结构，而是转向自身目的：审美具有自己的价值，它清晰地表现在纯粹世俗的艺术理论、艺术史和艺术收藏中。"[②]

　　在此过程中，文学艺术一方面挣脱了彼岸世界的管辖，获得了独立的审美价值，开启了审美现代性话语。另一方面随着用人自身的存在或属性作为世俗生活世界合法性根据的人义论之确立，人开始取代上帝的位置，变成了作品的合法性根源。我们看到，在柏拉图那里，诗人不是依靠自己的技巧和知识进行创作，而是被动地等待神赐的灵感；但在浪漫主义诗人这里，神已经没有容身之地，诗歌变成了诗人内在感情的自然流露，"一件艺术品本质上是内心世界的外化，是激情支配下的创造，是诗人的感受、思想、情感的共同体现。因此，一首诗的本原和主题，是诗人心灵的属性和活动"[③]，诗人成了作品的创造者。

　　这就是说，在神义论转向人义论的现代性进程中，文学艺术获得

---

①　[德] 威廉·狄尔泰：《近代欧洲文学的进程》，载 [德] 威廉·狄尔泰：《体验与诗》，胡其鼎译，生活·读书·新知三联书店 2003 年版，第 5 页。

②　[德] 汉斯·昆：《现代精神觉醒中的宗教》，载 [德] 汉斯·昆、瓦尔特·延斯：《诗与宗教》，李永平译，生活·读书·新知三联书店 2005 年版，第 7 页。

③　[美] M.H.艾布拉姆斯：《镜与灯——浪漫主义文论及批评传统》，郦稚牛等译，北京大学出版社 1989 年版，第 25—26 页。

的审美独立性，实际上只是相对于神圣的彼岸世界——或者说是作为本原的超验世界——的独立性。只有在 20 世纪的语言论转向——具体而言，是索绪尔把语言转变为符号，摆脱了对外部事实世界的依附——之后，在俄国形式主义者和英美新批评的努力下，诗歌才摆脱了对诗人的依附，获得了作为语言的艺术作品自身的独立性。以今天的眼光来看，浪漫主义实际上一方面立足于人义论立场，在"神/文"关系维度上，要求文学艺术挣脱神圣的彼岸世界管辖的独立性；另一方面又在"人/文"关系维度上，大力张扬人对文的管辖权和支配权，要求继承此前归属于神的权力。或许，更为准确的说法应该是：浪漫主义者以人义论为根据，要求文学艺术摆脱对神圣彼岸世界的依附，以便将其纳入自己的管辖范围。

问题在于，浪漫主义者并不满足于对文学艺术的管辖和支配，而是力图管辖和支配整个的现代社会生活秩序，"要把个人主义上升为国家和社会的建构原则"①。用雪莱的话来说，诗人的真正身份，是整个世界的立法者。这，才是浪漫主义最原始的冲动：突破界限，永无休止地探索和追求新的经验、新的权力。虽然使用的术语是"现代主义"，但贝尔的描述，准确地抓住了浪漫主义的原始冲动：

> 现代主义精神像一根主线，从十六世纪开始贯穿了整个西方文明。它的根本含义在于：社会的基本单位不再是群体、行会、部落或城邦，它们都逐渐让位给个人。这是西方人理想中的独立个人，他拥有自决权力，并将获得完全自由。随着这类"新人"的崛起，开始了对社会机构的批判（这是宗教改革的显著后果之一，它首次把个人良知遵奉为判断的源泉），对地理和社会新边疆的开拓，对欲望和能力的加倍要求，以及对自然和自我进行掌

---

① 刘小枫：《现代性社会理论绪论》，上海三联书店 1998 年版，第 187 页。

握或重造的努力。过去变得无关紧要了，未来才是一切。①

正是这种强烈的自我扩张欲望，极力要让一切都服从并服务于狂热自我的拜伦式激情②，使得浪漫主义能够在世界范围之内迅速扩张开来，从根本上改写现代文化思想的历史形态。同样，也正是这种强烈要求掌控一切、重造一切、打破艺术与生活之界限的激情，导致了浪漫主义与理性主义，即诗与科学的冲突和对立。马克思主义者反资本主义的浪漫主义③、以赛亚·伯林的批判启蒙运动的浪漫主义、丹尼尔·贝尔定义的以反对和攻击一切现存社会秩序为特征的"现代主义"等，都是从这里生长出来的。

也就是说，浪漫主义开启的科学与诗的对立，乃是在科学与诗两者都脱离了传统神义论的限制之后，在现代性人义论话语空间之内发生的对立。明乎此，我们就不难理解，为什么资本主义经济冲动力和资本主义文化冲动力在携手合力开拓了西方现代世界之后，会开始"违悖常理"，"很快变得相互提防对方，害怕对方，并试图摧毁对方"，资本主义文化冲动力"展开了对资产阶级价值的愤怒攻击"④，持续至今。同理，浪漫主义的边界和限度，也只有在确定科学与诗的对立得以发生的话语空间之后，才能被呈现出来。

---

① ［美］丹尼尔·贝尔：《资本主义文化矛盾》，赵一凡等译，生活·读书·新知三联书店1989年版，第61页。
② 伯林指出，早在"十九世纪早期，拜伦主义几乎就是浪漫主义的同义词了"（［英］以塞亚·伯林：《浪漫主义的根源》，吕梁等译，译林出版社2008年版，第131页）。玛丽琳·巴特勒也认为，对欧洲"浪漫诗人"原型的生成，"拜伦起的作用大于其他任何人"（［英］玛丽琳·巴特勒：《浪漫派、叛逆者及反动派》，黄梅、陆建德译，辽宁教育出版社1998年版，第3页）。
③ 卢卡奇是第一个明确主张此说的人，参见R.塞耶、M.罗维：《论反资本主义的浪漫主义》，程晓燕译，《国外社会科学》1985年第9期。
④ ［美］丹尼尔·贝尔：《资本主义文化矛盾》，赵一凡等译，生活·读书·新知三联书店1989年版，第63页。

四、浪漫主义的宗教性质

如前所述，在认定世俗生活世界应该脱离神圣彼岸世界的支配和管辖、转而由人类自己来进行掌控这一点上，浪漫主义诗人与启蒙以来的理性主义者并无分别。浪漫主义对启蒙运动的批判，是从认识论领域，围绕着人类认识和把握世界之能力的分歧开始的。

简单说，理性主义者坚持认为，牛顿以来的自然科学，乃是人类运用自己理性的唯一正确方法，也是建立和构造人类社会生活秩序的基本途径。他们坚信，举凡道德、宗教、国家和美学等人类社会生活的一切领域，只要人们按照自然科学的榜样和模式来运用自己的理性，就能取得和自然科学一样辉煌的成就，扫除人类思想的黑暗和混乱，"一切苦难、怀疑、无知，人类的各种罪恶、愚蠢都将从地球上消失"[1]。浪漫主义并不反对人类解放和人类进步的基本概念，但他们认为，人类的生活世界是一个有机的生命整体，自然科学从个别经验事实出发的理性分析方法，只能抓住僵死的碎片式对象，绝不可能从根本上洞悉和把握世界真正的秘密。相反，只有诗人的想象力和感受力，才能从整体上把握世界[2]。

这种分歧，在某种意义上可以看作是 17 世纪和 18 世纪之间的分歧。卡西勒（Ernst Casirer）指出，对 17 世纪的哲学家来说，

真正的"哲学的"知识，似乎只有在思维从某种最高存在，

---

① ［英］以赛亚·伯林：《浪漫主义的根源》，吕梁等译，译林出版社 2008 年版，第 10 页。

② 顺便说一句，曾被奉为现实主义文艺理论基石的"形象思维说"，即所谓文学家用形象思维而科学家用抽象思维的流俗之见，表面上来自俄罗斯，源头却在浪漫主义诗与科学的对立这里。

从某种直觉地把握了的最高的确定性出发，然后成功地将这种确定性之光播及一切派生的存在和一切派生的知识时，才能达到。17世纪是用证明和严格推论的方法做到这一点的。这种方法从某种最基本的确定性演绎出其他命题，从而将可能的知识的整个链条加以延长，串连到一起。这根链条上的任何一个环节都不能挪离整体；没有一个环节能从自身得到解释。要对任何一个环节作出真正的解释，唯一可能的做法，是说该环节是"派生的"，是通过严密而系统的演绎，查明它在存在和确定性中的位置，从而确定它与这一源泉的距离，并且指明把它与这一源泉分隔开来的中间环节的数量。①

而18世纪的哲学家，摒弃了这种演绎和证明的方法，转而"按照当时自然科学的榜样和模式树立了自己的理想"②，按照牛顿的指引，走上从人类所能观察到的现象出发、根据材料和事实来寻找物质世界之普遍秩序和规律的科学道路。质言之，前者坚持对世界之整体性的领悟和把握，乃是人类知识的开端和源泉；后者则认为，从具体的、个别的经验事实出发，既是人类知识的开端，也是最终认识和把握世界整体的正确途径。套用维科的说法，浪漫主义者追求的是诗性知识，18世纪启蒙运动的理性主义者追求的是科学知识。

华兹华斯坚称，"没有一种知识，即是，没有任何的一般原理是从思考个别事实中得来的，而只有由快乐建立起来，只是凭借快乐而存在于我们的心中"，诗人的天性，使他凭直觉就足以把握人与周围世界的相互作用中发生的种种丰富复杂的感情，"他依据人自己的本性和他的日常生活来看人，认为人以一定数量的直接知识，以一定的信念、直觉、推断（由于习惯而获得直觉的性质）来思考这种现象；

---

① ［德］E.卡西勒：《启蒙哲学》，顾伟铭等译，山东人民出版社1988年版，第5页。
② ［德］E.卡西勒：《启蒙哲学》，顾伟铭等译，山东人民出版社1988年版，第5页。

他以为人看到思想和感觉的这种复杂现象，觉得到处都有事物在心中激起同情，因为他天性使然，都带有一些愉快"。诗人这个天性，使得他能够直接认识和把握自然，无须像科学家那样借助于实验手段和机械认识装置。华兹华斯强调说：

> 诗人主要注意的，就是人们都具有的这种知识，以及除了日常生活经验我们不需要别的训练就能喜欢的这些同情。他以为人与自然根本相互适应，人的心灵能照映出自然中最美最有趣味的东西。因此，诗人被他在全部探索过程中的这种快感所激发，他和普遍的自然交谈着，怀着一种喜爱，就象科学家在长期的努力后，由于和自然的某些特殊部分（他的研究对象）交谈而发生的喜爱一样。诗人和科学家的知识都是愉快；只是一个的知识是我们的生存所必需的东西，我们天然的不能分离的祖先遗产；一个的知识是个人的个别的收获，我们很慢才得到，并且不是以平素的直接的同情把我们与我们的同胞联系起来。科学家追求真理，仿佛是一个遥远的不知名的慈善家；他在孤独寂寞中珍惜真理，爱护真理。诗人的唱的歌全人类都跟他合唱，他在真理面前感觉高兴，仿佛真理是我们看得见的朋友，是我们时刻不离的伴侣。诗是一切知识的菁华，它是整个科学面部上的强烈的表情。①

由于诗人能依靠其天性直接地把握和领悟整个的存在，"诗人总以热情和知识团结着布满全球和包括古今的人类社会的伟大王国"，所以，

---

① 〔英〕华兹华斯：《〈抒情歌谣集〉序言》，载中国社会科学院外国文学研究所外国文学研究资料丛刊编委会编：《欧美古典作家论现实主义和浪漫主义》（一），中国社会科学出版社 1980 年版，第 265—266 页。原编者按照旧俗，译"Wordsworth"为"渥兹渥斯"，引文中的"the man of science"也有"哲学家"和"科学家"两种不同译名，笔者对照原文作了统一。

华兹华斯的结论是："诗是一切知识的起源和终结，——它象人的心灵一样不朽。"①

华兹华斯的要旨有二。其一，诗人凭借的是人自己的本性和日常生活经验，以信念、直觉、推断等直接的方式来认识和把握世界。不用说，这种对诗人认识世界之能力的信任，乃是以对人自身的信任为前提。其二，诗人认识和把握的对象，乃是涵盖全球古往今来的一切存在的整个世界。正是这两点，使得诗人远远高于凭借实验和分析等间接手段、以世界的个别和特殊部分为研究对象的科学家，也使得诗性知识远远高于科学知识，成为一切人类知识的起源和终点。显然，对坚持把世界当作一个整体来把握的华兹华斯来说，自然科学的实验和分析手段，根本就不可能抓住世界之为世界的整体性，只有诗人的直觉性沉思，才能随时随地把握这种围绕着个别对象的神秘的整体性②，个别的存在只有事先浸在这种神秘的整体性之中的情形之下，才能成为个别的存在。

与华兹华斯相类似，德国浪漫派认为，世界是一个向着无限开放的生成性存在，自然科学的实验和分析手段，只能认识有限的、不再发生变化的僵死之物和机械对象，不能把握隐藏在世界表象背后的最高的生命实在。在启蒙运动的科学精神割裂了世界整体性、日渐把人束缚在无法忍受的机械碎片之中的情形下，诗人的根本任务，就是重新把世界转换成为一个充满生机的整体，揭示现实经验背后的神性源泉。浸润在德国虔敬派宗教背景中的德国浪漫派，实际上是把诗当成了宗教的替代品，他们"并不希望停留在事物经验的界限里；他们想认识上帝生活这一根本构成的经验表象，也就是说，他们力图把经验

---

① [英] 华兹华斯：《〈抒情歌谣集〉序言》，载中国社会科学院外国文学研究所外国文学研究资料丛刊编委会编：《欧美古典作家论现实主义和浪漫主义》（一），中国社会科学出版社 1980 年版，第 266 页。

② [英] A. N. 怀特海：《科学与近代世界》，何钦译，商务印书馆 1997 年版，第 79—81 页。

世界转换为一首诗，一个梦"，而"梦即是现实，因为梦是精神的声音；梦真正是精神自身"。①

正因为诗人的最高目标是把握和认识隐藏在事物表象背后的神性存在，象征主义自然也就成了"所有浪漫主义思想的核心"②，象征和寓言，变成了指引诗人回到无限的神性家园的神秘符号。在神义论的传统社会中，宗教承担了整合可见的片段式经验世界与不可见的神性世界的功能，浪漫主义则试图在宗教式微之后的人义论传统中，通过诗歌的象征，重新整合已经被现代科学割裂了的这两个世界。威廉·巴特雷（William Barrett）对波德莱尔的论述，准确地指出了这一点：

> 浪漫主义的忧郁和伤感，如我们在柯勒律治的身上所见到的，无非是人类发现他自己疏离了存在。在波德莱尔这里，忧郁变成了怨恨，有了反抗的因素。这不仅是对资产阶级社会的"唯物主义"作出的社会反抗，而且也是对现代实证主义和科学主义所造世界作出的一种形而上学的反抗。诗人在这样一个世界里找不到实在，他必须到某种别的隐蔽的存在领域寻求它。于是就产生了波德莱尔的"呼应"学说，据此诗人必须在自然中找出神秘晦涩的形象，颇有几分像古代占星术士或占卜者那样。这样，诗就不再只是一种写作诗句的艺术，它同时还是一种达到更真实的存在领域的魔术工具。诗成了宗教的替代品。③

从华兹华斯开始的、由诗人的认识能力与科学家的认识能力之别

① [德]维塞尔：《马克思与浪漫派的反讽——论马克思主义神话诗学的本原》，陈开华译，华夏出版社2007年版，第7页。
② [英]以赛亚·伯林：《浪漫主义的根源》，吕梁等译，译林出版社2008年版，第102页。
③ [美]威廉·巴特雷：《非理性的人——存在主义哲学研究》，段德智译，上海译文出版社1994年版，第135页。

引发的诗与科学的对立，就这样一步一步，最终演化成了科学与宗教的对立。在这个意义上，从 17 世纪与 18 世纪两者认识论模式的对立开始，浪漫主义似乎沿着编年史轨迹一步一步往后退，最终回到神义论的宗教文化与人义论的现代实证科学之间的对立。"返回自然""返回中世纪"等流行口号，似乎也证实了这一点：浪漫主义具有保守的宗教性质。

五、浪漫主义的"彻底胜利"?

悖论在于，浪漫主义不仅引发了向着过去回归的宗教保守倾向，同时也引发了向着未来突进的激进革命运动。从政治思想史的角度来说，法国大革命、俄国的共产主义革命以及现代中国的大革命，均可归属于激进的政治浪漫主义思想谱系。在中国现代文学史上，以大力张扬浪漫主义文学思想为特征的创造社集体转向激进的政治革命，乃是众所周知的思想史大事件[①]。"消极浪漫主义"和"积极浪漫主义"这种流俗的划分，应该说只是指出了这两种倾向同时存在于浪漫主义思潮之中的事实。而重要的不是描述此一事实，而是发掘"消极"和"积极"两个相反的极端，究竟奠基于何种共同的基础？这种基础的先行条件又是什么？

此中关键，是生物进化论思想与历史进步观念的引入，导致浪漫主义的诗与科学的共时性对立被转化成了现代性时间轴线上的不同阶段的历时性对立，从而引发了以未来为向导、以彻底打破既存社会秩序为特征的激进革命。

---

① 张旭春的《政治的审美化与审美的政治化》（人民出版社 2004 年版）一书，对浪漫主义的审美要求与革命冲动之间的内在关联及其历史转化轨迹，作了富有说服力的理论分析。

　　如前所述，在传统神义论语境中，诗人创作中的灵感现象，一直被解释为神的赐予所致。随着宗教的式微和人义论转向的完成自然王国取代神性王国，英国开始出现了用植物的自然生长模式来隐喻和解释灵感现象的创作论。按照这种有机的自然生长论，一部作品的完成乃至一个诗人的成长，正如一株美丽的植物的生长一样，是在无意识的状态下完成的，无法用理性的规则来解释和说明。德国浪漫派接受了这种有机生长论，并将其发展成了一种独特的世界观。在赫尔德（Johann Gottfried Herder）这里，不仅诗人和艺术作品，更重要的是，包括民族国家这样的人类生活世界，都变成了一种自然生长出来的有机整体。凭借这种有机整体论，德国浪漫派成功地建立了一整套与启蒙运动的理性主义和实证科学精神相抗衡的文化理论，改变了现代性思想格局。艾布拉姆斯评价说，赫尔德的理论"开创了生物论的新时代：最激动人心的、最有创新意义的发现，原来只发生在物理科学领域中，现已转到了生命科学领域，因此生物学便取代了笛卡尔和牛顿的机械论而成为种种概念的巨大策源地，这些概念后来迁移到其他科学领域中，从而改变了观念形成的总体特征"①。乍看之下，艾布拉姆斯似乎过高地估计了赫尔德的影响，实则不然。赫尔德把德国看作一个以语言和土地为纽带、在特定的历史和地理条件下自然生成的有机整体的观点，一方面奠定了现代民族国家的理论基石，另一方面则瓦解了启蒙运动关于人类历史整体性进程的同一性假定。仅此一端，赫尔德就足以当得起艾布拉姆斯的称道。

　　不过，自然生长的有机整体理论，虽然以朴素的文化类型理论瓦解了启蒙运动的历史观，打破了实证主义科学的机械论，但这种在历时性的过程中来看待和认识世界的眼光，依然只能发生在神义论向人义论转型之后的现代性世界之内。正如我们所熟知的，现代性最根本

---

① ［美］M. H. 艾布拉姆斯：《镜与灯——浪漫主义文论及批评传统》，郦稚牛等译，北京大学出版社 1989 年版，第 320 页。

的奠基性特征乃是线性时间意识，一种时间从过去经由现在而向着未来流逝的直线式时间感。总体而论，神义论是以彼岸世界与此岸世界的空间关系为支柱，现代人义论则是以此岸世界之内的时间关系为核心来建构世界秩序。前者，是深度无限的隐喻和象征的空间世界，后者，则是长度无限的转喻的线性时间世界。用浪漫派的说法，前者是诗的世界，后者是散文的世界。按照汉娜·阿伦特的分析，所谓现代人，实际上就是不再能够以沉思来直接面对世界本身、认识世界"是什么"，而只能通过科学实验"制造"世界形成之过程、认识世界"如何"形成的技艺人，"现代与沉思的决裂，不是随着作为制造者的人的地位，上升到了先前由作为沉思者的人所占据的地位，而达到顶点的，而是随着过程概念被引入制造活动而达到顶点的"①。现代生活中，存在者之间的历时性关系，战胜了存在者自身实体属性的情形，无处不在。在哲学领域，过程概念取代了实在概念。在经济学中，商品的交换价值战胜了使用价值。在语言学中，符号与符号之间相互的关系，取代了符号与实物之间的绝对关系。在物理学宇宙论中，以大爆炸为起点的"开端—膨胀—死亡"过程，笼罩了宇宙的空间实在。

　　试图以自然生长的有机整体论为立足点来对抗现代科学的浪漫主义诗人，实际上与科学家一起，甚至比科学家更深地陷入了现代性时间神话。从根本上说，一旦人类不再根据永恒的神性，而是根据终有一死者自身的属性——无论这种属性是理性还是欲望——来设定世界生活秩序，作为终有一死者最根本的规定性的时间意识，就开始浸入了他的世界和思想。更准确地说，他的世界和思想，只有先行沉浸在有限性的时间意识之内，才成为他的世界和思想，如海德格尔《存在与时间》所揭示的那样。

　　这种在历时性线性时间框架中来思考问题的奠基性前提，在生物

---

① ［美］汉娜·阿伦特：《人的境况》，王寅丽译，上海人民出版社 2009 年版，第238 页。

进化论与进步历史观的持续发酵之下，迅速把诗与科学两种现代知识形态之间的共时性对立，扭转成了线性历史时间轴线上的历时性对立。自然生长的有机整体论，虽然抵挡住了理性主义的科学分割，但未能挡住更为迅猛的历史主义社会科学。对这种把人类社会理解为一个有生命的有机整体的理论来说，现存的丑恶和黑暗，必定从过去，最终是从开端之处生长出来。反过来看就是：除了从开端之处入手、彻底根除一切之外，没有别的途径能够消除现存的丑恶和黑暗。卢梭（Jean-Jacques Rousseau）在致波兰国王的信中，如是写道："你想摧毁罪恶的源泉，没门；你想祛除虚荣的诱因，没门；你想把人们带回不脱率真且是所有美德之源的原初平等，更是没门；他们的心灵，一旦玷污了，就会永远如此。不来一次巨大的革命（几乎就像它招来的罪恶那样令人恐惧），一次不该期望却难以预料的革命，这种情况不会有任何补救。"[①] 花朵和枝叶的美丽，来自最初的种子之美丽。同理，现实的丑恶与黑暗，必定源于开端。如何彻底根除人类的过去以控制未来，成了浪漫主义者的核心问题。正是在这样的情绪之下，卢梭的观点才能迅速扩散开来，使得攻击现存的丑恶和黑暗，变成了促进人类向着未来进步的根本动力。

在同样在历时性轴心上来思考问题、同样信奉进步历史观的理性主义者看来，人类社会的进步与知识的获得一样，只能从个别的经验片段开始，以一点一点地逐渐消除愚昧和混乱的方式进行。而浪漫主义者——正如他们强调只有从整体上领悟和把握了整个世界之后，对个别存在之物的认识才有可能一样——则选择了从整体上根本消除全部的丑恶与黑暗的激进道路。看起来，浪漫主义者不仅在知识论领域获得了诗对于科学的胜利，在历史主义的社会科学领域，浪漫主义同样把理性主义甩到了远远的身后——不用说，当然是在同一条线性时

---

① ［法］乔治·索雷尔：《进步的幻象》，吕文江译，上海人民出版社 2003 年版，第 226 页。楷体字为原文所有。

间轨辙上。

结果是，因为浪漫主义赢了，所以彻底输了。向来坚持从整体性的角度看待问题的浪漫主义者，自然不会同意"彻底输了"这个结论。确实，只要"历史的终结"尚未成为定论，浪漫主义似乎就永远有机会在下一轮竞争中胜出，彻底胜出，一劳永逸地终结资产阶级统治的历史游戏。但今天的我们，却不仅目睹浪漫主义的彻底失败，而且正在切身承受着其结果，作为一种生活事实，而不是审美游戏。

问题不是浪漫主义和理性主义孰先孰后，而是：两者共同遵循的这条线性时间轨辙，以及在向着此一时间轨辙的终点不断后退中展开的历史游戏，是否值得信赖？

六、现代性语境中的"世界立法者"

问题很清楚：浪漫主义问题，实际上就是现代性问题的典型症候。

根据《旧约·创世纪》，人类世界是神"创造"的作品。神创造了人类生活世界，为之设定了秩序，同时又在神性世界之中，守护着他的作品，以共时性的隐喻和象征模式，把自己和自己的作品联结为一个整体。从作者与作品的关系维度来理解文学活动的浪漫主义，同样把作品视为诗人的"创造"。兼有诗人和哲学家双重身份的爱默生（Ralph Waldo Emerson），说出了浪漫主义诗人共同的姿态和愿望：

> 诗人是说话的人，命名的人，他代表美。他是君主，他站在中央。因为世界不是画出来的，也不是装扮成功的，而是一开始就是美的；上帝没有创造出一些美的东西来，但美是宇宙的创造

者。因此诗人的权力不是别人给的，他本人就是皇上。①

在这里，爱默生不仅表达了诗人就是宇宙创造者的观点，更重要的是，其表达语气本身就是《创世纪》式的。

在这种情形之下，任何一个浪漫主义者，都不会满足于仅仅作为文学作品的创造者而存在。浪漫主义者，尤其是德国浪漫派，不仅要创造艺术作品，更要创造世界。与韦伯、马克思并称现代性社会学三大奠基者之一的埃米尔·涂尔干（Émile Durkheim）曾经抱怨说，哲学家们长期以来一直是以艺术的眼光而不是以科学的眼光来看待宗教、法律、习俗等社会现象。"他们认为所有这样的现象都依赖于人的意志，没有意识到它们在本质上像所有其他事物一样，都是真实的事物，具有特定的特征，希望科学能够对此加以描述和解释。对他们来说，能够弄清楚在这个被构成的社会里人类应该追求什么，应该避免什么似乎就足够了。……他们的目的并不是提供给我们尽可能真实的本性的图像，而是使我们的想像面对一个完美社会的理念，一个需要模仿的模式。"对于现存的社会秩序，"他们都有一个目的：完全改正或者改变它，而不是认识它。实际上，他们感兴趣的不是过去和现在，而是未来。"在涂尔干看来，这样一种不是面对真实的社会事实，而是从某种想象中的美好理念出发的社会思想，"不能被称作科学，而应被称作艺术"②。

作为卢梭之后的法国知识人，涂尔干的抱怨，从反面触及了这样一个事实：创造一个崭新的世界，乃是一切浪漫主义诗人最隐秘、最根本的欲望。反抗理性主义实证科学的束缚，反抗资本主义秩序的压

---

① ［美］爱默生：《诗人》，载中国社会科学院外国文学研究所外国文学研究资料丛刊编辑委员会编：《欧美古典作家论现实主义和浪漫主义》（一），中国社会科学出版社 1980 年版，第 335 页。

② ［法］爱弥尔·涂尔干：《孟德斯鸠与卢梭》，李鲁宁等译，上海人民出版社 2003年版，第 4—5 页。

迫，等等，都是围绕着创造一个崭新的世界而进行准备。阿伦特指出，所谓现代人，就是不再以生活在地球上的人的身份，而是"站在地球之外"、立足于地球之外的宇宙中来看待地球上的一切，"对付自然"的人①。浪漫主义者，就是这种现代人的典型，他创造了作品，但又在自己的作品之外。他发现了人类历史发展的规律，指出了彻底打破和毁灭现存社会秩序的正确道路，但他自己却生活在这个必须被彻底毁灭或者即将被扬弃的世界之外，一如上帝在他创造的世界之外一样。

宗教式微，诸神隐退。人出场了。他或者无视此前的世界之存在，开始创造一个自己的世界，取神而代之，或者作为现代人的牧师：神的代理人，为世界召唤隐去的诸神。"真正的诗人始终是教士，一如真正的教士始终是诗人"②，德国"真正的浪漫派诗人"诺瓦利斯如是说。刘小枫正是在这个意义上提醒我们：西方浪漫主义的审美现代性冲动，"是在二元论框架中孕生，然后挣脱出来的，在它身后总有一个二元景观的影子"③。张志扬先生的表达则更为平实通达："人'依据理性'所建立的形而上学本体论可以说是神义论的人本化或人义论的神本化，黑格尔哲学（依据理性）与马克思主义（依据理性化劳动）可看作其最高形式；人'依据身体'所建立的现代感觉主义则是最幽暗的欲望、冲动、色情对意义超世性的全面造反；但它们又有一个共同的思维方式，即将人的实在或属性本体论化，要么'它能再现人之外的本体'，要么'它就是人最内在的本质'，因而都可以看作'神义论'的形而上学残余。"④

因此，根据浪漫派诗人的指引，重新回到诸神守护着的宗教共同体，显然不足以克服和超越浪漫主义本身。毋宁说，这种选择本身就

---

① ［美］汉娜·阿伦特：《人的境况》，王寅丽译，上海人民出版社 2009 年版，第 209 页。
② ［德］诺瓦利斯：《花粉》，刘小枫编：《夜颂中的革命和宗教》，林克等译，华夏出版社 2007 年版，第 91 页。
③ 刘小枫：《现代性社会理论绪论》，上海三联书店 1998 年版，第 329 页。
④ 张志扬：《现代性理论的检测与防御》，社会科学文献出版社 2000 年版，第 327 页。

是浪漫主义的。同样地，沿着在线性时间轨辙向未来敞开的激进道路，继续在试验中寻找克服自身限制的浪漫主义方案，也早已因为曾被推向极端而耗尽了魅力。政治思想领域的激进与保守之间的平衡术，也很难说终结了浪漫主义问题。平衡依赖于共同的结构，只要此一结构还在，历史尚未终结，则平衡未尝不可以说是对不平衡状态的准备——如政治家的俏皮语：和平就是下一场战争的准备。

粗疏而论，神义论是因为垄断对世俗世界的全部管辖权而引起了撒旦的反抗——浪漫主义诗人最初的形象就是"撒旦诗人""恶魔派诗人"，人义论则是因为要把此前归属于神的一切归结到人自身而遭到了解构。两者的冲突，实际上一直围绕着世俗世界的合法性资源展开。无论在传统的神义论，还是在现代的人义论话语空间中，人类生活于其中的世界本身，都处于被压抑的沉默状态。如阿伦特所说：

> 即使我们承认现代肇始于超越之维和来世信仰的突然的、无法解释的黯淡，那也决不意味着可以得出，丧失信仰就把人抛回了世界。相反，历史证据表明现代人并没有被抛回到这个世界，而是被抛回到自身。自笛卡尔以来现代哲学的一个最坚定趋势，以及现代对哲学的最独创性贡献，就是对自我（有别于灵魂、人格或一般意义的人）忘乎所以的关注，并试图把所有经验，对世界的以及对他人的经验，都还原到人和他自身之间的经验上。马克斯·韦伯关于资本主义起源的发现的伟大之处，恰恰在于他证明了一种巨大的、严格意义上世俗性的活动，可以在完全不关心世界，无论如何不享受这个世界的乐趣的情况下发生，相反，这个活动最深刻的动机乃是对自我的忧虑和操心。现代的标志是世界异化，而非马克斯所设想的自我异化。①

---

① ［美］汉娜·阿伦特：《人的境况》，王寅丽译，上海人民出版社 2009 年版，第 203 页。

而这，铸就了浪漫主义的基本特征：他从自我的内在世界出发来理解和认识一切，诗歌、音乐以及人类社会。他把作品看作自己内在感情的天然流露，把人类社会看作可以根据自己的标准和喜好进行彻底改造的对象。因为他自己从来没有感到自己是世界之中的存在者，所以他总是把世界当作无人居住的对象，幻想着从一片空白之处，开始重新绘制自己喜爱的最新最美的图画。不用说，作为绘画者，他自己总是在世界之外，居高临下，以神的目光俯视着自己的作品——也就是我们居住的这个世界。

事实上，正是因为无视世界的存在，把世界当作无人居住的沉默空白，神义论向人义论的倒转才如此轻而易举。也唯其如此，神义论与人义论始终只是作为一枚硬币的两面而存在于古代性／现代性对立之中。

因此，问题不在于循着编年史的方向寻找浪漫主义的起源——伯林自己后来就把浪漫主义攻击启蒙运动的开端，推进到了意大利哲人维科那里——而在于找到启蒙运动与浪漫主义共同的思想根基。列奥·施特劳斯关于现代性三次浪潮的描述，正是在这个意义上抓住了启蒙运动和浪漫主义共同的根源。施特劳斯认为，卢梭对启蒙运动的批判和攻击，不是克服，而是沿着第一次现代性的方向，推进了现代危机，开启了现代性的第二次浪潮。

施特劳斯眼中的第一次现代性浪潮，是从马基雅维利（Niccolò Machiavelli）和霍布斯（Thomas Hobbes）对古典政治哲学的彻底拒绝开始的。按照古典政治哲学的理解，自然的本性是善的，且在等级上高于人制造的和因人而存在的事物，"善的生活就是按照自然的本性去生活"。但在马基雅维利、霍布斯的现代性思想中，自然变成了混乱和邪恶的无秩序状态，只有人类自己制造和建构的"理性世界"，才是合理、善的世界。理性取代自然，理性世界压倒了自然状态。近代自然科学的巨大变革，就是最能体现第一次现代性浪潮的表征之一。施特劳斯描述说：

新自然科学与各种形式的旧自然科学都不一样，其原因不仅在于它对自然的崭新理解，更在于它对科学的崭新理解：知识不再被理解为关乎人或者宇宙秩序；求知在根本上是接受性的；而知性中的自发性原则是：人将自然传唤至自己的理性法庭面前；他"拷问自然"（培根语）；知（knowing）是一种做（making）；人类知性为自然界立法；人的权柄之大，无限超出前人所相信的；人不仅仅能够把糟糕的人类质料改造为良好的，或者掌握机运——一切真理与意义均出于人；它们并不伏于一个独立于人的能动性的宇宙秩序之中。与此相应，诗艺也不再被理解为一种有灵感的模仿或者再生，而是被理解为创造。科学的决心被重新解释为 propter potentiam［为了力量］，这是为了补救人的地位，为了征服自然，为了对人类生活的自然条件进行最大限度的控制、系统化的控制。征服自然意味着，自然是敌人，是一种要被规约到秩序上去的混沌（chaos）；一切好的东西都被归为人的劳动而非自然的馈赠：自然只不过提供了几乎毫无价值的物质材料。与此相应，政治社会便绝非自然的：国家只是一件人工制品，应当归因于习俗（convenants）；人的完善并非人的自然目的，而是由人自由地形成的理想。①

没有证据表明施特劳斯曾经阅读过波德莱尔，但后者的说法却无意中为施氏对现代性的诊断提供了最准确的"病例"：

大部分关于美的错误产生于十八世纪关于道德的错误观念。那时，自然被当作一切可能的善和美的源泉和典型。对于这个时代的普遍的盲目来说，否认原罪起了不小的作用。如果我们同

---

① ［美］列奥·施特劳斯：《现代性的三次浪潮》，丁耘译，见刘小枫编：《苏格拉底问题与现代性——施特劳斯讲演与论文集》，彭磊等译，华夏出版社 2008 年版，第 37—38 页。

意参考一下明显的事实，各时代的经验和《论坛报》，我们就会看到自然不教什么，或者几乎不教什么，也就是说，它强迫人睡眠饮食以及好歹地免受敌对的环境的危害，它也促使人去杀同类，吃同类，并且监禁之，折磨之；因为一旦我们走出必要和需要的范围而进入奢侈和享乐的范围，我们就会看到自然只能劝人犯罪。正是这个万无一失的自然造出了杀害父母的人和吃人肉的人，以及千百种其他十恶不赦的事情，羞耻心和敏感使我们不能道其名。是哲学（我说的是好的哲学），是宗教命令我们赡养贫穷和残废的父母；自然（它不是别的东西，正是我们的利益的呼声）却要我们把他们打死。看一看、分析一下所有自然的东西以及纯粹的自然人的所有行动和欲望吧，你们除了可怕的东西之外什么也发现不了。一切美的、高贵的东西都是理性和计算的产物。罪恶的滋味人类动物在娘肚子里就尝到了，它源于自然；道德恰恰相反，是人为的，超自然的，因为在任何时代、任何民族中，都必须有神祇和预言家教给兽化的人以道德，人自己是发现不了的。恶不劳而成，是自然的，前定的；而善则总是一种艺术的产物。我把自然说成是道德方面的坏顾问，把理性说成是真正的赎罪者和改革者，所有这一切都可搬到美的范围中去。①

浪漫主义，就是在从自然世界转向理性世界的现代性进程中发生的。它既是沉浸在现代性思想河流中的结果，又是它所分享的此种现代性思想最集中、最典型的体现。波德莱尔简洁明了地指出，人们往往错误地在外部世界寻找浪漫主义，而事实上，"浪漫主义恰恰不在题材的选择，也不在准确的真实，而在感受方式"，"它只有在内部才能找到"，"浪漫主义并不存在于完美的技巧中，而存在于和时代道德

---

① 　[法] 波德莱尔：《现代生活的画家》，载《波德莱尔美学论文选》，郭宏安译，人民文学出版社 2008 年版，第 457—458 页。

相似的观念中"。所以，波德莱尔断言：

> 谁说浪漫主义，谁就是说现代艺术，即各种艺术所包含的一切手段表现出来的亲切、灵性、色彩和对无限的向往。①

从最粗糙也最直观的意义上看，现代性就是要用人为的"理性世界"，取代神的"自然世界"。在自然科学领域，它体现为理性对自然的征服。在艺术领域，它体现为浪漫主义取代了传统的古典主义，人的内在感受取代人的生活世界而成了美的源泉。

更为深切地看到并痛心于世界之丑恶与堕落的卢梭，不仅没有否认，反而同样更为深切地强调了必须以人类自身的力量来铲除丑恶与堕落，建立崭新的"理性王国"的必要性和迫切性。长期被奉为浪漫主义之父的卢梭，实际上是在承认人类必须靠自己的力量来建立善的"理性世界"这个无意识前提之下，向启蒙运动发起攻击的。就是说，卢梭对启蒙运动的批判，以及法国大革命开创的世界性的共产主义社会文化思潮，并不否定改造"自然世界"以建立"理性世界"的现代性方案，而是在充分肯定此一现代性方案的基础上，提出了与启蒙运动不同的另外一条真正能够改造"自然世界"、建立"理性世界"的道路。这条道路的合法性，就在于它能够真正彻底地清除既存的堕落了的"自然世界"，建立真正崭新的"理性世界"。

相应地，浪漫主义者也不是站在空无一人的"自然世界"面前，宣称诗人是世界的"立法者"。他们是站在第一次现代性的思想基础上，面对科学家说这句话的。其真实而完整的表达是："听着，你们这些自以为是的科学家！诗人，只有诗人，才是世界的立法者。——而不是你们这些不可一世的家伙。再重复一遍，只有诗人才是世界的

---

① ［法］波德莱尔：《一八四六年的沙龙》，载《波德莱尔美学论文选》，郭宏安译，人民文学出版社 2008 年版，第 198—199 页。

立法者。"滥俗文学史宣称的理性与情感之争、新康德学派的"两种文化"之争、新批评的诗性语言与实用语言之争、貌似新潮实则陈腐不堪的审美现代性与政治现代性之争等一系列的二元框架，无一不是在第一次现代性的基础上，从科学家与诗人的"立法权"之争中派生出来。

其要旨是：究竟是科学家，还是诗人为这个混乱无序的世界立法？

毋庸置疑的是，此一争执，只有在人已经取代神成为世界的立法者的前提下，才可能发生。也就是，只有在人义论取代神义论之后的现代性语境中，才可能发生。

七、"心怀不满的怨恨者"

在古代性思想世界里，"自然"本身就是善和美的，人的"立法"行为只能制造混乱。在古希腊思想中，只有自身所是的"自然事物"才是真的和完美的，由于人而存在的"人为事物"，永远不可能拥有"自然事物"的完美性①。柏拉图明确断言说，完美的"自然事物"，只能出自神，诗人的"作品"在等级和完美性上，根本无法与前者相比。诗人甚至没有能力直接接触和分享到神创造的独一无二的"自然事物"本身②。《老子》的"道法自然"思想，孔子"天何言哉"的慨叹，同样可归入"自然之物"高于"人为之物"、"天道"高于"人道"的古代性思想谱系。

---

① ［美］汉娜·阿伦特：《人的境况》，王寅丽译，上海人民出版社 2009 年版，第 7—8 页。
② 参见［古希腊］柏拉图：《理想国》第十章，郭斌和、张竹明译，商务印书馆 1996 年版。

所以，浪漫主义的奠基性前提，乃是现代人在世情绪的根本改变：我们栖息的世界，变成了堕落和混乱的罪恶渊薮。早在 1820 年，法国作家诺迪埃（Charles Nodier）就明确指出，"浪漫主义诗歌萌生于我们的苦恼和绝望。这不是我们的艺术的缺陷，而是我们日益进步的社会的种种发展所必然带来的后果"①。韦伯、松巴特（Werner Sombart）、特洛尔奇（Ernst Troeltsch）、舍勒（Max Scheler）、尼采等人对"资本主义精神"锲而不舍的分析，准确地指出了现代人最基本的类型特征：对世界和他者心怀不满的怨恨者。

奠基于此一在世情绪，才有了科学技术对世界的征服；奠基于此一在世情绪，才有了浪漫主义诗人的"立法权"之争；奠基于此一在世情绪，才有了现代哲学"改造世界"的勃勃雄心——"改造世界"并非马克思独有的思想专利，而是近代以来的所有"哲学"的共同抱负和自觉使命②。绵延不绝的浪漫主义、唯美主义诗人向激进的政治革命的跳跃式"转向"，现代政治革命"伟人"以及由此蜕化而来的独裁者普遍存在的浪漫主义写作等文学史现象，也只能从此一基本的在世情绪得到解答。

至今仍未摆脱误解和忽视的杜衡，就是从这里出发，提出了置之于世界文学思想史而无愧色的天才式洞见：激进的政治革命和文学的唯美主义，乃是从怨恨中成长起来的孪生兄弟。在饱受指责的"两个艾青"论中，杜衡指出：

> 那两个艾青，一个是暴乱的革命者，一个是耽美的艺术家，他们原先是一对携手同行的朋友，因为他们是从同一个地方出发

① 引自 [英] 玛丽琳·巴特勒：《浪漫派、叛逆者及反动派》，黄梅、陆建德译，辽宁教育出版社 1998 年版，第 5 页。

② 甘阳：《政治哲人施特劳斯：古典保守主义政治哲学的复兴》，载 [美] 列奥·施特劳斯：《自然权利与历史》，彭刚译，生活·读书·新知三联书店 2003 年版，第 59 页。

的，那就是对世界的仇恨和轻蔑；但是，这一对朋友却到底要成为互相不能谅解，除非等到世界上只剩下了这两类人，而没有其他各色人等的存在的时候，（这是说，没有了暴虐者，没有了掠夺者，没有了野心者的时候，）那才自然而然的会言归于好，并且发现了他们不但出发点相同，而且终极的归向也是一样。[1]

极富才气的左翼批评家胡风，断然否认了杜衡的"两个艾青"论。艾青本人，也斥之为"不可思议的理论"，"何等的混乱"[2]。但在我看来，唯有杜衡这"不可思议的理论"，才真正击中了浪漫主义与现代性问题的根本勾连；正是由于误解或忽视了杜衡这个重大洞见，才有了诸如"审美现代性"对抗"政治现代性"之类"不可思议的理论"。

八、浪漫主义的根源

不仅如此，当我们说浪漫主义的"根源"在于现代人对世界的"仇恨和轻蔑"的时候，还必须摆脱流行意见，不是从现代性线性时间轨辙的历时性向度，而是从共时性空间向度上来理解"根源"一词。就是说，不能简单地把浪漫主义的"根源"理解为浪漫主义从中萌芽、生长和壮大起来的地方，而应该如海德格尔分析虚无主义的"本源"那样，把"根源"理解为即某物之为某物的空间条件：

　　在这里，起源不光是指"从何而来"，而是指虚无主义生成

---

[1]　杜衡：《读〈大堰河〉》，1937 年 3 月《新诗》第 1 卷第 6 期。原文标点如此。
[2]　艾青：《谈杜衡》，载《艾青全集》第 5 卷，花山文艺出版社 1991 年版，第 16 页。

和存在的"如何"（Wie），即方式。"起源"决不是指可以在历史学上计算的发生过程。尼采关于虚无主义之"起源"的问题，作为一个关于虚无主义之"原因"的问题，无非是关于虚无主义之本质的问题。①

　　思想史家以赛亚·伯林的迷途，就在于从历史学的意义上来追溯浪漫主义的"根源"，先是越过卢梭上溯哈曼（Johann Georg Hamann），接着又追溯到了维科。后来居上的中国文学史家，则干脆上溯先秦，把屈原当作了汉语浪漫主义文学的鼻祖。其前提，当然是取消具体的历史规定性，把浪漫主义变成了一种非历史的普遍主义元素。可以想见的是，浪漫主义一旦非历史化，成为普遍主义的文学元素，在更为古老的《诗经》里找到浪漫主义源头也不是什么难事。就像我们已经非常方便地在魏晋作家身上发掘出了"现代性"元素那样。

　　很显然，浪漫主义既然是现代性问题的一个重要组成部分，我们就不能把自己封闭在现代性透视装置之中，以现代性的眼光来谈论浪漫主义。反思现代性透视装置，与反思浪漫主义，乃是同一回事。用过程取代实体、以时间化约并包含空间存在、把神给定的"自然世界"转化为人类自己创造"历史过程"，乃是现代性透视装置最为基本的形式特征②。现代人，其实就是习惯于并最终只能从时间维度上来看待世界和思考问题的人。现代性的线性时间意识，就是现代人的世界观。

　　现代科学技术"征服自然"以及浪漫主义"改造世界"的宏大抱负，均奠基于现代性的过程概念和时间意识。从直观层面看，"征服

① ［德］马丁·海德格尔：《尼采》（下），孙周兴译，商务印书馆2004年版，第701页。
② ［美］汉娜·阿伦特：《人的境况》，王寅丽译，上海人民出版社2009年版，第179—183页。

自然"和"改造世界",都不可能是当下或短期内可以将其结果呈现出来的行动。只有事先完全浸入线性时间意识之中,把世界看作一个发展和进步的整体进程,才会对上述宏大抱负持有坚定不移的信仰。现代意义上的"革命",也因此而不得不自始至终在"人类历史"的宏大叙事中展开。

所谓消极浪漫主义向往古典黄金时代和"奇异的远方",积极浪漫主义投身"改造世界"的革命激情、坚信完美的理想世界存在于人类历史进程中的"未来",同样奠基于现代性的线性时间意识。并且,完全适应着现代人对世界的"仇恨和轻蔑",成了浪漫主义的渊薮:无论积极还是消极,我们的"现在的世界",都是堕落的罪恶世界。如诗人穆旦所说:"你的年代在前或在后,姑娘,/你的每个错觉都令我向往,/只要不堕入现在,它嫉妒/我们已得或未来的幸福,/等一个较好的世界能够出生,/姑娘,它会保留你纯洁的欢欣。"①

所以,浪漫主义的现代性问题,只能回到当下、回到人与世界之间的共时性结构框架之内,才能得到清晰的呈现。把世界当作有待征服和改造的混沌之物与人成为世界的主体,乃是同一回事,一个由现代人对世界的仇恨和轻蔑联结起来的现代性生存境域。现代人越是把世界当作征服和改造的对象,他也就越是更加强烈地进入自身的主体性地位,这也就是说,对世界作为被征服的世界的支配越是广泛和深入,客体之显现越是客观,则主体也就越主观地,亦即越迫切地凸显出来,世界观和世界学说也就越无保留地变成一种关于人的学说,变成人类学。

海德格尔分析说,一旦世界成为现代人眼中的图像,成为人类筹划——筹划如何加以改造、征服和利用——的对象,"人的地位就被把捉为一种世界观":

---

① 穆旦:《一个战士需要温柔的时候》,载《穆旦诗文集》第1卷,人民文学出版社2006年版,第145页。

　　这意味着：唯就存在者被包含和吸纳入这种生命体验之中而言，亦即，唯就存在者被体验（er-lebt）和成为体验（Er-lebnis）而言，存在者才被看作存在着的。正如任何人道主义对古希腊精神来说必然是格格不入的，同样地，根本也不可能有一种中世纪的世界观；说有一种天主教的世界观，同样也是荒谬无稽的。现代人越是毫无节制地大步进入他的本质形态之中，一切事物就必定必然而合法地成了现代人的体验……①

　　浪漫主义者深恶痛绝的科学技术，与浪漫主义者引以为安身立命之本的主体性和审美体验，还有理性主义者的"拿证据来"，都是在海德格尔所说的"图像—主体"结构中发生的。对科学技术来说，只有能够被人类的实验手段和技术装置捕捉到并且分析和表征出来的事物，才是真实可靠的。对浪漫主义者来说，只有诗人主观体验才能够捕捉到世界的真实性，世界因此而必须按照诗人体验到和表现出来的样子进行审美化或提升——最低限度，一个诗人必须根据美的原则来选择题材，如果不能在行动上做到把世界当作"一张白纸"②，随意挥洒自己主观意见的话。对奉行"拿证据来"的理性主义者来说，只有人类的理性所能够把握和证实的事物，才是真实可信的。那不能证明的和未知的，要么是可疑的混沌之物，要么是迷信幻象。

　　意识不到这种以对世界的仇恨和蔑视为根基的现代性整体，像浪漫主义者那样仅仅在科学与诗的对立中来看待问题，甚至幻想高扬主体性以克服现代性危机，无异于扬汤止沸、火上浇油。须知，现代科学技术创造出来的一切，也是我们的生活世界的一部分。仅仅局限于对科学技术的反抗和批判，其结果是我们进一步更深地陷入对世界的

―――――――――
① ［德］马丁·海德格尔：《林中路》，孙周兴译，上海译文出版社2014年版，第88页。
② 海氏称现代人把世界把握为"图像"的时候，国人耳熟能详的"一张白纸"论尚未面世，但却为海氏提供了最准确、最有力的历史证词。

仇恨和蔑视此一奠基性情绪的包围，最终反过来强化上述现代性整体结构。

　　这当然不是说，作为诗人或诗歌研究者的我们，必须承担解构和反思现代性整体结构的担子。而是说，我们必须深入浪漫主义的"渊薮"，在浪漫主义者出发的地方重新开始。在我看来，这就是回到人与世界的原初关系上，把浪漫主义对世界的仇恨和轻蔑，转化为对世界的爱和颂扬。唯有如此，我们才既是浪漫主义——我们在世界中选择了美和善的事物，又是超越了浪漫主义——我们不再仇恨和轻蔑，而是爱和颂扬。

后　记

　　十多年来，我一直在现代性框架里观察和分析包括中国新诗在内的现代中国文学。之所以这么长时期在这个据说早已沦为"俗词"的概念里来回折腾，最直接的原因是：它是第一个，也是唯一真正对我有限的个人阅读和思考构成了深度挑战，迫使我为了搞清楚它究竟是怎么回事而开始了迄今尚未结束的个人化阅读道路的词语。学术研究当然要立足当下，像已故九叶派诗人杜运燮笔下《追物价的人》那样，努力关注并追逐甚至是自己动手制造前沿话题。但在当代中国早已从匮乏型社会转变成为过剩型社会，学界同人更是奋勇当先，产出了远超目前需求和消费能力的学术产品的情形下，像我这样的人偷个懒、思考和关注一下仅仅对自己有效的问题，也就不至于因为"俗"、因为远离前沿而有太多压力了。《追物价的人》描写的，毕竟还是匮乏型社会现象。货币符号的相对丰富，不过是彰显和放大了实物匮乏的恐慌。

　　现代性与新诗，就是这样一个似乎仅仅对我自己有效的问题。为此，也就有必要对个人的思路、本书的基本内容和内在结构等，稍作说明。

　　现代文学和共时性的种种社会历史事件之间的复杂关联，很大程度是作为一门学科的中国现代文学得以成立的基本前提。因而，中国现代文学研究的一个优良传统也就是自始至终高度重视历史的复杂性。但对新诗来说，情形或许稍有不同。从世界范围内来看，已有百年历史的中国新诗，迄今仍然在"诗文学"家族中保持着"前无古人

302

后无来者"的先锋性，保持着"不但新于中国固有的诗，而且新于西方固有的诗"（闻一多语）的现代性姿态。这种除了曾经在美国昙花一现的瓦尔特·惠特曼之外别无"家族成员"的独异姿态，固然让它一直饱受普遍主义"诗文学"话语的挑战和质疑。但有意思的是，这种挑战和质疑不是削弱，而是反过来激起了中国新诗更为自觉、更为决绝的先锋性姿态。中国新诗以一种特殊的形式，把来自外部的质疑和挑战也纳入自身的生产性装置，变成促成自身现代性追求的动力学源泉。

　　中国新诗的现代性问题，因此不能简单地放在"诗文学"的范围内来谈。如果考虑到"文学"本身就是一种被现代性发明出来的历史装置的话，可以说"文学"本身就是需要分析的症候和问题，而不是分析和治疗的工具。中国新诗的历史复杂性，因此而不可能像其他体裁那样，在具体的文学现象，在"文学自身"的范围内来考虑。"不识庐山真面目，只缘身在此山中"，过分纠缠于通常所谓的历史复杂性，恰好有可能掩盖了"新诗"的复杂性。

　　事实上，从具体的历史情境中抽身出来，乃是认识和澄清历史丰富性和复杂性的必须前提。想要认识历史的丰富性和复杂性，我们就必须获得更为开阔、更为宏大的透视框架。现象学的常识是"还原越多，给予越多"，排除个别的、偶然的、碎片化的经验与事件的干扰，才能真正发现历史的丰富性和复杂性。通常所说的丰富性和复杂性，实际上只是"单一事物之内的丰富性和复杂性"，即庄子所说的麻雀之类的小鸟在荆棘丛里上下跳跃、来回飞翔的"丰富性和复杂性"。这样的丰富性和复杂性，只要愿意找，愿意把它当作丰富性和复杂性本身，也同样充满了"不可穷尽"的诱惑。但还有另一种，那就是由大量性质、样态各不相同的事物组成的丰富性和复杂性。

　　相比之下，我认为后者才是真正值得关注的丰富性和复杂性。要认识这样的丰富性和复杂性，就必须从有限的、单一的丰富性和复杂性中抽身出来，站在宏大、开阔的历史视野中。站在长时段视野里的年鉴学派，反而发现了大量被短时段甚至中等时段历史视野忽视了的事物和现象，原因就在这里。王国维讲"出"和"入"，说："诗人对宇宙人生，须入乎其内，又须出乎其外。入乎其内，故能写之，出乎其外，故能观之。入乎其内，故有生气，出乎其外，故有高致。""入乎其内"的前提，是必须"出乎其外"，只有站在外部，才谈得上"入"。本来就一直在"其内"，那不叫入。用鲁迅的话来说，那叫"酱在一起"。诗人汪铭竹在《世界落日中的龙》里，用诗的语言说出了这一点："一种伟大在远景中才能看出。"

对我来说，现代性就是这样一个透视和澄清中国新诗历史复杂性的分析框架。无须多说的是，这个整体性的分析框架，也是从不同时期、针对不同问题而写下的文字中拣选、改写相关部分并订为《中国新诗的形式与历史》的逻辑根据。

第一编的目标，就是把"新诗"当作一种被发明出来的历史装置，分析怎样的现代性力量以怎样的历史形式发明了"新诗"。在此基础上，进一步考察"新诗"如何将自身确立为独立的历史存在，掩盖了它与更大范围内的现代性生产装置之间的亲密关系。这样的考察，一方面是追溯和梳理中国现代新诗的发生及其合法化过程，但另一方面反过来隐含着对新诗"元形式"、对我们置身其中的"思想气候"的指认和思考。

在我看来，"新诗"之所以不能简单地当作"诗文学"之一种，不能当作属加种差的文体形式，而只能当作一种特殊的话语形式来看待，原因很简单："新诗"不是从以往的"诗文学"发展或演化而来的，而是被现代人对自身历史存在的热情肯定和线性进步时间观发明出来的。现代人日益高涨的对自身历史存在的热情和相应的现代性进步时间观，构成了新诗的"元形式"。仅只是在文体学的破坏／建设、传统／现代、中国／西方、诗歌／散文、纯诗／非诗之类的框架里讨论问题，不可能真正理解新诗。线性进步时间观、现代人对自身历史存在的热情肯定之类没有理由、没有规律地出现在人类社会生活中的

"思想气候"，才是"新诗"这颗偶然的种子得以生根、发芽并茁壮成长的主导因素。

第二编"抗战新诗的历史生成"则想更进一步，以我相对较为熟悉的抗战时期新诗为对象，在中国现代新诗的"元形式"及其历史化、合法化问题的基础上，把"新诗"当作一种已经定型了的历史存在，观察它在具体历史情境中的生存和发展状态。具体而言，就是通过梳理和分析以西南大后方为中心的抗战新诗得以生成和发展的历史过程，试图对其生成和发展的历史机制有所揭示。原本集中在上海、平津等东部"口岸地带"的新文学作家因抗战而内迁，是西南大后方的新诗和新文学得以迅速走向繁荣的最重要的历史动力。这一点，既是历史常识，也是现代文学的常识。对金陵诗人群及其内迁的梳理，只是指出以往的研究者没有注意到的历史事实，对此有所补充而已。对《文群》副刊诗人群的梳理，也是在指出历史事实的基础上，对报纸副刊在抗战新诗乃至抗战文学的重要作用有所暗示。关于成都平原诗社的论述，则是关于西南大后方本土诗人如何在既接受又反抗外来影响的过程中成长起来的复杂现象的梳理。这样的梳理，包含着一个潜在的暗示：真正的成长是在反抗中完成的。平原诗人如此。中国新诗如此。传统文化、西方文化对中国新文学、新文化的影响，也是如此。

第三编"主体的形式与结构"讨论的，也是"新诗"的形式问题。作为一种特殊的话语形式，"新诗"的成立，既意味着"新诗"写作和相应的文本事实，更意味着包括如何阅读"新诗"、谈论"新诗"等一整套历史规则的建立。稍加对比即不难发现，古代中国总体上是从"天"开始，在"天—地—人"三重结构中来谈论包括诗歌在内的人类文化现象，近代以来的中国知识界，则追随西方的步伐，把人设立为世界的主体，开启了从人而不是从自然、神或世界的角度出发来解释一切、对待一切的全新视域。主体的理性、情感、欲望乃至无意识，变成了诗歌艺术的"源泉"。从千方百计想要确立主体性的现代性追求，到穷追猛打以解构主体性神话为目标的后现代性论述，人的主体性问题，始终牢牢占据着现代文学知识学的核心，制约着我们的思考。

这里所能做的，仍然只能是以典型个案分析的方式，探讨这样两个相互关联的问题。第一，主体性以怎样的形式进入新诗内部，成为新诗的写作姿态和诗人们共同的自我意识。第二，在历史中展开的新诗写作实践，如何反过来改写或修订这种写作姿态和自我意识。前者是"顺着看"，讨论长期被中国现代思想和现代文学一再高扬的"主体性"精神在新诗中的结构性存在；后者是"倒着看"，讨论新诗作者如何对"主体性"展开治疗性的搏斗。

第四编"新诗的'内'与'外'"，同样包含着在相互对话中寻找界限的意思。"中国新诗"的"元形式"是世界范围内的现代性"思想气候"，但"中国"却总是以这样或那样的方式，和"新诗"的写作与研究交织在一起。这是"中国新诗"的必然，也是思想的必然。通行的思路，是持续不断地将"新诗"从现代性"思想气候"中剥离出来，压缩和回收到作为主词的"中国"内部来展开研究和思考，甚至是重新设计和规划"新诗"的未来，以"另一种新诗"来规范甚至最终取代目前的"中国新诗"。对现代新诗与现代中国之间的双向互动关系的梳理，就是对这种思路提供一点补充和回应，提醒我们注意正在压缩和回收中的"新诗"，与作为压缩和回收装置的"中国"之间的历史复杂性。最后也是最早写成的一章，则是为了理解和触摸"中国新诗"的"元形式"而展开的阅读和思考，意在追溯"元形式"的起源和限度，搞清楚"中国新诗"的根源究竟在哪里。这种起源和限度，不用说也可能不是"元形式"本身，而是个人眼界和学识的限度。至于找到根源之后，何去何从的问题，则另当别论。

总之，我个人更愿意把"新诗"看作一种特殊的话语，而不是一种特殊的文体。"新诗"当然要在"诗"的名义下接受诸如"诗与散文的区别""诗体的规范与建设"等"文体话语"的质疑和挑战，这是"新诗"的宿命。但从根本上说,"新诗"的主词显然应该是"新",是打破规范,创造"新的诗"。所以,我不太关注新诗的艺术性之类的"文体性",相反倒是比较看重它作为一种特殊话语的"知识性"。根据既往的"诗知识","新诗"显然不是诗,而只是杂乱无章的分行文字,但"新诗"的使命就在于打破"诗知识"的规范性和权威性,把自己建构为一种"被承认"为"诗"的历史存在,即一种"新的诗"。新诗的历史,既是生产新诗作品的历史,但更是生产"新诗知识"的历史。对新诗的质疑和批判,实际上也参与了生产"新诗知识"的话语实践。跳出了"新诗"或者本身就站在"新诗"之外的人,当然可以谈论作为一种特殊话语的"新诗"究竟如何"发生"又如何"死亡"的问题,甚至,压根儿就不承认"新诗"是"诗"。但在"新诗"的立场上,唯一值得关注的,就是如何持续不断地把不是诗的"新诗"建构成为"诗"的话语实践。

《中国新诗的形式与历史》就是试图在"新诗自身"内部讨论"新诗"这种话语形式如何发生和历史化的同时,又试图追溯和确定这种话语形式的外部边界的一次尝试。这样的尝试,不用说只能是一种补充性的微量元素。它和通行的把"新诗"当作"诗文学"之一种来对待的"文体话语"及其研究范式之间的关系,也不是对抗性的,而是互补性的,一种站在"诗文学"之外的可能有错,但不至于伤害既有思路和学术格局的小小的提醒。"有之不必然,无之,则必不然。"这就是微量元素的有限意义。

感谢山东师范大学文学院"会当凌绝顶"、以学术为天下公器的胸襟和气魄。丛书主编贾振勇的信任和邀约,为我提供了机会总结和提升自己断断续续的思考和写作,让本书有幸列入"奔流·中国现代文学研究丛书",接受学界同人的批判。姜涛、刘洁岷、冷霜、张洁宇、张桃洲、张涛、申燕等友人的信任,让本书的相关内容先后得以发表于《新诗评论》《文艺争鸣》《西南民族大学学报》《江汉学术》《山西大学学报》《广西师范学院学报》等刊物。没有他们的鼓励、宽容和耐心的催促，本书的不少章节就只能是茶余酒后的"想法"，而不可能是眼前的"产品"——尽管还是很粗糙。

西南交通大学研究生院为本书的写作、修订和出版提供了资助和支持。陈晓燕女士耐心、细致、专业的编辑工作，让我订正了初稿中的失误和疏漏。我的妻子陈汉闺为本书的出版处理了大量烦琐事务。在此，也一并致谢。

2019 年 10 月 20 日

责任编辑：陈晓燕

封面设计：九五书装

图书在版编目（CIP）数据

中国新诗的形式与历史／段从学 著 . —北京：人民出版社，

　2020.5（2021.6重印）

（奔流·中国现代文学研究丛书／贾振勇主编）

ISBN 978－7－01－021572－3

I. ①中⋯　II. ①段⋯　III. ①新诗－诗歌研究－中国　IV. ① I207.25

中国版本图书馆 CIP 数据核字（2019）第 275566 号

中国新诗的形式与历史

ZHONGGUO XINSHI DE XINGSHI YU LISHI

段从学　著

人民出版社 出版发行

（100706　北京市东城区隆福寺街 99 号）

环球东方（北京）印务有限公司印刷　新华书店经销

2020 年 5 月第 1 版　2021 年 6 月北京第 2 次印刷

开本：710 毫米 ×1000 毫米 1/16　印张：20

字数：278 千字

ISBN 978－7－01－021572－3　定价：52.00 元

邮购地址 100706　北京市东城区隆福寺街 99 号

人民东方图书销售中心　电话（010）65250042　65289539